엠퍼러
Emperor

엠퍼러 6
김지현 판타지 장편 소설

초판 1쇄 찍은 날 § 2003년 12월 2일
초판 1쇄 펴낸 날 § 2003년 12월 10일

지은이 § 김지현
펴낸이 § 서경석

편집장 § 문혜영
편집책임 § 권민정
편집 § 유경화
마케팅 § 정필 · 강양원 · 이선구 · 김규진 · 홍현경

펴낸곳 § 도서출판 청어람
등록번호 § 제1081-1-89호
등록일자 § 1999. 5. 31
어람번호 § 제1-0435호

주소 § 경기도 부천시 원미구 심곡1동 350-1 남성B/D 3F (우) 420-011
전화 § 032-656-4452 팩스 § 032-656-4453
http://www.chungeoram.com
E-mail § eoram99@chollian.net

ⓒ 김지현, 2003

값 8,000원

ISBN 89-5505-901-9 04810
ISBN 89-5505-642-7 (SET)

6

완결

앤쎄요

김지현 판타지 장편 소설

엠퍼러
Emperor

도서출판

청어람

종결

목차

11장
나의 권리와 힘

복잡해진 관계

이미 죽은 루이스 자작처럼 시르 공작의 세력이 아닌 카난 공작이 있으니 편리한 점이 많다.

한밤중에만이 아니라 원할 때 키나이를 만날 수 있다는 점이 가장 좋다고 할까.

루이스 자작이 살아 있을 때는 그 시선을 피하느라 늘 한밤중에만 만날 수 있었으니까 말이다.

뭐, 카난 공작도 시르 공작의 편이 아주 아니라고 할 수는 없는 사람이지만.

"나로서는 세실리아에게 부탁했으면 하는데."

"그녀는 눈에 안 띄는 일을 하기에는 적합하지 않다고 생각합니다만."

솔직히 난 그런 건 잘 모르기 때문에 그저 웃었다.

"하지만 세실리아만이 그곳에 한 번 잠입해 봤었으니 가장 좋다고 생각하는데. 여차하면 탈출할 수도 있을 테고."

부탁할 일은 아주 간단하다.

시르 공작의 저택에 잠입. 보통 시녀들처럼 일하면서 정보를 빼내올 것. 그리고 만약의 경우도 생각할 것.

이 정도일까.

"폐하께서 그렇게 말씀하신다면 따르겠습니다만……."

말하는 모습을 보니 영 싫은 기색이다.

될 수 있으면 다른 사람을 보내고 싶은 모양.

"그럼 그렇게 해주게."

하지만 나로서는 정말 진심으로 다른 이들보다 세실리아가 낫다고 생각한다.

세실리아나 키나이 외에 다른 그림자의 요원들의 이름이나 성격들을 알고 있는 건 아니지만… 다만 세실리아에게 시키고 싶어하는 걸 키나이가 싫어하는 듯한 모습이 묘하게 마음에 든다고 할까.

그런 이유 때문에 고집하고 있는 중이다.

어차피 이런 일이라면 그림자의 요원 중 누가 가도 마찬가지일 테니까 말이다.

"알겠습니다."

마지못해 대답하는 모습이 재미있다, 라고 하면 키나이가 화내겠지.

키나이가 돌아가고 나서 난 작게 웃고 있는 카난 공작에게로 시선을 돌렸다.

"재미있나 보군."

"그저, 폐하께서 약간 특이한 취미를 가지고 계시는구나, 라고 생각했을 뿐입니다."

말만은 유연하게 잘한다.

"그렇게 보였나. 그것보다 내가 지시한 일은 어떻게 되어가고 있는가?"

"진행이야 다 되었습니다. 시르 공작에게는 아직 보고가 올라가지 않은 모양이지만요."

"그래?"

시르 공작이 사태를 제대로 파악하려면 조금 더 시간이 걸린다는 말이로군.

"그렇지만… 폐하께서 암살을 생각하고 계신 줄은 몰랐습니다."

카난 공작이 조금은 수상해 보이는 미소를 지었다.

"무슨 의미로 하는 말인가?"

"아시리라 믿습니다만 굳이 제 입으로 말씀 올리자면… 이런 류의 싸움은 상대가 죽는다고 하여 전부 해결되는 것이 아님을 의미하는 것입니다."

"잘 알고 있네."

나도 알고 있는 일이다.

이런 건 서로 칼을 들고 싸우는 것보다 훨씬 까다롭다.

어떤 세력과 다른 세력의 싸움이라는 점에서는 같지만, 전쟁일 경우에는 지도자만 죽거나 잡히면 끝난다. 그 지도자의 자식이나 다른 이들이 다시 그 세력을 이끌기도 하지만 그건 드문 경우.

하지만 이런 싸움에서는 지도자가 사망하면 금방 그 지도자의 후계자가 자리를 이어받아 세력을 이끌고 나간다.

다시 말해서, 시르 공작이 죽는다고 해서 지금 나와 대치하고 있는 세력이 없어지지는 않는다는 거다.

그래서 이 '암살'이라는 건 저번에 궁지에 몰렸을 때 딱 한 번을 제외하면 한 번도 생각해 보지 않았던 일이다.

"그런데 어째서?"

"글쎄."

다시 이걸 생각하게 된 이유는 말 그대로 혹시 모를 사태를 방지하기 위해서이다.

얼마 전에 카난 공작에게 명령했던 일을 밖, 그러니까 백성들이 알게 된다면 곤란하다.

황제라는 사람이 자신이 다스리는 땅에, 자신이 지켜줘야 할 이들에게 독을 풀었다는 걸 그들이 알게 되면 어떻게 될까.

지금이야 갑작스럽게 내 폐위가 이루어지면 백성들이 다음 황제를 쉽게 따르지 않을 거라는 생각으로 내가 아직 여기 앉아 있을 수 있는 것이다. 반대로, 백성들이 나에게 불만이 어느 정도 생긴다면 얼마든지 '혁명'이라는 이름으로 날 몰아낼 수 있다.

리스튼 황제 때처럼 말이다.

귀족들이 백성들의 불만 정도를 무서워하는 건 절대 아니다. 다만 그 불만이라는 게 그들에게는 대의명분으로 쓰일 수 있는 법이다.

'우리는 백성들의 생각을 존중한다' 라는 과시도 될 테고.

그러니 위험을 좀 감수하더라도 시르 공작을 감시할 사람이 필요해진 거다. 그렇게 옆에서 보고 있다가 시르 공작이 그 사실을 사람들에게 알릴 기색이 있다면 없애 버릴 수 있도록.

시르 공작은 남을 쉽게 믿는 사람도 아니고, 쉽게 속내를 드러내는 사람이 아니니만큼 조금 힘들겠지만 그래도 가만히 앉아 있는 것보다는 나은 셈이다.

내가 이런저런 생각을 하느라 더 이상 말이 없자 카난 공작은 조금 재미없다는 표정을 지었다.

"저에게는 말씀하지 않으실 모양이로군요."

"그렇게 되나."

난 그냥 미소 지으며 대답을 은근히 피했다.

카난 공작에게 모두 시시콜콜 말할 수는 없다.

사실 카난 공작은 신뢰하고 있지 않기 때문에.

아무래도 그녀는 시르 공작의 오랜 친구니까 말이다. 아무리 본인 입으로 '적의가 있다'고 말했다지만 그 말만을 믿고 전부 신뢰해 줄 수는 없지 않겠는가.

"하지만 그 시르 공작의 저택에 사람을 심어놓을 수 있다니, 과연 '그림자'로군요."

내가 대답을 피하자 카난 공작은 다른 말을 하며 미묘하게 표정을 일그러뜨렸다.

"흐음. 감탄하는 건가."

"예. 저는 다른 이들보다 시르 공작의 저택이 사람을 잠입시키기 얼마나 어려운지 잘 알고 있으니까요."

"이제는 좀 쉬워진 듯하던데."

관심없다는 투로 말하며 책을 집어 들자 카난 공작이 미소 지었다.

"그렇습니까? 아, 로레타가 없어서 그렇겠군요."

그 말을 끝으로 집무실은 조용해졌다.

한참을 책을 읽다가 문득 카난 공작 쪽을 보니 그녀는 뭔가 생각할 게 많은 듯 꽤 심각한 표정으로 생각에 잠겨 있었다.

"무슨 고민이라도 있나 보군."

"예? 아, 고민은 아닙니다. 그저 지금쯤 뭔가를 해야 할 듯해서 생각 중이었습니다."

늘 말할 수 있는 건 확실하게 대답해 주고, 그렇지 않은 건 넘어가 버리는 평소의 모습과는 다르게 애매한 말이었다.

대체 뭘 해야 한다는 거지?

"뭔가라니. 무슨 말이지?"

흥미를 보였더니 카난 공작은 노골적으로 한숨을 푹 내쉬었다.

"제가 여기 온 이유를 알고 계시지 않습니까."

"…그래."

잘 알고 있다.

시르 공작의 명령—아니, 상대가 카난 공작이니 부탁이라고 해야 되는 건가—에 따라 날 감시하러 온 거지.

"모를 리가 없지 않은가."

"그래서 문제가 생긴 셈입니다. 아무 보고도 않자니 제 입장이 조금 난처해져서 말입니다."

"그런가."

한마디로 말해서, 그 '뭔가를 해야 한다'는 건 시르 공작에게 나에 대한 보고를 하겠다는 말이었군.

"그래서. 그걸 나에게 말하는 이유는 뭔가?"

카난 공작은 진지해 보이는, 하지만 장난을 치는 듯한 태도로 입을 열었다.

"제가 폐하의 입장에서 '배신'에 해당하는 행동을 한다 해도 어느 선까지는 이해해 주십사 부탁드리고 있는 겁니다."

그건 처음부터 알고 있었다.

어차피 카난 공작은 나와 시르 공작의 중간에 있는 셈이다. 그리고 카난 공작 자신은 그 입장을 가장 마음에 들어하고 있다.

어느 곳이 이 싸움에서 승리하더라도 자신과 자신의 일족은 전혀 변화가 없을 거라는 점 때문에 계속 이 상태를 유지하겠다고 말하기도 했었고.

그러니 시르 공작 쪽에 도움을 준다 해도 어쩔 수 없는 일이다.

하지만…

너무 태연하게 말하니까 조금 화가 나는군.

"너무 태연하게 말하는 거 아닌가?"

"태연하게라니요. 아닙니다. 저도 상당히 고민하고 있습니다."

내가 보기에는 전혀 아닌 것 같다.

즐겁다는 듯이 미소 짓고 있으면서.

"그래서… 어떤 말을 전할 건지 알고 싶은데?"

속으로 투덜거리면서 말했더니 카난 공작은 걱정이라는 표정을 지었다.

"그게 고민입니다. 어느 정도의 보고여야 좋을지……."

"호오. 내 쪽 입장도 생각해 주는 건가."

"당연한 게 아니겠습니까?"

일부러 비꼬는 듯한 어투로 말했지만 카난 공작은 전혀 신경 쓰지 않는 듯한 모습이었다.

이렇게 되면 오히려 내가 어색하다.

"뭐… 그렇게 생각한다면 알아서 하게."

"그렇게 하겠습니다."

어련히 잘 알아서 하겠지.

자칫해서 자신이 내 일에 관여했다는 걸 들키고 싶지는 않을 테니까.

하지만 카난 공작이 뭘 하려는 건지는 좀 알아봐 둬야 할 것 같군. 이대로 내버려 두기에는 불안해. 오늘 저녁에 키나이가 보고서를 가지고 오면 말해 둬야겠어.

키나이가 내 방에 온 것은 평소보다 훨씬 늦은 시간이었다.

"늦었군."

"죄송합니다."

키나이는 고개를 꾸벅 숙이고 나서 나에게 보고서를 내밀었다.

"어떤 거지?"

그걸 받아 내 옆에 내려놓으며 묻자 키나이는 딱딱한 어조로 말했다.

"카난 공작과 시르 공작의 관계에 대한 겁니다. 카난 공작의 일족에 대한 건 아직 다 조사하지 못했습니다."

난 그 일족에 대한 게 제일 궁금한데 말이야. 뭐, 곧 보고가 올라오겠지.

"그리고 한 가지 더 알아왔으면 하는 게 있는데."

"무엇을 말입니까?"

"이것 역시 카난 공작에 대한 거네."

최근에 시키는 일은 거의가 카난 공작에 대한 거다.

카난 공작은 지금 내 적인 시르 공작보다 더 알 수 없는 사람이다 보니 보통 신경 쓰이는 게 아니다.

더욱이 확실한 내 편도 아닌 사람이니.

"조만간, 혹은 오늘 시르 공작에게 나에 대한 걸 뭔가 보고했을 거네. 그게 뭔지 알아와 주길 바래."

"그건 좀 힘들 것 같습니다만."

확실히 시르 공작과 카난 공작은 무슨 중요한 이야기를 할 때는 둘만 있는 것 같긴 하지만…

"그래도 노력해."

"알겠습니다. 노력은 해보겠습니다."

일단 할 말을 한 후 아까 받은 보고서를 손에 들었다.

"오늘 보고할 건 이게 다인가?"

"예. 달리 특별한 건 없습니다."

"그래? 그럼 가봐도 좋네."

"예. 물러가겠습니다."

키나이가 돌아가고 나자 이상하게 피로가 몰려오는 듯한 느낌이었다.

"기분이 묘하군."

"예?"

제노시아가 걱정스럽다는 듯이 반문하자 난 괜찮다는 의미로 웃어주었다.

"그저, 키나이가 너무 딱딱하니까 이상한 느낌이라고 할까."

"그렇습니까… 하지만 어쩔 수 없지 않습니까. 가벼운 문제를 이야기하러 온 것이 아니니까요."

"그건 그렇지."

하지만 예전에는 비슷한 상태에 비슷한 일을 해도 조금은 즐거웠는데, 지금은 아니다. 그래서 기분이 이상한 걸지도 모르겠군.

난 천천히 보고서를 읽어 내려갔다.

보고서의 내용은 카난 공작이 어렸을 때, 지금의 시르 공작과 처음 만났던 때에 관한 것부터 시작되어 있었다.

신기하게도 카난 공작은 어릴 때는 무척 순수했던 모양이다.

아니, 뭐 어릴 때야 누구나 순진무구하다지만. 은근히 시르 공작이나 카난 공작은 절대 아니었을 거 같다는 생각이 들었었는데 말이야. 시르 공작은 실제로도 순진과는 좀 거리가 멀었던 듯하고.

그나저나 이 오래된 일을 잘도 조사했군. 벌써 거의 30년이나 지난 일인데 말이야.

만난 이후로 시르 공작이 수행을 위해 잠시 여행을 떠났을 때와 카난 공작이 지금의 작위를 물려받기 위해 자신의 영지에서 공부하던 기간을 제외하면 떨어져 있은 적이 거의 없는 모양이었다.

이러니 시르 공작이 카난 공작을 믿고 있는 것이 이해가 간다.

하지만…

"카난 공작은 왜 그런 걸까?"

"예?"

내 뜬금없는 말에 제노시아는 좀 놀란 모양인지 움찔하며 대답했다.

"제노시아, 카난 공작은 왜 시르 공작에게 적의를 가지고 있다고 생각해?"

"저는 잘 모르겠습니다."

"그렇겠지……."

대답을 할 수 없을 거라는 걸 알면서도 물었다.

정말 알 수가 없다.

이 보고서를 읽으면 시르 공작의 태도는 이해할 수 있다. 이렇게 오랫동안, 어린 시절부터 옆에 있었으니 자신을 적대하고 있다고는 생각하지 않으리라.

하지만 카난 공작은?

카난 공작은 왜 시르 공작을 적대하는 거지?

알 수 없는 일이야.

객관적으로 본다면 나와 아리아처럼 서로 붙어 자란 모양인데. 어째서?

어떤 이유로 카난 공작이 시르 공작을 적대시하는 건지 알기 위해 조사를 하라고 했었는데, 이러면 의문만 더해질 뿐이다.

"이 정도의 조사로는 알 수 없다는 건가."

하긴, 이런 조사로 그 원인을 알 수 있다면 시르 공작도 예전에 카난 공작의 감정을 눈치 챘겠지.

…그런데…….

설마 아리아도 나에게 뭔가 안 좋은 감정이 있는 건 아니겠지?

*　　　*　　　*

카난 공작은 아침이 되자 느긋하게 시르 공작의 저택으로 향했다.

시르 공작을 만나기 위해서였다.

하지만 그녀가 저택에 도착했을 때에는 이미 시르 공작이 황궁으로 향한 뒤였다.

"어머, 좀 늦어버렸군."

"예. 그러니 죄송하지만……."

"그럼, 여기서 좀 기다려도 되겠지?"

카난 공작은 집사인 키에르의 말을 끊으며 방긋이 웃었다.

차마 주인의 오랜 친구이자 신분 높은 분께 단호한 거절을 하지 못한 키에르는 어색하게 웃으며 카난 공작을 응접실로 안내했다. 어차피 카난 공작이라서 거절치 못했다고 하면 자신의 주인도 크게 화를 내지는 않을 테니까.

"그럼 사람을 보내 주인님께 연락을 드리겠습니다."

"응. 그렇게 해줘. 만약 못 온다거나 자신에게 오라고 하면 비밀 이야기라고도 전해."

"예, 카난 공작님."

키에르가 정중하게 인사를 하고 나가자 카난 공작은 심술궂은 미소를 지었다.

'정말 교육 하나는 잘 되어 있는 녀석들이라니까. 이런 데서 그 그림자의 요원이 잘 해낼 수 있을까?

카난 공작은 의자에 편히 기대어 눈을 감았다.

어제저녁에 여러 가지 문제로 제대로 쉬지 못해서 아침부터 피로를 느끼고 있었다.

눈을 감고 잠시 시간이 흐르자 노크 소리가 들리고 문이 열렸다. 카난 공작은 눈을 뜨고 들어온 사람을 바라보았다.

"아아. 고마워."

들어온 이는 자신을 대접할 차를 든 하녀였다.

상대가 대공작이라는 것에 긴장해서 굳어버린 여자 아이는 어설프게 찻잔을 내려놓고 인사를 하고 나갔다.

그 모습에 카난 공작은 웃음이 나왔다.

"확실히 로레타가 없다는 실감이 나는걸. 이런 일로 실감한다는 건 좀 우습지만 말이야."

혼잣말을 하고 스스로 우스워 키득거리며 찻잔을 들었다.

예전이라면 로레타가 차를 가져왔을 것이다. 그리고 무엇 때문에 왔는지 조심스럽게 살폈겠지. 조금이라도 자신의 주인에게 도움이 되기 위해서 말이다.

눈치도 빠르고, 영리한 아이였다.

같은 나이였으니 아이라고 표현하기는 좀 힘들지만.

그렇게 신분에 맞지 않게 영리했으니 일찍 죽는 게 당연했다.

자신이 시르 공작에게 가진 감정을 어렴풋이 눈치 채는 일만 없었어도 자신은 황제에게 다른 사람을 추천했을 것이다.

'확실히 로레타를 죽이는 게 가장 영향을 많이 줄 수 있긴 하지만 그래도 나도 로레타를 꽤 좋아했었으니까 말이야.'

카난 공작은 그런 생각을 하며 작게 한숨을 내쉬고는 천천히 차를 마셨다.

차를 다 마실 무렵, 노크 소리도 없이 문이 열렸다.

노크도 하지 않고 여는 걸 보아 지금 들어온 이는 시르 공작이라고 생각한 카난 공작은 얼굴 가득히 미소를 띠며 의자에서 일어났다.

이리 일찍 온 걸 보니 아마 도중에 돌아온 모양이라고 생각하면서.

"오랜만이에요, 시르 공작."

들어온 이는, 카난 공작의 생각대로 시르 공작이었다.

"그래. 그건 그렇고, 무슨 일로 날 만나러 여기로 온 건지 알고 싶군."

"어머나. 급하기도 하셔라."

카난 공작은 일부러 섭섭한 표정을 지었다.

"그래도 오랜만에 만났는데, 안부 인사도 없이 용건만이라니 좀 심해요."

"…미안하군."

시르 공작은 전혀 미안하지 않다는 태도로 대꾸하고는 카난 공작의 맞은편에 앉았다.

그 모습에 카난 공작은 살짝 웃으면서 의자에 앉았다. 그리고 일부러 용건을 말하지 않고는 차를 한 모금 마셨다.

"어라, 그리고 보니 주인은 차가 없는데 손님인 저만 마시고 있네요. 미안한걸요."

"됐다."

"하지만……."

시르 공작은 슬슬 짜증이 나기 시작했다.

이미 황궁으로 출발했을 때 은밀히 할 이야기가 있다고 저택으로 다시 돌아오게 만들더니 지금은 용건도 이야기하지 않고 엉뚱한 말만 하고 있는 것이다.

"카난 공작, 할 말이란 뭐지?"

"딱딱하기도 하셔라."

"카난 공작."

"알았어요. 말할게요."

카난 공작은 한숨을 내쉬며 찻잔을 내려놓았다.

그리고 시르 공작을 똑바로 보며 미소 지었다.

"할 말이라는 건 황제 폐하에 관한 거예요. 짐작하셨을지도 모르지만."

"무슨 일이 있었나?"

"일이 있다면 있는 거겠지요."

카난 공작이 애매하게 말하자 시르 공작은 미간을 찌푸렸다.

그런 반응에 카난 공작은 기분이 좋아짐을 느꼈다. 잠시 말없이 시르 공작의 반응을 즐기던 카난 공작은 천천히 입을 열었다.

"얼마 전, 헤스던 씨가 오셨더군요."

"그건 나도 알고 있다."

"그럴 줄 알고 굳이 보고하지는 않았어요."

"하지만 무슨 이야기를 나누었는지는 모르지."

시르 공작의 말은 그 대화 내용을 이야기해 달라는 뜻이었다.

"어머. 그러네요, 정말. 그럼 이야기해 드릴 걸 그랬나 봐."

카난 공작이 호들갑스럽게 말하자 시르 공작이 눈살을 찌푸렸다.

그 모습에 카난 공작은 미안하다는 듯이 살짝 웃고는 평소의 어조로 부드럽게 말을 이어갔다.

"별 이야기는 없었어요. 그녀가 둘째 아이를 임신했다는 이야기 말고는 아무것도 없었지요."

"흐음……."

시르 공작은 그런 일에는 전혀 흥미가 없었다.

그래서 그저 고개를 끄덕여 주기만 하자 카난 공작은 그럴 줄 알았다는 듯이 미소 지었다.

"말할 필요도 없는 이야기였죠?"

"그렇군."

"그럼 이제 제가 일부러 찾아온 이유를 말씀드려야겠군요."

이제야 본격적인 대화가 시작되는 듯한 느낌에 시르 공작은 신중한 태도를 보였다.

"아무래도 폐하께서 이 저택의 누군가에게서 정보를 빼내고 있는 것 같아서 말이에요."

"뭐… 라고?"

"자세히는 능력이 닿지 않아 조사할 수 없었지만 말이에요. 사실 저택의 누군가에게 정보를 얻고 있다는 것도 확실한 건 아니에요. 다만 폐하께서 알고 계실 리가 없는 것들을 알고 계신 것 같아서 그런 생각을 하고 있어요."

카난 공작의 설명에 시르 공작은 아무 말 없이 생각에 잠겼다.

확실히 로레타가 죽은 다음부터 그런 일에 전혀 신경 쓰지 않았었다. 집사인 키에르는 가신들이나 자신과 동맹 관계에 있는 다른 귀족들의 일에 정신이 없을 테니 집안 내부 단속까지는 무리가 있을 터였다.

"로레타가 죽은 다음부터인가?"

"글쎄요. 그 이전부터일 것 같기도 해요."

카난 공작은 속으로 웃으면서 잘 모르겠다는 식으로 대답했다.

그리고 자신의 앞에서 고민하고 있는 시르 공작을 보며 즐거움을 느끼고 있었다. 어떤 결론을 내릴지 기대하면서.

"전부 네 추측인 거니?"

"그렇다고 할 수 있지요."

시르 공작은 고개를 끄덕였다. 애매한 대답이었지만 카난 공작의 성격상 오히려 이런 일을 확실히 대답하는 게 이상한 일이다.

"그럼 일단은 두고 보아야겠군."

"그러실 건가요?"

"음… 최근 황제께서 별다른 행동을 하시지는 않았나?"

그 말에 잠시 고민하는 척한 카난 공작은 생긋 웃었다.

"별다른 행동이라… 글쎄요. 그다지 특별한 행동은 없으세요."

'그럼. 내 기준에서 특별한 행동은 하나도 없었지.'

카난 공작이 속으로 중얼거리는 말은 전혀 짐작도 못하는 시르 공작은 만족스럽다는 듯이 고개를 끄덕였다.

"수고해 주는구나."

"언니랑 나 사이에 뭘… 이 아니라, 시르 공작과 제 사이인걸요."

"쿡쿡… 아직 말을 바꾸는 데 익숙해지지 않은 모양이구나."

카난 공작의 말실수에 시르 공작은 오랜만에 웃음을 지었다.

그 모습이 보기 좋아 카난 공작도 예쁘게 미소 지었다.

카난 공작도 시르 공작을 싫어하는 감정만을, 적의만을 가지고 있는 건 아니었다. 함께 어린 시절을 공유했고, 어릴 적에는 성격도 비슷했었다. 그렇게 친하게 지낸 만큼 호감도 가지고 있었다. 문제는 그 호감이 증오에 비해 크지 않다는 것이다. 하지만 그 정도의 호감이 아주 없었다면 지금처럼 양쪽에 걸쳐 있지 않고 처음부터 황제의 쪽에서 시르 공작을 견제했을 것이다.

카난 공작은 어린 시절부터 차곡차곡 쌓였던 '불쾌함'에서 비롯된 적의를 황제가 알아채지 않았다면 그 적의의 감정을 끝까지 묻어둘 생각이었다. 어차피 상대가 안 된다는 걸 아니까, 자신의 감정으로 일족을 위험에 처하게 할 생각이 없었던 것이다.

'지금은 상황이 약간 다르지요, 언니.'

카난 공작은 속으로 중얼거리면서 웃었다.

카난 공작 자신의 감정도 감정이지만, 게다가 이렇게 재미있는 게임은 오랜만이었다. 참여하고 싶은 게 당연했다.

'언니는 평생 이해 못하시겠지요. 폐하께서도 아시긴 하지만 이해는 못하겠다는 듯한 모습이시니.'

양쪽의 상황을 모두 잘 알고 있는 카난 공작은 이 재미있는 게임의 결말을 조심스럽게 예측해 보면서 속으로 아주 차가운 미소를 지었다.

이야기를 마치고 카난 공작이 황궁으로 가고 나자 시르 공작은 집사인 키에르를 불렀다.

"부르셨습니까."

"그래. 확인할 것이 있다."

"무엇……?"

키에르는 최근 시르 공작의 신경이 날카로워져 있는 걸 잘 알고 있었기 때문에 조심스럽게 말했다.

"지금은 네가 집안을 모두 관리하는 거냐?"

그 말에 키에르는 아무 내색도 하지 않았지만 속으로는 상당히 놀랐다.

그나마 자신과 친했던 로레타가 죽은 이후로 천한 출신이 많은 시종이나 시녀들과 이야기하기가 싫어 지금은 거의 내버려 둔 상태였다.

"예, 그렇습니다."

키에르는 일을 시킬 때 외에는 거의 내버려 두었기 때문에 시종과 시녀들은 할 일만 하고 남은 시간에는 멋대로 행동을 하고 있었다.

"그럼 최근에 들어온 시녀나 시종이 있는가?"

"예? 갑자기 그것은 왜……."

키에르는 크게 당황했다.

최근에 몇 명이 들어왔다는 건 알고 있지만 그 들어온 사람이 누구인지는 전혀 모르고 있었기 때문이다.

시르 공작은 키에르가 당황해하는 기색을 눈치 채고는 눈살을 찌푸렸다.

"그들 중 수상하다는 생각이 드는 사람은 없었냐고 묻는 거다."

"없었습니다."

아주 단호하게, 생각해 볼 필요도 없다는 듯이 바로 대답이 나왔다.

"확실한가?"

"예."

사실 키에르는 지금처럼 단호하게 대답할 정도로 '첩자는 없다'는 확신을 가지고 있는 건 아니었다. 다만 자신이 모른다고 했을 경우 불같이 화낼 시르 공작이 무서워 거짓말을 하고 있는 것이다.

그런 생각을 알 리 없는 시르 공작이지만 대답이 좀 이상하다는 생각은 하고 있었다. 이 대답을 하기 전 최근에 들어온 이들에 관한 말을 했을 때 당황하는 모습이 이상했던 것이다.

"집사."

"예."

키에르는 바싹 긴장했다.

시르 공작은 그 모습을 눈을 가늘게 뜨고 응시하더니 차가운 목소리로 물었다.

"혹 일을 소홀히 하고 있는 것은 아니겠지?"

"무, 물론입니다."

"그래. 일단은 믿고 있겠네."

키에르는 그냥 '믿는다'가 아닌, '일단은 믿겠다'는 말의 의미를 모르지 않았다.

의심이 가기는 하지만 지금 추궁하지는 않을 테니 다음에 이 일을 물을 때까지 잘못한 일을 바로잡아 놓으라는 뜻이었다.

"예, 공작 각하."

"난 다시 황궁으로 가겠다."

시르 공작이 황궁으로 향하고 나서 키에르는 허둥지둥 새로 들어온 아이들을 만나기 위해 움직였다. 혹시 시르 공작이 말한 '수상한 녀석'이 있다면 자기 선에서 처리하고 아무 일도 없었던 것처럼 무마시켜야 했다. 시르 공작이 알게 되면 자신이 무사하지 못하니까 말이다.

*　　　　　*　　　　　*

기분이 좋은지 얼굴 가득히 행복한 표정을 짓고 있는 카난 공작은 꽤 낯설었다.

평소에도 잘 웃기는 하지만 그 웃음은 자신의 감정과 생각을 가리기 위한 가면이었을 뿐, 지금처럼 기분 좋게 미소 짓는 일은 드물었기 때문이다.

그러니까, 이건 다시 말해서 오늘 카난 공작에게 무슨 일이 있었다는 말.

"카난 공작, 기분이 꽤 좋아 보이는군."

"그렇습니까?"

"그래. 즐거운 일이 있었나 보군."

그냥 해본 말에 카난 공작은 너무 기쁘다는 듯이 활짝 웃었다.

"예. 좋은 일이 있었습니다."

"그래?"

무슨 일인지 물어보고 싶지는 않다. 정상적인 대답이 나올 것 같지가 않아.

"폐하. 제가 시르 공작에게 어떤 말을 전했는지 알아내셨습니까?"

슬쩍 시선을 돌리려는데 태연하게 물어오는 말에 난 쓴웃음을 지었다.

카난 공작은 내 행동을 다 예측하고 있는 것인가.

내 행동이 그리 읽기 쉬운 거였나.

난 속으로 한숨을 내쉬고 고개를 끄덕였다.

"대충은. 한데 그건 왜 묻는 건가?"

"아무 이유 없습니다. 그저 확인일 뿐입니다."

"확인이라……."

"예. 폐하께서 어찌 행동하시느냐에 따라 저도 달리 움직여야 할 테니, 확실히 알아두는 것이 좋지 않겠습니까."

맞는 말이기는 하지만 불쾌하다.

내가 무슨 생각을 하고 있는지 전부 꿰뚫어 보고 있는 듯한 느낌이 불쾌하기 그지없었다.

"그나저나… 좀 늦으시는군요"

기분이 나빠져서 시선을 돌려 버리자 카난 공작은 마치 혼잣말을 하는 듯이 그렇게 중얼거렸다.

"무슨 말인가?"

"세레나님 말입니다. 오늘 오시기로 했던 걸로 기억합니다만… 좀 늦으실 모양입니다."

무슨 뜻인가 했더니 세레나가 오겠다고 했던 일을 말하는 모양이다.

"그런가 보지."

솔직히 나로서는 세레나가 계속 황궁에 드나드는 게 싫다.

어차피 날 만나려면 황궁으로 와야 하니 어쩔 수 없는 일이지만.

날 만나러 오는 게 싫은 건 아니다. 그건 오히려 기쁘고, 좋다.

다만… 지금 시기가 그리 좋지 않다 보니 걱정이 된다.

아무리 세레나가 신관이고, 황족으로서 아무 권리도 의무도 없다지만 내 동생이 아니게 된 건 아니다.

'황제의 여동생'이라는 건 여러모로 귀족들의 눈에 띄게 되는 것.

게다가 동생의 나이가 벌써 24세.

평균적인 결혼 적령기인 18세를 훨씬 넘어서고 있다.

이리되면 당연히 여기저기서 별로 듣기에 좋지 않은 소리가 들리게 된다. 정략결혼 같은 말들이 들리는 거다.

"폐하? 무슨 근심거리가 있으십니까?"

"근심거리라. 지금 내가 처한 상황 모두가 근심이 아닌가."

피식 웃으면서 말을 돌렸지만 카난 공작은 예리했다.

"세레나님에 대한 문제입니까?"

"호오. 왜 그리 생각하는가?"

"그야, 폐하께서 세레나님에 대한 이야기를 하시다 표정이 어두워지셨으니 그리 생각하는 게 당연하지 않겠습니까."

예리하다기보다 눈치가 빠른 건가.

난 한숨을 내쉬면서 고개를 끄덕였다.

"맞네. 자네에게 이야기할 일은 아니지만 말이지."

솔직히… 세레나에게 더 안 좋은 일은 바로 나에 관한 거다.

세레나를 동생으로서 사랑하고 아끼고 있다. 하지만 가끔씩… 아주 가끔씩 세레나의 결혼 상대에 관한 생각을 하곤 한다.

그것도 내가 아주 싫어하는 방향으로.

즉, 세레나를 정략결혼시킬 생각을 하는 것이다.

그런 생각을 하고 나서 이내 스스로가 한심해서 고개를 젓는 일이 있다.

"그게 정말 싫은 일이지…….."

"예?"

내가 혼자 중얼거린 말을 들었는지 카난 공작이 내 쪽을 본다.

"아무것도 아니네."

세레나가 결혼을 한다면 정말 행복한 결혼을 하게 해주고 싶다. 어린 시절이 그리 행복하지 못했으니 다른 이들의 배는 행복하게 해주고 싶었다.

그런데 다른 사람도 아닌 나 자신이 이런 생각을 한다는 사실이 싫어서 견딜 수가 없다.

지금은, 아직은 실행에 옮길 정도로 썩지는 않았지만… 언젠가는 정말 세레나도 도구로 쓰려 할지도 모른다.

그래. 세레나는 정말 현명했지. 이런 더러운 곳에서 벗어나 신관이 되었으니…

그리고 난 어리석어 이곳에서 매일매일 이곳의 더러움에 조금씩 동화되어 가고 있다.

결국 세레나가 날 만나러 온 것은 꽤 늦은 시간이었다.

"늦었구나."

"죄송해요. 맡은 일이 있어서 쉽게 빠져나오지 못했어요."

세레나는 전혀 미안한 기색 없이 말을 하면서 생긋 웃었다.

그리고는 카난 공작 쪽으로 시선을 옮겨 예법에 맞게 인사를 했다.

"카난 공작님, 반갑습니다."

"예. 그간 평안하셨습니까."

"신관으로서 신전에 있는데 평안하지 않을 리가 없지 않습니까."

저런 식의 말을 하는 모습을 보면 이제 말괄량이 동생이 아니라 신관이 된 아이 같은데 말이야.

"앉아라."

세레나가 자리에 앉고 나서 난 한숨을 내쉬며 조용히 말했다.

"그래. 그 '절대 말할 수 없는 용건'이라는 게 뭐냐?"

"아, 그것 때문에 화나신 건 아니죠? 그냥 순간적으로 장난기가 동해서 그만……."

내 말에 세레나는 배시시 웃으면서 변명했다.

세레나가 날 만나려면 며칠 전에 '어느 날, 무슨 용건으로 방문하고 싶다'는 식의 말을 미리 전해야 한다.

그런데, 이번에 날 만나겠다고 했을 때 상대가 용건을 묻자 '절대 다른 사람에게는 말할 수 없어요'라고 말했던 것이다.

그 사람이 내가 세레나의 방문은 무조건 허락한다는 걸 알고 있었고, 또 시르 공작이 내가 세레나는 절대 일에 끌어들이지 않는다는 걸 아주 잘 알고 있지 않았더라면 이번 방문은 허락되지 않았을 것이다.

저런 장난을 치는 걸 보면 어투나 행동만 조금 변했고, 정작 성격은 전혀 안 변했다는 게 느껴져서 한숨이 저절로 나온다.

어째 나이가 들어서도 이리 행동을 하는 건지.

"화나진 않았다."

"그럼 다행이네요. 용건은 별거 아니긴 한데… 저……."

세레나는 말을 하지 않고 머뭇거리면서 카난 공작 쪽으로 시선을 보냈다.

하는 걸 보아하니 다른 이들은 듣지 않았으면 하는 일인 모양인데…

"곤란한 이야기인 거냐?"

"꼭 그런 건 아니지만……."

말과는 다르게 꼭 카난 공작이 자리를 피해줬으면 하는지, 말끝을 흐리면서 카난 공작 쪽으로 난처한 시선을 보낸다.

어쩔 수 없나.

"카난 공작, 잠시 나가 있게."

"알겠습니다."

카난 공작은 바로 대답을 하고 밖으로 나갔다.

"제노시아도 내보내라… 는 건 아닐 테니 이제 됐겠지?"

"예."

안심했다는 듯 활짝 웃은 세레나는 품에서 편지를 꺼냈다.

무슨 용건인가 했더니…

"드레이크의 편지냐."

"예. 정말 오랜만이지요?"

"그래. 오랜만이긴 하지만 이런 일로 카난 공작까지 내보낼 필요가 있었을까."

이런 일이라면 카난 공작이 보고 있어도 상관없다.

아니, 그 누가 보더라도 상관없는 일이다. 중요한 일도 아닐뿐더러 시르 공작에게는 아무 값어치가 없는 일이니까.

"오라버니도 참. 친구의 편지 정도는 느긋하게 읽는 게 좋잖아요."

"친구… 라……."

난 드레이크를 친구라고 생각한 적은 없는 거 같은데. 그야, 좋아하긴 했지만… 친구라는 거, 서로를 신뢰하고 좋아한다고 해서 되는 게 아니잖아? 내 쪽에서 멋대로 그렇게 생각하는 거, 상대도 불편할 테고.

아주 오래전의 일같이 희미하게 남은 기억이라 확실하진 않지만, 세레나가 밀어붙인 데다가 실비아의 일이 겹쳐서 편지의 왕래가 있긴 했지만 서로 친구로 받아들인 적은 없다고 기억하는데 말이야.

뽀로통해 있는 세레나에게 이런 말을 하면 또 삐칠 게 뻔하니까 말은 안 하지만.

일단은 편지를 받아 들었지만 별로 읽고 싶은 마음은 없었다.

"이거, 읽어봤니?"

"아뇨. 저에게 온 것이 아니니까 오라버니께서 읽으신 후에 읽으려고 했어요."

이런… 그럼 지금 읽어봐야 하는 건가.

내키지 않았다.

이제 계속 드레이크와 연락할 이유도 없고…

"아?"

"왜 그러세요?"

내키지 않은 마음으로 펼쳐 본 편지에는 뜻밖의 말이 적혀 있었다.

난 피식 웃으면서 세레나에게 편지를 건네주었다.

역시 나와 연락한다는 건 드레이크에게 상당히 부담스러운 일이었던 모양이다.

"이게… 대체……."

편지를 읽은 세레나가 당황해하며 허둥거리는 모습을 보자 어쩐지 즐거워졌다.

"왜 그래?"

"왜라니요. 왜 드레이크는……?"

"당연하다고 생각되는데."

드레이크가 이번에 보낸 편지는, 이제 자신의 일이 끝났으니 더 이상 연락을 주고받고 싶지 않다는 내용이었다.

난 그 이유를 알 것 같지만 세레나는 아닌 모양이다.

"어째서? 왜 연락을 하지 않겠다는 건지 모르겠어요. 드레이크 씨는……."

"세레나, 너무 네 입장에서 생각하는 거 아니니?"

"예?"

세레나는 아무것도 모르겠다는 듯한 표정이었다.

"어떤 이유가 있다 해도 나와, 그러니까 소위 말하는 '높으신 분'과 편지를 주고받는다는 것. 드레이크에게는 상당히 부담스러운 일이었을 거다."

쉽게 설명해 주었지만 세레나는 전혀 이해하고 싶지 않은 듯했다.

"하, 하지만 드레이크 씨는… 그럴 사람이……."

"세레나, 대체 네가 무슨 생각을 하는 건지 모르겠구나."

내 말에 세레나는 입을 꾹 다물고 고개를 숙였다.

그렇게 한참을 가만히 있던 세레나는 복잡한 표정으로 고개를 들었다.

"저 가볼게요. 신전 일도 있고……."

"그래."

"그럼……."

정신이 없는지, 제대로 된 인사도 하지 않고 나가 버렸다.

그렇게 세레나가 나가자 한숨이 나왔다.

"아직 어려."

권력이라는 걸 제대로 실감하지 못할 때에 신전으로 가버려서인지, 아니면 소설을 너무 많이 읽어서인지 모르겠지만 세레나는 나와 드레이크가 친구가 될 수 있다고 믿은 듯했다.

현실에서는 불가능한 일인 걸 세레나는 몰랐던 모양이었다. 아니, 알면서도 친구가 되기를 바랐는지도 모르지만.

"세레나님께서는 폐하를 걱정하고 계신 겁니다."

제노시아의 말에 난 피식 웃었다.

"알아."

아주 잘 알고 있다.

다만 세레나의 경우는 걱정을 하긴 해도 어떻게 행동으로 옮겨야 할지를 몰라 엉뚱한 일을 벌여서 그렇지.

"하지만… 동생이 걱정하게 만들다니, 난 좋은 오라비는 못 되는 모양이로군."

최근 생각하는 것도 그렇고 말이야.

"그렇……."

제노시아가 뭐라 말하려는 찰나 노크 소리가 들리고 문이 열렸다.

"즐거우셨습니까?"

카난 공작이 들어오면서 재미있어하는 목소리로 말했다.

"글쎄."

난 그저 웃어 보이고는 세레나가 두고 간 편지를 집어 들었다.

남에게 보여 곤란한 내용은 없지만 일단은 처분해 두는 것이 좋을 것이다.

"그러고 보니, 세레나님께서도 이제 반려를 만나실 때가 된 것 같습니다만… 생각해 둔 사람이 있으십니까?"

편지가 거의 다 타 들어갈 무렵 카난 공작의 입에서 의외의 말이 나왔다.

"의외로군. 자네도 관심이 있었나?"

다른 이들은 몰라도 카난 공작이 저런 말을 할 줄은 몰랐는데 말이야.

"아들을 둔 어미로서 훌륭한 여성에 대한 소식은 관심이 없을 수가 없는 법입니다."

카난 공작은 꽤 유연하게 대답을 했지만 난 기가 막혔다.

아들을 둔 어미로서라니.

말도 안 되는 소리를.

무엇보다…

"자네의 아들은 이제 12살 남짓 되었다고 알고 있는데, 내가 잘못 알고 있는 건가."

"아닙니다. 정확히 알고 계십니다."

그럼 어째서 '아들을 둔 어미'라는 소리가 나오는 거지? 라는 의미를 담아 지그시 봐줬지만 카난 공작은 전혀 개의치 않고 웃고 있었다.

"무슨 생각을 하고 있는 건가?"

자신의 아들과 세레나가 결혼했으면 한다는 헛소리를 할 사람은 아닌데 말이야.

무엇보다 나이 차이가… 아니지. 거의 50살이 차이나는 이와의 결혼도 흔한 일인데.

정말 카난 공작이 그런 생각을 하고 있는 건…

"다만 켈벤 백작의 자식이 얼마 뒤에 결혼을 한다는 게 기억나서, 세레나님은 어쩌실 생각인지 궁금했을 뿐입니다."

날 망상에서 빠져나오게 해준 건 카난 공작의 말이었다.

아아. 그런 거였군.

"그런가."

"세레나님을 상당히 아끼시나 봅니다."

"동생이니까."

당연한 걸 말한다는 생각에 바로 대답했다. 그리고 고개를 돌렸다가 카난 공작이 싸늘한 표정으로 앞을 응시하고 있는 걸 봤다. 지금 공작의 앞에 있는 걸 보고 있는 건 아니었다.

"…그건 이유가 될 수 없습니다. 언니라도, 동생이라도 얼마든지 서로를 해치고 험하게 대할 수 있는 것이니까요."

이상한 말이긴 하지만 짐작 가는 일이 하나 있군.

"시르 공작과 자네의 일인가?"

"…대답을 해드리면 제가 너무 불리할 것 같으니 말을 않겠습니다."

그게 대답 아닌가.

내 말이 맞다는.

시르 공작과 카난 공작의 관계가 어떻게 이렇게 된 건지 조금은 감이 올 것 같다.

자세한 건 조사를 해봐야 알겠지만.

오랜만에 아주 큰 연회가 열렸다.

황후인 뮤리아의 생일을 맞이해서, 그리고 몇몇 사람들에게 작위를 내리기 위한 연회다.

나로서는 작위를 주어야 할 자들 중에 신경 쓰이는 사람이 많아 피곤하지만 뮤리아는 오랜만의 '즐거운 일'이라서 그런지 꽤 기쁜 눈치였다.

"즐거워 보이는군."

"제 생일인데 불쾌한 표정을 지을 이유가 없잖아요?"

뮤리아는 가볍게 말하면서 무엇 때문인지 연회장을 꼼꼼히 살피고 있었다.

"누굴 찾고 있는 건가?"

"그건 아니에요. 다만 이제 꽤 노골적이 되었구나 싶어서요."

그 말에 난 피식 웃었다.

뮤리아의 말대로 사람들은 자신의 세력끼리 모여서 이야기를 나누고 있었다.

예전에도 이런 식이기는 했지만 그나마 다른 세력에 속한 사람과 가벼운 이야기 정도는 나누는 것 같았는데 지금은 그런 기색도 전혀 없다.

서로를 노골적으로 무시하고 있다고 할까.

하지만 이런 상태는 시르 공작이 연회장에 모습을 나타내기 전까지일 뿐이다.

시르 공작이 나타나면 모두가 서로 아부하기 위해 그쪽으로 달려드니까.

참 알아보기 쉬운 사람들이라니까.

"신중하지가 못한 이들이지."

"네?"

"혼잣말이네."

권력의 중심은 계속 바뀌는 것.

한데 그런 생각을 하지 못하고 지금의 권력자에게만 꼬리를 흔들지. 그래서 다음에 권력을 잡은 이들에 의해 밀려나고. 또 다른 권력자에게 붙어 부귀를 누리고.

그렇게 계속 반복해 온 것들이 귀족이라는 것들.

파리 떼가 먹이에 꼬이는 것처럼 몰려다니지.

한심해.

"폐하, 무슨 생각을 그리 깊이 하십니까?"

"이것저것."

뮤리아는 즐겁다는 듯이 웃었다.

"최근 신경이 날카로워지신 듯합니다?"

"그리 보이는가."

"너무 초조해하지 마세요."

그다지 초조해하고 있지 않다고 생각했는데 뮤리아의 눈에는 아니었나 보다.

"초조해하고 있단 말이지……."

피식 웃으며 중얼거렸을 때, 이제 이번 연회의 주목적인 음악이 멈추고, 작위를 내리기 위한 절차가 시작되었다.

그 첫 시작으로 시르 공작이 내 대신 연설 비슷한 말을 하기 시작했다.

"참. 이번에 작위를 받는 분들 중에 레이디 라일라도 있었지요?"

시르 공작이 뭐라고 장황하게 말을 늘어놓을 때 뮤리아가 작은 목소리로 나에게 속삭였다.

"그래."

아무리 어미의 작위를 물려받는다고는 하지만 중앙의 인정이 필요한 법.

때문에 오늘 여기서 인정을 받기로 되어 있다.

라일라는 내 쪽의 사람이라 할 수 있으니 잘된 일이어야겠지만 좀 애매하다.

하지만…

"그럼 그간 왜 연락이 없었는지 알고 계세요?"

"아니."

그동안 꼭꼭 숨어 지낸 이유를 알 수가 없다.

그간 무슨 일이 있었는지, 마음이 변한 건지 알아봐야 하는데 말이야.

나중에 따로 부르기에는 좀 어색하고. 어떻게 하지.

내가 고민하든 말든 순서는 착착 진행되어 몇 사람이 앞으로 나왔다.

죽 훑어본 바로 내가 아는 이는 라일라 단 하나.

나머지는 시르 공작이 추천한 사람들이었다.

멋진 상황… 이랄까.

"황제 폐하와 이 제국에 충성을 다할 것이며……"

그자들이 작위를 받으며 맹세하는 말에 속으로 웃음이 나왔다.

누구와 어디에 충성해? 재미있군.

작위 수여가 끝나자 다시 연회가 시작되었다.

하지만 내가 끼어들 곳은 어디에도 없다.

대부분이 시르 공작의 눈치를 보고 있는 판국이니.

"폐하, 생각이 많으신 것 같습니다."

"그대는 생각 외로 이런 일에는 그다지 신경을 쓰지 않는군."

생각 외로 뮤리아는 이 정도의 노골적인 무시에도 아무렇지 않은 듯한 모습이었다.

정말 이 연회를 즐기는 듯한 모습으로 와인을 마시던 뮤리아는 웃었다.

"스라트에 있을 때를 생각하면 이 정도는 아무것도 아니지요. 하지만 유쾌하지 않은 건 사실이에요."

"그런가."

"정말 유쾌하진 않아요. 하지만 나중에 상대에게 제가 당한 것 이상을 돌려줄 생각을 하면 그나마 기분이 조금은 좋아지죠."

마치 날씨 이야기를 하는 것처럼 태연하고 평이한 어조로 의미심장한 말을 입에 담았다.

그러면서 와인을 계속 마시는 모습을 보니 '괜찮다'는 말과 달리 기분이 나쁜 모양이었다. 평소 술을 그다지 즐기지 않는데 오늘은 계속 마시는 걸 보니.

"그런데 폐하께서는 와인도 즐기지 않으시는군요."

"아아… 예전의 일이 있어서 좀 조심하기로 했지."

시르 공작이 나에게 약을 먹였던 일 이후로 이런 자리처럼 누가 뭔가를 타도 모를 것 같은 건 입에 대지 않고 있었다.

"그렇습니까. 그럼 저도 조심해야겠군요."

내 말의 의미를 대충 눈치 챈 뮤리아는 방금 들었던 와인잔을 내려놓았다.

하여간 눈치가 빠르다니까.

와인 마시는 걸 그만둔 뮤리아는 따분하다는 듯한 모습으로 연회장을 응시했다.

나도 뮤리아를 따라 연회장을 응시하다가 라일라를 발견했다.

그래. 뮤리아라면 어색하지 않게 라일라에게 말을 할 수 있겠지. 게다가 지금 심심해하고 있으니 잘되었군.

"심심한가 보군."

"할 수 있는 게 없으니까요."

"그럼 한 가지 도와주겠나?"

뮤리아가 나른한 눈으로 내 쪽을 향해 시선을 옮겼다.

"라일라 켈 리크루스에게 내 집무실로 잠시 오라는 말을 전해주게."

"…왜 직접 전하시지 않고?"

약간의 호기심과 의아함을 담은 말에 난 살짝 웃어주었다.

"너무 눈에 띄고 싶지 않네."

"하지만 제가 움직인다 해도 눈에 띌 게 뻔하잖아요. 제가 눈에 띄는 건 상관없다는 말씀이신가요?"

"꼭 그런 건 아니네만… 나보다는 덜할 거 아닌가."

"알겠습니다. 도전해 보지요. 그런데 무슨 일로……?"

"그건 나중에 말해 주지."

그렇게 말한 나는 자리에서 일어났다.

계속 이곳에 있을 이유는 없으니 일단은 집무실로 가 있을 생각이었다.

제노시아와 함께 연회장을 나서서 집무실을 향해 가는데 뒤쪽에서 누군가가 다급하게 다가오는 소리가 들렸다.

몸을 돌려 뒤를 보자 카난 공작이 꽤 급한 걸음으로 내 쪽으로 오고 있었다.

"카난 공작, 연회가 한창일 텐데 왜 나온 거지?"

"시르 공작은 제가 쉬는 게 마음에 들지 않는 모양입니다. 연회 중인데도 일을 하라고 말하는 걸 보면 말입니다."

그러니까 내가 빠져나가는 걸 본 시르 공작이 날 따라가라고 명령했다 이거로군.

"이거, 내가 괜히 연회장을 빠져나온 건가? 미안하군."

"아닙니다. 어차피 따분한 연회이니 별 흥미는 없습니다. 오히려 폐하 께서 지금부터 하실 일에 흥미가 더 있습니다."

알고 말하는 걸까, 아니면 그냥 날 떠보는 말일까.

"호오. 무슨 뜻인가?"

"저에게까지 숨기실 이유는 없다고 생각합니다만."

카난 공작은 상당한 포커페이스라서 표정을 읽기가 힘들다.

내가 라일라를 만날 거라는 걸 알고 온 건지, 아니면 그저 막연한 짐작 으로 와서 의미심장한 듯한 말을 하여 내 반응을 살피는 건지 알 수가 없 다.

만약 알고 온 것이라면 굳이 숨길 이유는 없지만 모르고 있는 거라면 내 입으로 뭔가를 가르쳐 줄 생각은 없다.

"무슨 일을 하는 건지 모르겠군. 그저 연회가 무료하여 나온 것뿐인데 말이네."

"물론 다른 이들에게는 그렇게 말해 두겠습니다."

만만치 않은 사람이군.

"뭐, 군이 따라오겠다면 말리지는 않겠네."

"예. 감사합니다."

뭐가 감사한 건지는 모르겠지만 하여간 카난 공작은 감사하다는 말을 하고는 한두 걸음 뒤에서 날 따라오기 시작했다.

그리고 집무실에 도착하자 카난 공작은 의아한 듯한 어조로,

"어째서 집무실로 오신 겁니까?"

라고 물었다.

"글쎄."

일일이 말해 줄 필요가 없는지라 대충 대답해 주고 의자에 앉았다.

집무실로 부른 이유는 간단하다.

라일라는 궁의 구조를 잘 모르니까, 궁 안의 시녀나 시종들에게 안내받거나 묻지 않고 찾아올 수 있는 장소를 고른 것뿐이다.

몰래 만나야 하는 건데 여기저기 묻고 다니게 할 수는 없으니까.

머리를 조금이라도 쓰는 자라면 시종의 안내 없이 혼자 오겠지.

얼마 기다리지 않아서 작은 노크 소리가 들리고 문이 조용히 열렸다.

"제국의 황제 폐하를 뵙습니다."

들어와서 예를 갖춘 인사를 하고 나서 카난 공작 쪽으로 의아하다는 눈빛을 보냈다.

아마도 시르 공작과 친하다고 알려져 있는 자가 어째서 여기에 와 있는 건지 궁금한 모양이지.

"앉게."

"예, 폐하."

궁금해한다고 해서 굳이 설명해 줄 필요는 없는지라 그냥 자리를 권했다.

"이거, 놀랐습니다. 설마 했는데 지금 만나실 분이 리크루스 자작일 줄은 몰랐습니다."

"가끔은 의외성도 있어야 하지 않겠는가."

나와 카난 공작이 엉뚱한 소리를 하는 모습에 라일라, 아니, 이제 정식으로 작위를 받았으니 리크루스 자작이라고 불러야겠지.

우리의 그런 모습에 리크루스 자작은 좀 놀란 모습이었다.

"쓸데없는 말은 전부 생략하도록 하지. 리크루스 자작?"

"예?"

"그간 어째서 숨어 지냈는지 말해 줄 수 있나?"

내가 이 정도로 직선적으로 물을 줄은 몰랐는지 당황한 모습을 보여주었다.

"그러니까……."

"침착한 설명을 듣고 싶네."

내 말에 리크루스 자작은 숨을 고르더니 아까보다는 차분한 모습으로 입을 열었다.

"루이스 자작의 영지를 정리하고 제가 그 재산을 가지기 위한 절차를 밟았습니다. 오랫동안 그곳에서 멀리 떨어져 있어서인지 몰라보는 이들도 있었기에 저 자신의 정당함을 증명하기 위해 허둥거리다 보니 헤스던 님께 아무 연락을 못 드렸습니다."

"그건 나도 알고 있네."

내가 긍정을 하자 리크루스 자작은 안심한 눈치였다.

하지만 아직 안심하긴 일러.

"내가 지금 묻는 건, 그 이후에 뭘 했는가 하는 거네. 나에게 말할 수 없는 일인가?"

내 말에 잠시 멍하니 있던 리크루스 자작은 말속에 숨은 의미를 눈치챘는지 화들짝 놀랐다.

"아닙니다! 절대 그런 일은 없었습니다!"

"그런 일이라… 어떤 걸 말하고 싶어하는지는 알고 있단 소리로군."

"예."

그래. 내가 알고 싶은 건 리크루스 자작에게 시르 공작이 손을 뻗었는가 하는 일이다.

그 어미인 루이스 자작을 수족처럼 부렸으니 그 딸인 리크루스 자작에게도 손을 내밀었을 것이다.

자식이 어미가 모셨던 이를 받드는 건 당연한 일일 테니까.

뭐… 루이스 자작과 리크루스 자작은 원한 관계까지 있었으니 보통 모녀 간이 아니었지만.

"한 번 시르 공작에게서 연락이 온 적은 있었습니다만, 확실히 거절하는 것보다 회피하는 것이 나을 듯하여 영지 정리에 바쁘다는 말로 피했습니다."

그건 잘한 일이로군.

딱 잘라 거절했다면 아마도 루이스 자작의 영지를 물려받는 일이 조금 힘들었을 거다.

가신이 후계자가 없이 죽으면 그 주인이라 할 수 있는 자가 영지를 회수할 수 있으니, 시르 공작은 그런 주장을 하며 방해했을 테니까.

"그래? 그럼 일단은 믿겠네."

"감사합니다, 폐하."

감사할 것까지야.

그런데… 리크루스 자작은 '일단은 믿는다' 라는 말의 의미를 모르나 보군.

저렇게 얼굴이 밝아지다니 말이야.

"그럼 앞으로는 그대의 영지에 계속 머물러 있을 생각인가?"

"아닙니다. 조만간 헤스던님과 연락하여 상단의 일을 할 생각이었습니다."

"호오… 루이스 자작이 따로 키우던 상단이 있다고 들었는데 그건 어찌할 생각이지?"

이 말이 나올 줄은 몰랐는지 리크루스 자작은 눈에 띄게 당황하기 시작했다.

"폐하, 짓궂으시군요."

그 모습에 생글생글 웃으며 대화를 듣고만 있던 카난 공작이 갑자기 끼어들었다.

"무슨 뜻인가?"

"그렇게 직선적으로 물으시면 순진하신 이분이 당황하지 않습니까."

재미있다는 듯한 말투였다.

"즐거운 모양이로군."

내 말에 카난 공작은 말없이 웃었다.

카난 공작의 말대로 리크루스 자작은 생각보다 순진한 것 같다.

루이스 자작을 그런 식으로 죽여서 성격이 꽤 강할 줄 알았는데 말이야. 조그만 일에도 당황하지를 않나, 말속에 숨은 의미를 알아듣는 것도 느리고.

그러고 보니 루이스 자작과 닮았군.

역시 모녀 간인 건가.

나와 카난 공작의 대화에 리크루스 자작은 움찔하더니 고개를 푹 숙였다.

"리크루스 자작, 내 질문에 답해주게. 설마 그 상단에 관한 건 모르고 있었던 건가?"

다시 묻자 리크루스 자작은 조심스럽게 말을 시작했다.

"알고 있었습니다. 하지만 그 상단에 관해서는 루이스 자작이 미리 자신의 사후(死後)를 대비해 두어 손을 쓰지 못했습니다."

어라, 루이스 자작도 꽤 하는군.

죽고 나서야 자신의 능력을 보여주는 건가.

잠시 쓸데없는 생각을 한 나는 한심하다는 생각에 웃어버렸다.

"알겠네."

내가 알고 싶었던 건 이걸로 됐다.

나머지는…

"그럼 앞으로 계속 아리아… 그러니까 헤스턴과 함께 일을 했으면 하는데."

"알겠습니다."

나머지는 키나이의 조사를 기다리는 게 나을 거다.

키나이의 조사가 끝나면 지금 리크루스 자작이 거짓말을 했는지, 아니면 전부 진실을 말한 건지 알 수 있을 테니까.

리크루스 자작이 집무실을 나가고 나서 카난 공작은 재미있다는 듯이 웃기 시작했다.

"쿡쿡쿡쿡……."

"카난 공작, 적당히 했으면 하는데."

"아, 죄송합니다. 하지만 너무 재미있어서 웃음을 참을 수가 없었습니다."

"뭐가 그리 재미있는가?"

시큰둥한 내 반응에도 카난 공작은 즐거운 듯 웃음기 가득한 목소리로 대답했다.

"리크루스 자작은 자신이 그리 싫어하던 자신의 어머니와 상당히 닮은 것 같지 않습니까?"

그건 그렇지.

내가 고개를 끄덕이며 수긍하자 카난 공작은 정말 재미있다는 듯한 눈빛으로 리크루스 자작이 나간 문을 응시했다.

"그보다… 카난 공작."

"예?"

"이왕 여기까지 왔으니 구경만 하고 가는 것보다 자네가 하고 있는 일의 진행 상황이나 가르쳐 주겠는가."

시르 공작의 영지에 독을 풀었던 일에 관해 묻자 카난 공작은 잠시 생각하는 모습을 보였다.

그리고 이내 말하기 시작했다.

"시르 공작이 자신의 영지에 문제가 생겼다는 건 알아챘습니다. 하지만 독이라고까지는 생각 못하는 것 같았습니다. 영지의 주민들도 대부분 어째서 '병' 이 돌고 있는 건지 전혀 모르는 눈치입니다. 한 곳에서야 어떤 독 같은 것 때문이라는 건 눈치 챈 모양입니다만, 그 독을 어떻게 먹게 된 건지는 조사조차 못하고 있습니다."

술술 잘도 말하는군.

그런데… 조사조차 못한다니?

"조사를 못한다?"

"예. 대부분의 사람이 앓아 누워서 인원이 부족한 모양입니다."

헤에… 아직까지 제대로 된 조사가 이루어지지 않고 있단 말인가.

그렇다면 예상 이상의 효과가 나겠군.

"아, 폐하."

카난 공작은 갑자기 뭔가 생각난 모양이었다.

"음?"

"폐하께서 주신 약을 거의 다 써버렸습니다. 그들이 워낙 조사를 하지 않고 가만히 있는 바람에 예상보다 발각되는 게 늦어지고 있으니 당연한 일입니다만. 어떻게 할까요?"

아무리 늦어지고 있다지만 그걸 벌써 다 썼다고?

꽤 많이 드는군.

"더 필요한가?"

"시르 공작에게까지 알려질 정도로 이 소동을 오래 끌려면 더 필요하다고 생각됩니다."

"알겠네."

키나이에게 더 가져오라고 해두어야겠군.

대답을 들은 카난 공작은 인사의 말을 짧은 목례로 대신했다.

그리고는 조금 조심스러운 태도로 입을 열었다.

"다른 사람은 만나지 않으실 겁니까?"

"왜 묻는 거지?"

"아… 그게……."

아무 생각 없이 한 말이었지만 그 말에 드물게도 카난 공작의 허둥거리는 모습을 볼 수 있었다.

"호오. 무슨 일이 있는가?"

내가 재미있어하자 카난 공작은 재빨리 표정 관리에 들어가 버려서 더이상 허둥거리는 모습은 볼 수 없었지만 상당히 재미있는 일이 되어버린 건 사실이다.

"아무것도 아닙니다."

"아무것도 아닌데 그런 반응이라… 집안일인 모양이로군."

정답이었던 듯 카난 공작은 입을 꼭 다물었다.

그 어떤 일이라도 포커페이스를 유지하는 사람이 집… 그러니까 남편의 일이라면 저렇게 허둥거리다니, 재미있는 일이야.

좀 놀려주고 싶긴 하지만 시간이 없다.

"그럼 가보게. 나도 이제 쉬어야 할 듯하니."

"알겠습니다."

카난 공작이 황급히 인사를 하고는 허둥지둥 집무실을 나갔다.

"재미있는 관계야. 언제 한 번 카난 공작의 남편과 이야기를 나눠보고 싶다니까."

내가 혼자 중얼거리는 말에 제노시아가 한숨을 내쉬었다.

"왜 그러지?"

"아닙니다."

왜 저러는 건지 원…

그나저나 나도 계속 불도 안 밝힌 이 집무실에 있을 이유는 없으니 돌아가 볼까.

곧 키나이도 올 테니…

느긋한 걸음으로 내 방으로 향하는 도중에 이상한 소리가 들려왔다.

틱. 틱.

"…그리고 나서, 알리면……."

"하지만……."

어두운 복도에서 누군가가 벽을 치는 소리와 함께 목소리를 낮춰 무슨 이야기를 나누고 있었다.

보통 때라면 무시하고 내 갈 길로 가버렸겠지만 이상하게 신경이 쓰였다.

"…제노시아."

나 역시 저쪽에 들리지 않을 정도로 목소리를 낮춰 제노시아를 불렀다.

"예."

"그대는 지금 저들이 무슨 이야기를 나누는지 들리는가?"

"잠시……."

내 말에 제노시아는 이야기 소리에 정신을 집중하는 듯이 눈을 감고 조용히 있었다.

드문드문 들리던 소리가 끊기고 나서 잠시 후, 눈을 뜬 제노시아는 의아한 표정을 지었다.

"뭐라고들 하고 있던가?"

"끝부분밖에 듣지 못해 자세히는 모르겠습니다만, 누군가에게 독을 쓰려는 것 같았습니다."

독을?

"누가?"

"죄송합니다. 그 부분은 듣지 못했습니다."

"그래……."

이거, 문제가 있는데.

대체 누가, 뭘 하려는 거지?

날 노릴 가능성이 가장 높은데… 한동안 조심해야겠군.

난 다시 걸음을 옮기기 시작했다.

내 방으로 가니, 키나이가 먼저 와서 기다리고 있었다.

"일찍 왔군."

"오늘은 연회가 열리니 늦은 시각보다 지금의 시간이 눈에 덜 뜨입니다."

맞는 말이로군. 아직 연회가 끝나지 않은 시간이니 다들 연회에 정신이 팔려 있고 또 낯선 모습을 보더라도 무심히 넘어가기 마련이니까.

"그래. 알아온 것은?"

"라일라 리크루스에 대한 조사와 카난 공작에 관한 일입니다."

말없이 키나이가 내미는 서류를 받아 들었다.

꽤 두꺼운 걸 보니 할 말이 어지간히 많았나 보다.

"중요한 게 있는가?"

"제게 물어보셔야 할 정도의 문제는 없습니다."

한마디로 이것만 읽어봐도 어지간히 안다는 거지?

"그럼 내 부탁 한 가지 하지."

"예?"

부탁이라는 말 때문인지 키나이는 놀란 듯 눈을 크게 떴다.

"현재 황위 계승 서열이 어떻게 되는지 정도는 알고 있겠지?"

"예. 당연히……."

"니아이스, 펠리스, 로이안. 그들의 기초적인 부분을 좀 조사해 주었으면 하네."

성격이라든가, 황위에 대한 관심이 어느 정도인지 알아야 한다.

"알겠습니다."

"되도록 빨리, 그러니까 3일 후까지는 알려주었으면 하네."

"예."

키나이가 돌아가고 나자 제노시아는 의아하다는 표정이었다.

"그분들은 왜……?"

"필요해서."

이 대답에 제노시아는 이해할 수가 없다는 듯한 눈빛을 하고 있었다.

하긴, 어릴 때 그렇게 끔찍이 싫어하던 사람들을 갑자기 필요하다고 하니 이상하게 비칠 법도 하지.

하지만 살다 보니 그런 녀석들도 가끔은 필요해지더란 말이야.

굳이 설명할 필요를 못 느낀 나는 웃어주기만 하고 키나이가 가져온 보고서를 펼쳤다.

리크루스 자작에 대한 건 별다른 말이 없었다.

다만 리크루스 자작은 그녀의 어머니인 루이스 자작의 가신들로부터 자신을 인정받는 데 좀 고생했던 모양이었다. 그들이 리크루스 자작은 루이스 자작과 다른 성까지 쓰면서 인연을 끊었으니까, 후계로 받아들일 수 없다며 말이 많았다고 한다.

뭐, 원주인인 루이스 자작의 후계자가 없으면 자신들이 그 넓은 영지를 나눠 가질 수 있으니 억지를 부렸던 셈이지만.

그리고 확실히 시르 공작 측에서 한 번의 접촉 시도가 있었던 모양이다. 우리 쪽의 조사에서는 그저 '하지만 접촉을 하지는 않았다'라고 적혀 있을 뿐이지만.

하여간 리크루스 자작은 나에게 거짓말을 하지는 않았던 듯하다.

그리고 카난 공작에 대한 건…….

여전히 별거없었다.

이렇게 평범하게—어릴 때부터 이것저것 교육을 받은 모양이지만 대공작가의 후계자로서 그건 당연한 거고—자라서 어떻게 저런 성격이 될 수 있을까 하는 생각이 들 정도로 눈에 띄는 것이 없었다.

다만 시르 공작과의 관계에 대한 게 추가되어 있었다.

지금의 카난 공작과 시르 공작의 어머니들이, 그러니까 전대 공작들이 둘을 자주 경쟁 붙였던 모양이다.

누가 더 나았던가에 관한 건 적혀 있지 않았지만 충분히 예상할 수 있는 일이다.

아마 거의 시르 공작이 앞섰겠지.

…그런데 설마 이 정도의 이유로 시르 공작에게 적의를 가지고 있는 건가?

오늘 따라 유난히 카난 공작의 미소가 짙었다.

불안한 느낌이 들 정도로.

"무슨 일이 있나 보군."

내 말에 카난 공작은 일부러 놀란 듯한 표정을 지어 보였다.

"어머. 눈에 보일 정도입니까?"

"난 귀찮은 걸 싫어하네."

다시 말해서, 뻔한 일로 말장난하듯이 계속 대화를 이어 나가고 싶은 생각은 없다는 말이다.

내 말에 숨은 뜻을 못 알아차릴 카난 공작은 아닌지라 이내 말장난은 그만두었다.

"폐하께서 기다리시던 일이 생겼습니다."

그리고 말장난을 못하게 해서 재미없다는 듯이 기운 빠진 목소리로 한 말에 난 순간 흠칫했다.

"시르 공작이 눈치 챘다는 건가. 아니면……."

물론 그 독에 관한 걸 시르 공작이 빨리 눈치 채기를 기다리고 있긴 했지만 순간 놀라 버렸던 것이다.

"그 대상 영지의 주민들이 알게 되었다는 겁니다. 누가 왜 그랬는지는 짐작이 가지 않는 모양이지만 우물에 독이 들었다는 건 알게 되었다고 합니다."

"그래?"

"이제 시르 공작이 알게 되는 것도 시간문제일 거라 생각됩니다."

그야 그렇겠지.

우물에 독이 들어가는 건 큰일이니까, 주인인 시르 공작에게 보고가 들어가는 건 당연하다.

문제는…

"보고는 아무리 늦어도 7일 정도 후가 될 거라 생각합니다."

"그래. 하지만 시르 공작이 누가 했는지를 알게 되는가 하는 게 문제지."

"예."

카난 공작은 나이에 안 맞을 정도로 상큼하게 대답을 한다.

어쨌거나 이제 시르 공작이 알게 되는 건 시간문제.

손을 쓰지 않아도 미리 내가 준비해 놓은 가짜 답안으로 달려가면 좋을 텐데, 시르 공작은 그리 멍청하지는 않을 테니 약간 손을 대주어야겠지.

"참. 보고드리는 걸 잊을 뻔했군요."

"음?"

또 뭐가 있다는 거지?

"사상자가 몇 명 나왔습니다."

"그런가… 역시 시간이 오래 걸리니 죽는 이가 생기는군."

"예. 좀 안타까운 일이었습니다."

아무리 약한 독이라고는 하나 독은 독이다.

독인 줄 모르고 계속 먹어 몸에 축적되어서 결국 죽음에 이른 것이리라.

이건 내 탓도 있겠지만 조사가 너무 늦어진 탓도 있는 셈이지.

그러고 보니…

"그런데, 아까 상당히 기분이 좋아 보이던 이유가 이거였나?"

사람이 죽었다는 건 둘째 치고, 시르 공작이 이 사실을 알게 되었다고 기분 좋아하고 있었던 건 아니겠지?

정말 그랬다면 문제가 있다.

이 일에는 자신도 연루되어 있으면서 그렇게 좋아하다니 말이야.

만약 정말로 그렇다면 필히 정신적인 부분이 정상인지 알아봐야 할 문제다.

"꼭 그런 건 아닙니다만……."

그나마 다행인 건가.

"그럼?"

"그저 아무도 알아채지 못하고 이 상태대로 겨울이 지나 버리는 건 아닐까 해서 상당히 걱정했었는데 잘 풀려서 다행이라는 생각이 들었을 뿐입니다."

그건 그렇군.

하지만 그렇다고 해서 카난 공작의 그 모습이 정상적으로 느껴지는 건 아니다.

"그걸 기뻐한 거였나?"

"기뻐하다니. 저는 그저 안심했을 뿐이었습니다."

그러니까 전혀 그렇게 느껴지지가 않았다니까.

이 문제로 계속 이야기를 나눠봤자 지치는 건 나다.

난 한숨을 푹 내쉬고는 대화를 포기했다.

그리고 난 나대로 생각에 잠겼고 카난 공작 역시 무슨 생각을 하는지 말이 없었다.

오늘은 연회가 있은 지 3일째 되는 날.

카나이가 저번에 말했던 것에 대한 보고를 가져올 것이다.

내가 조사를 부탁한 자들은 셋이다.

나의 이복 남매들을 조사한 것이다.

그리고 조카라고 할 수 있는 아이, 베아트리체는 아직 10살도 채 못 되었으니 조사해 오지 않아도 되는 아이라서 굳이 언급하지 않았었다.

또한 시에라의 자식인 리아스와 루나리네스는 계승권이 없어진 데다가 어려서 쓸 수가 없을 것 같으니 제외.

하지만 카나이라면 모두 조사해 올지도 모르지.

"폐하, 잠시 자리를 비워도 괜찮으시겠습니까?"

갑자기 카난 공작이 공손한 목소리로 '허락'을 구했다.

"무슨 일이지?"

"별일은 아닙니다. 다만 잠시 시르 공작께 다녀올까 해서……."

"시르 공작에게?"

대체 갑자기 왜 시르 공작에게 가본다는 건지 모르겠군.

여전히 카난 공작은 예측하기 힘든 사람이라니까.

하지만 지금은 방금 그 독에 관한 일을 이야기한 직후라서 불안하다는 느낌이 조금 든다.

혹시 시르 공작에게 자신이 끼어들었다는 것 외에 전부 말해 버릴까 봐.

"시르 공작이 절 이 상태 그대로 계속 신용을 하려면 적당한 정보를 쥐어줄 필요가 있다는 걸 알고 계시지 않습니까."

내가 미간을 찌푸리며 아무 말 않자 카난 공작은 다시 설명하듯이 말을 했다.

맞는 말이다.

나도 잘 알고 있는 일이고.

하지만…

"시르 공작에게 무슨 이야기를 하러 가는 건지 알고 싶다 하면 어떤 대답을 해줄 건가?"

카난 공작은 난처한 듯이 웃었다.

"죄송합니다. 하지만 저도 이건… 그러니까 소위 말하는 '장사'가 아니겠습니까. 저와 저의 일족이 무사히 지내게 하기 위한. 그러니 말씀드리기 어렵습니다. 다만 폐하께 큰 폐가 될 일은 아니라고 맹세합니다."

너무 노골적이라 화낼 마음도 안 든다.

다시 한 번 카난 공작이 나에게 '충성'을 하는 게 아니라는 걸 확인해서 조금은 허탈하기 하지만.

"알겠네."

카난 공작이 인사를 한 뒤 나가자 제노시아는 불만을 털어놓았다.

"폐하께서는 어째서 저런 이를 곁에 두시는 겁니까?"

"글쎄."

"폐하, 위험해질 수도 있습니다."

알고 있다.

충분히 잘 알고 있다.

하지만 시르 공작 측에 있는 사람 중에 나도 활용할 수 있는 이는 카난 공작뿐일 거다.

게다가 카난 공작 정도의 힘을 가지고 있고, 또 절대적으로 내 편이 되어줄 수 있는 이들은 거의 모두 자택에서 은신 중이라서 만나기가 힘들다.

하네인 후작도 그렇고, 레비스 역시 시르 공작의 집요한 감시 속에 있으니 카난 공작만큼 움직이기 어려울 게 뻔하다.

그렇다고 켈벤 백작을 쓰기에는 조금… 힘들다. 워낙 강직해서 더러운 수에는 끼어들고 싶어하질 않으니. 이런 건 레비스 역시 마찬가지고.

나도 참 어지간히 쓸 사람 없다니까.

불쌍한 일이야.

나의 혈육이라고 칭할 수 있는 유일한 사람인 동생은 신관이 되어서 만나기 힘들지, 반려라고 칭해야 할 뮤리아와는 그저 얘기 친구지.

나도 참 불쌍해.

나 스스로 자신이 너무 불쌍하다는 생각에 고개를 주억거리고 있을 때 바로 앞에서 인기척이 느껴졌다.

"키나이?"

놀라서 이름을 부르자 키나이는 약간 한심해하는 기색으로 고개를 숙여 인사했다.

"평안하셨습니까."

"그래……."

마치 내 망상을 들킨 것 같은 기분에 어색하게 대답을 했다.

당황해 버렸는지 순간 할 말이 생각나질 않아 그 어색한 분위기로 있다가 잠시 뒤에 정신이 들었다.

"흠. 흠."

헛기침을 하며 보고서를 달라는 의미로 손을 내밀자 키나이는 잠시 가만히 날 보고 있다가 들고 있던 보고서를 건네주었다.

민망하군 그래.

무슨 다른 말이 나오기 전에 재빨리 보고서를 펼쳐 읽어 내려가기 시작했다.

니아이스나 펠리스는 그다지 도움이 될 것 같지가 않군.

현재 네라파의 왕비인 니아이스는 성격이 소심하기 때문에 끌어들이기 힘들 것 같다. 평온함을 좋아하고 권력에 관심없음? 게다가 자기 주장에 약한 나약한 사람이라고? 이 사람, 제국에서 자란 거 맞아? 이 제국에서 황족으로서 제대로 자란 사람이 어떻게 이런 성격이 되어버린 건지 알 수가 없군.

펠리스는 루벤트 공작과 부부 사이… 였지. 그래. 루벤트 공작 쪽은 아주 신경을 끄고 지내다 보니 순간 잊고 있었어. 루벤트 공작가는 오래 전부터 어느 편에도 서지 않겠다고 입장을 굳힌 곳이니 끌어들이기 어렵겠지.

아, 그나마 로이안은 도움이 될까. 변방에서 마법 연구에 몰두 중이라. 황족치고는 특이한 사람 같군. 마법에 빠지는 경우는 거의 없는데 말이야. 정혼자가 죽은 이후 결혼하지 않고 지낸다라…….

"키나이."

"예."

"이 로이안 카에르 펠 아스힌드에 대해 더 조사한 게 있나?"

내 말에 키나이는 머리 속으로 생각을 정리하는 듯 한동안 말이 없었다. 그리고 곧 자신이 알고 있는 걸 술술 말하기 시작했다.

"계승 서열 3위입니다만 권력에 관심이 없는 사람입니다. 리스튼 황제의 비(妃) 중에 제일 먼저 죽은 리에크나의 자식입니다. 리에크나는 폐하께서 태어나시던 해 죽어버린 바람에 그 자식인 로이안은 여러모로 힘들게 자란 모양입니다. 때문에 권력이라는 데 흥미를 잃은 듯하다고 합니다."

그거 이상하군.

"보통 그렇게 자라게 되면 권력에 더 집착하게 되지 않나?"

보통은 정말 그렇게 된다.

그 대표적인 예가 뮤리아이기도 하고. 뮤리아는 태연한 척하고 있지만 권력에 상당히 집착하고 있으니 말이야. 그 권력을 얻기 위해 지금 상당히 무리하고 있지.

남에게 억눌려 살아오기만 한 자들은 남을 지배하는 힘을 동경하게 되는 법이다. 지금 같은 경우는 권력이라고 할까. 그때 황비라는 이름을 달고 있었을 샤이나의 성격을 익히 아는 나로서는 로이안이 얼마나 힘들었을지 대강 짐작할 수 있다.

난 리에크나라는 사람에 대해 잘 모른다. 내가 태어나기 전에 죽었고, 나와 깊은 관련이 있는 사람도 아니니까. 하지만 국내의 귀족들 중에서 뽑혀 온 이라는 건 알고 있다. 그 집안이 그리 힘이 강한 집안이 아니라는 것도.

이런 사정이니 상당히 힘들었을 거다.

어머니 집안에서 힘이 있는가, 그렇다고 아버지인 리스튼이 보살펴 주기를 하겠는가.

아무도 지켜주지 않았을 것이다. 이 정치판이라는 곳은 자신에게 어떤 이득도 줄 수 없는 어린아이를 돌보는 것보다는 어떻게 하면 좀 더 권력을 얻을 수 있을까 고심하는 데 시간을 보내는 사람들밖에 없는 곳이니까.

그런 이유들로 로이안은 어린 시절을 홀로 지냈을 것이다.

아무 힘이 없는 이가 살아가기에 황궁은 좋은 곳이 못 된다.

"원인은 잘 모르겠습니다만, 아마도 리스튼의 폐위 때 충격을 받은 모양입니다."

"그때?"

그럼 나와 무슨 관련이 있을지도 모르겠다.

누가 주도했든지 리스튼이 폐위되면서 황제로 올라선 건 나니까.

"예. 그전까지는 자신의 처지에 대해 불만이 많았다고 합니다. 하지만 그 이후에는 한 번도 자신의 처지에 대한 말을 하지 않았을뿐더러 학문에 몰두하기 시작하더니 급기야 마법을 배워 변방의 성에 머물고 있습니다."

"알겠네."

뭐, 중요한 건 로이안이 어떻게 지내고 있는지, 어린 시절을 어떻게 보냈는지 하는 게 아니니까. 그냥 넘어가자.

"그자의 성격은?"

형제라고는 하지만 절대 가까운 사이가 아니다. 다른 이들과라면 최소한 한두 번 이야기를 나눠본 적 있지만 로이안과는 한 번도 이야기를 나눠본 적이 없다.

"어떤 일에도 깊은 관심을 나타내는 일도 없고, 집착도 없습니다. 어찌 보면 허무주의에 빠져 있는 것 같아 보이기도 합니다."

어라. 그럼 문제가 생기는데.

움직이게 만들기 힘들겠는걸.

"그래······."

다시 보고서로 시선을 돌렸다.

남은 부분은 이제 니아이스의 딸인 베아트리체에 관한 것과 직계가 아닌 방계(傍系)에서의 중요 인물들에 관한 것이었다.

그리고 더해서 리아스와 루나리네스에 관한 것도 있었다.

아무리 봐도 나에게 도움이 될 수 있는 이들은 거의 없는 것 같다.

로이안은 어떻게든 쓴다 생각하더라도 펠리스와 니아이스는 전혀 쓸 수 있는 말이 아니다.

"제대로 된 인물들이 없군."

"수가 적으니 그만큼 인재가 없을 수밖에 없습니다."

우리 제국은 다른 나라들처럼 형제가 많을 수가 없었다. 부인이 여럿 있는 사람은 리스튼 하나뿐이었으니까.

하지만 수가 적어서 인물이 없다는 건 말이 안 되지.

수가 적어도 쓸 만한 사람이 있어야 정상이라고.

"하여간, 로이안에게 사람을 붙여줘야겠군."

"알겠습니다."

"그리고……."

슬슬 준비를 할 때가 되었다.

난 키나이에게 싱긋 웃어주었다.

"하네인 후작에게 연락을 하게. 이제 움직일 때가 되었다고."

"알겠습니다."

하네인 후작의 성격에, 숨죽이고 지켜보기만 하는 건 이제 질렸을 거다.

이제 슬슬 움직이게 해줘야지.

키나이가 돌아가고 나서 얼마 지나지 않아 카난 공작이 돌아왔다.

"꽤 일찍 돌아왔군."

"오래 이야기할 필요는 없으니 당연한 일 아닙니까."

태연한 어조로 말하면서 분위기를 살핀다.

아까 자신이 나갔을 때와 뭔가 다르다고 생각한 모양이군. 예리한걸.

"뭘 그리 돌아보고 있는가?"

"아닙니다. 아, 폐하. 시르 공작께서 잠시 후에 이리 오겠다 했습니다."

시르 공작이?

최근에는 아침의 회의 때 외에는 얼굴 보는 일이 없었는데 왜 온다는 건지 모르겠군.

뭔가 눈치 챘든지, 아니면…

"대체 무슨 말을 했기에 시르 공작이 온다는 건가?"

아까 카난 공작이 무슨 말을 했든지.

"별말은 안 했습니다. 다만 저번에 했던 말에 확신을 심어주었을 뿐입니다."

저번에 했던 말이라면 시르 공작의 자택에 첩자를 심어두었네 하는 이야기를 말하는 건가.

카난 공작의 말이 사실이라면 좀 이상하군.

"그럼 왜 시르 공작이 온다는 건가?"

"전 시르 공작이 아니니 모릅니다."

그래. 본인이 아니니 그 생각을 알 리가 없지.

맞는 말이긴 한데 기분이 나쁘다.

괜히 기분이 나빠 투덜거리고 있으려니 카난 공작이 조심스러운 어투로,

"그런데 초조해지신 듯합니다?"

라고 말했다.

"그런가."

확실히 그렇군.

전혀 예상 못했던 일에 좀 당황한 모양이다.

그래서 초조하고 짜증이 나서 괜히 카난 공작에게 날카롭게 대한 것 같아.

시르 공작이 온다는 것 자체는 초조해할 일이 아니다.

어차피 모든 게 끝날 때까지는 계속 부딪쳐야 하는 사람이니까. 일일이 초조해하고 불안해할 수는 없는 일이다.

하지만 지금은······.

"폐하?"

"아무것도 아니네."

카난 공작이 뭔가를 보고하러 갔었으니 대체 무엇 때문에 만나려는 건지 짐작을 할 수가 없어서 조금 초조해진 것뿐이다.

그래, 그것뿐이다.

어쨌든 이런 상태로 시르 공작을 마주할 수는 없다. 마음이 불안하면 생각을 읽히기 쉬운 법이고, 감정적이 되기 쉬우니까.

마음을 가라앉히기 위해 잠시 눈을 감았다.

시르 공작이 올 때까지 기분을 가라앉힐 생각이었다.

"그런데 지금 시르 공작이 오는 이유는 폐하께서 걱정하시는 일은 아닌 것 같았습니다."

그런데 카난 공작의 부드러운 말에 눈을 번쩍 떴다.

"뭐라고?"

"아마도 황녀님의 문제인 듯합니다."

"그래?"

그 문제에 관해서는 내가 강하게 나갈 수 있지.

"어째서 그렇게 생각하지?"

"저와 이야기하면서 황녀님에 관한 걸 물었습니다. 폐하께서 자주 만나러 가시는지, 사이가 어떤지 말입니다."

그런 말이 있었다고 해서 엘비라의 일일 거라고 짐작하긴 힘든데.

또 뭔가가 있었던 건가.

"그리고 제가 하는 이야기도 귀에 안 들어오는 듯했습니다. 시르 공작답지 않게 다른 생각을 하면서 듣고 있었습니다."

그럼 확실히 카난 공작이 했던 말 때문은 아니겠군.

한데…

처음부터 엘비라의 문제일 거라는 말을 안 한 이유가 뭘까.

물론 내가 말할 틈도 없이 짜증을 부리긴 했지만 빨리 말할 수 있었을 텐데 말야. 그럴 리는 없겠지만, 내 반응을 구경했던 건 아니겠지?

난 다시 눈을 감았다.

마치 카난 공작의 장난감이 되었던 것 같은 느낌 때문에 다시 짜증이 나기 시작했기 때문이었다.

그렇게 눈을 감고 의자에 기대어 마음을 다스렸다.

한참이 지났을 때 노크 소리가 들렸다.

"들어오라."

천천히 눈을 뜨며 문 쪽으로 시선을 주자 시르 공작이 들어오는 것이 보였다.

"황제 폐하를 뵙습니다."

시르 공작에게 저런 말을, 인사를 받으면 불쾌해진다.

"그래. 이렇게 만나는 건 오랜만인가?"

"예."

뭐, 회의할 때도 보긴 보니까 오랜만에 만났다고 할 수는 없지만 일단은 이렇게 시르 공작이 날 찾아온 건 오랜만이니까.

카난 공작도 시르 공작에게 목례를 했다.

그런데 시르 공작은 조금도 안 변한 것 같다.

친하다던 사람이 죽는 정도로는 안 흔들린다 이건가.

하지만 앞으로는 어떨까.

"무슨 일로 날 만나러 온 건가?"

오래 얼굴 보고 있고 싶은 생각이 없는지라 바로 용건을 물었다.

시르 공작은 잠시 말이 없었다.

눈동자가 약간 흔들리는 모습이, 일부러 말을 안 하고 있다기보다 뭔가 할 말을 찾고 있는 듯한 모습이었다.

별일이로군.

저 시르 공작의 눈이 흔들리다니 말이야.

시르 공작은 조금 당황하고 있는 듯 약간 흔들리는 목소리로, 평소보다 작은 목소리로 대답을 했다.

"그저… 폐하의 안부가 궁금하여 왔습니다."

"어째서? 뭔가 안 좋은 일이라도 생겼다고 생각했는가?"

한마디로 시르 공작 당신이 나에게 무슨 해가 되는 일이라도 했냐는 말이었다.

그렇게 좀 노골적으로 비꼬아주자 시르 공작은 다시 처음의 차가운 표정으로 돌아갔다.

"아닙니다."

"그럼 새삼 안부가 궁금할 리가 없지 않는가. 이리 만나는 건 오랜만이라 하나 회의에서는 늘 얼굴을 보니 말이네."

시르 공작은 약간 주춤거렸다.

말을 하기 어려운 모양이었다.

진귀한 모습이군 그래.

"엘비라 황녀님을 뵙고 싶습니다."

한참 동안이라고 할 수 있을 정도의 시간이 흐르고 나서야 시르 공작은 어렵게 말을 꺼냈다.

"그건 나에게 할 말이 아니지 않는가."

내 말에 시르 공작의 눈빛이 조금 날카로워졌다.

"무슨 연유에서인지는 모르나 얼마 전부터 황녀님과 만나기 힘들어져서 드리는 말씀입니다. 부탁드립니다."

"그런가. 어째서 만나기 힘들어졌는지는 모르겠지만 말이네, 그대가 황녀를 만날 이유가 있는가?"

만나기 힘들어진 이유는 뮤리아 때문이겠지. 더 깊이 따져 든다면 내 탓이기도 하고.

이전에 엘비라와 시르 공작이 둘만 있지는 못하게 해달라고 했었으니까.

그리고 최근에는 뮤리아가 시르 공작이 엘비라를 아예 만나지 못하게 하는 듯했다.

무슨 수를 썼는지는 모르겠지만 말이야.

내 말에 시르 공작은 살짝 미간을 찌푸렸다.

"폐하께서는 이유를 아시리라 생각합니다만."

"그건 그대 생각일 뿐이네. 무엇보다도 난 황비와 황녀를 자주 만나지 않으니."

"하지만… 황후마마께서 갑자기 태도를 바꾸신 이유 정도는 아실 게 아닙니까."

시르 공작답지 않게 감정적인 말투다.

그만큼 절실한 문제인 건가, 엘비라를 만나는 것이?

"시르 공작."

하지만 내가 시르 공작이 절실하다고 해서 동정해 줄 필요는 없다.

그걸 이용하면 이용했지.

"난 그대가 대체 왜 황녀를 그리 만나려 하는 건지 알 수가 없네."

차분하게 말하자 시르 공작은 입술을 깨물었다.

"자격은 있다고 생각합니다."

"그렇지. 그대는 황녀의 생모이니 자격은 있지."

난 태연하게 말을 받으며 손을 깍지 껴서 턱을 괴었다.

"내가 묻는 건 '왜'라는 부분이었네. 그건 대답이 아니라고 생각하는데."

"폐하, 방금 말씀하신 대로 시르 공작은 황녀님의 생모이시니 가끔 만나고 싶어하는 것이 당연하다고 생각합니다. 그게 어미의 마음 아닙니까. 그것이 이유라 생각합니다."

가만히 보고만 있던 카난 공작이 끼어들어 부드러운 어조로 시르 공작의 편을 들었다.

아니, 시르 공작의 편을 드는 것처럼 보이지만 실제로는 아니다.

저 말은 달리 해석하면 마치 '시르 공작이 인간적인 감정에 끌려 연약하게 굴고 있으니 자비를 베푸세요' 하는 식의 말로도 들리는 거다.

간단히 말해서 나에게 '은혜를 베풀어 주십사 하고 굽히고 있다' 라는 말이 되는 거다.

물론 저 말 자체가 그렇게 들리는 건 아니지만 카난 공작의 어투가 나에게 비굴하게 빌고 있는 거니 넓은 마음을 가지라는 듯한 말투였다.

그러니 시르 공작이 저런 말을 긍정할 리가 없다.

"그게 아닙니다."

내 예상대로 시르 공작은 카난 공작의 말을 부정했다.

"그래? 그럼 굳이 만날 이유가 없는 거로군."

그 말에 시르 공작은 멍청히 날 바라보았다.

이건 예상 밖이었다.

그 시르 공작이 저런 반응을 보일 줄은 전혀 예상하지도, 상상하지도 못했었다.

"…알겠습니다. 물러가겠습니다."

더 이상 이야기해도 마찬가지일 거라는 생각이 들었는지 시르 공작은 인사를 하고 밖으로 나갔다.

시르 공작이 나가고 나자 그제야 난 놀라움을 표현했다.

"시르 공작도 사람이었군."

아까는 한 번도 상상하지 못했던 일에 사고가 정지되어 버렸던 거다.

"당연하지 않습니까. …하지만 시르 공작과 오래 알고 지낸 저로서도 저런 표정은 처음입니다."

카난 공작 역시 약간 멍한 모습이었다.

한동안 가만히 그렇게 시르 공작이 나간 문을 응시했다.

그리고 정신이 들자 웃음이 나왔다.

"큭큭큭… 재미있는 일이군."

"재미라니, 무슨 말씀이십니까?"

"그렇지 않나. 시르 공작은 방금 나에게 자신의 최대 약점을 스스로 보여주고 간 셈이니."

그 약점이 나도 함부로 건들기 힘든 거라는 게 문제지만 말이야.

"그렇군요. 하지만 시르 공작은 이 다음에는 전혀 아닌 척하겠지만 말입니다."

그렇겠지.

"그런데 혹시 방금 저 모습이 계산된 건 아니겠지?"

"예?"

카난 공작은 순간 말뜻을 이해하지 못했는지 의아한 표정을 지었다.

"그대는 시르 공작이 일부러 저런 모습을 보인 거라고 생각하나?"

그러니까 내가 하고 싶은 말은 일부러 엘비라에게 신경 쓰는 척하기 위해 나에게 와서 저런 식의 연기를 한 게 아닌가 하는 거다.

이제야 무슨 말인지 알아들은 듯 '아' 하는 소리를 낸 카난 공작은 난

처하게 웃었다.

"거기까지는 잘 모르겠습니다."

그 말에 역시 확신할 수 없는 건가 하는 생각을 하고 있는데 카난 공작이 말을 이었다.

"하지만 황녀님을 사랑하고 아끼는 건 사실입니다. 비록 자신의 방식으로 사랑하고 있는 건지라 황녀님은 그 사랑을 전혀 못 느끼는 것 같았지만 말입니다."

"그래?"

확실히 엘비라는 시르 공작을 좀… 이 아니라 많이 무서워하고 있었다. 얼굴을 마주하는 것도 싫다고 말했을 정도로.

어쨌거나, 시르 공작이 엘비라를 사랑한다는 것만으로 충분하다.

요긴하게 쓸 수 있는 카드가 될 거야.

"그런데 폐하."

"음?"

"시르 공작과 황녀님을 전혀 못 만나게 하신 겁니까?"

"그렇지는 않네."

난 그런 적 없다.

아마도 뮤리아가 재량껏 처리한 거겠지.

"그럼 황후마마께서?"

"아마."

난 건성으로 대답하며 생각에 잠겼다.

분명 뮤리아에게 둘만 만나게 하지 말라는 말은 했지만… 이렇게까지 할 수 있으리라고는 생각하지 않았었는데.

어째서, 어떻게 이렇게 된 건지 알아봐야 하는 걸까. 아니면 뮤리아가 알아서 하게 내버려 두는 게 좋을까.

곧 결론이 나왔다.

이 일이 궁금하기도 하지만 얼마 전 연회 때 이후로 뮤리아를 전혀 안 만나기도 했고, 엘비라는 더 오래 만나지 않았으니까……

"한 번 가봐야겠군."

"예."

내 말에 카난 공작은 살짝 웃으며 대답했다.

뮤리아는 엘비라와 함께 어떤 책을 읽고 있다가 날 반겼다.

"오랜만에 뵙습니다, 폐하."

"오랜만에 뵙습니다, 아버님."

말속에 가시가 있군.

그간 안 찾아왔다고 삐쳤던 모양이다.

"그래. 잘 지냈느냐."

"물론입니다."

"예, 아버님."

둘은 명랑하게 대답하더니 책을 한쪽으로 치웠다.

"뭘 하고 있었지?"

"어머님께서 환수도감을 보여주셨습니다."

"아, 그래?"

오랜만에 둘의 얼굴을 보러 온 거기도 하지만 묻고 싶은 것도 있어서 온 거다.

하지만 엘비라가 있는 곳에서 '어떻게 엘비라와 시르 공작을 못 만나게 한 거지'라고 물을 수도 없는 일이다.

그래서 그저 웃으면서 이런저런 이야기를 하고 있는데 그런 내 모습을 빤히 보던 뮤리아가 엘비라에게 상냥한 미소를 지었다.

"엘비라."

"예?"

"잠시 자리 좀 피해주렴. 좀 어려운 이야기를 해야 할 듯하니까."

"알겠습니다."

엘비라가 정원 쪽으로 가버리자 난 멍한 표정으로 뮤리아를 보았다.

"왜 그러세요?"

"그렇게 직접적으로 말해도 되는군."

나는 저번처럼 울까 싶어서 말을 못하겠던데 말이야.

"엘비라도 아주 어리진 않으니까요. 납득할 수 있는 말로 설득하면 돼요."

"그래……."

괜히 신경 썼더니 피곤하군.

기운이 쭉 빠져서 의자에 기댔다.

하여간 어린애들은 상대하기가 너무 힘들다니까.

내가 그렇게 의자에 기대자 뮤리아는 미소를 지었다.

"한데 무슨 일로 예까지 오셨어요? 최근에는 이곳에 전혀 놀러 오지 않으시더니."

흠. 뮤리아에게 굳이 돌려 말하거나 할 필요는 없겠지.

"오늘, 시르 공작이 날 찾아왔더군."

"여기 오신 것과 그게 무슨 상관이……."

"엘비라를 만나게 해달라는 말을 하러 왔더군."

뜻밖의 말이었는지 뮤리아는 눈을 크게 떴다.

"정말 시르 공작이 그리 말하던가요?"

"그래."

"이건… 전혀 예상 밖의 일이네요."

그래. 하지만 중요한 건 그게 아니라고.

"그러면서 이상한 말을 하더군. 엘비라를 만나기 어려워졌다고."

"아아……."

뮤리아는 알겠다는 듯이 웃으며 고개를 끄덕였다.

그리고 부채를 펼쳐서 자신의 얼굴을 가렸다.

"제가 어떻게 수를 부린 건지 궁금하다는 말씀이세요?"

"맞아."

내가 고개를 끄덕이자 뮤리아는 즐겁다는 듯이 웃으면서 부채를 접어 상대가 기분 나빠하지 않을 정도의 부드러운 태도로 카난 공작을 가리켰다.

"카난 공작께서도?"

"예. 저도 약간은 궁금합니다."

뮤리아는 만족스러운 듯이 고개를 끄덕였다.

그 모습이 자신이 한 일을 자랑하려는 어린아이 같아서 조금 웃음이 나왔다.

"그러니까 약간 특이한 방법을 썼어요."

"특이한 방법?"

알 수가 없는 말이었다.

"예. 한동안, 그러니까 폐하의 명을 들었던 때부터 늘 엘비라와 함께 있었습니다. 엘비라가 공부를 하는 시간 외에는요."

난 그 정도까지 하라는 말은 안 했었는데.

무슨 생각으로…….

"그렇게 되니 엘비라는 그리 불편해하지 않는데 시르 공작은 상당히 불편해하더군요. 그렇게 한두 달이 지나고 나서 제가 시르 공작이 일하는 집무실로 찾아갔었어요. 그리고 엘비라가 당신을 어려워하며 만나고 싶어하지 않으니 만나지 말았으면 좋겠다는 말을 했지요."

거기까지 말한 뮤리아는 생글생글 웃었다.

"그게 다가 아니겠지?"

그 정도로 시르 공작이 물러섰을 리가 없지.

게다가 스스로 물러서 놓고 나에게 와서 그런 말을 할 리도 없고.

뮤리아는 크게 고개를 끄덕였다.

"예. 처음에는 그건 자신과 엘비라의 문제라고 말하더군요. 그래서 전 '그럼 난 어머니로서 당신과 엘비라가 만나지 못하게 하겠어요' 라고 말했지요. 그 후부터 적극적으로 못 만나게 막고 다녔어요. 미리 시녀들에게 말해 두어 시르 공작이 찾아올 때면 일부러 엘비라를 데리고 정원의 아무 곳으로나 가버렸지요. 그리고 갑자기 들이닥치면 엘비라를 다른 곳으로 보내 버리고 나와 이야기하게 하고. 계속 그렇게 하니까 시르 공작도 포기하더군요."

꽤 장기전이었겠군.

잠시 계속 이어질 말을 기다렸지만 뮤리아는 더 이상 말이 없었다.

"그것뿐인가."

"예."

그럴 리가.

지금 한 말들로는 시르 공작의 태도가 전혀 설명이 안 되잖아. 시르 공작이 저 정도에 쩔쩔매다가 나에게까지 와서 만나게 해달라는 말을 했다는 거야?

"하지만 황후마마, 시르 공작께서 그 정도로 포기하셨단 말씀이십니까?"

카난 공작이 못 믿겠다는 듯이 말하자 뮤리아는 고개를 끄덕이며 동의했다.

"그럴 리가 없지요."

뮤리아는 지금 우리에게 설명하는 게 무척 재미있는 모양이다.

한 번에 다 이야기하지 않고 계속 끊는 걸 보니.

"전혀라고 말해야 할 정도로 안 통하더군요. 그래서 방법을 조금 바꾸었지요. 내가 나서는 게 아니라 엘비라가 나서게끔."

뮤리아가 막 그렇게 말했을 때 엘비라가 다시 이쪽으로 뛰어왔다.

"아직 이야기 안 끝나셨어요?"

심심한가 보군.

"아직 조금 남았단다."

"네."

엘비라는 다시 정원 쪽으로 가버렸다.

"상당히 친해지신 모양이로군요."

카난 공작이 감탄하듯이 말하자 뮤리아는 미소 지었다.

"시르 공작 덕분에 친해졌지요."

지금 하고 있던 말은 그게 아니잖아.

"그래서?"

계속 말하라는 의미로 그렇게 말했더니 뮤리아는 아차 하는 표정을 짓더니 이야기를 이어 나갔다.

"그 후부터는 엘비라에게 시르 공작과 만나서는 말 한마디 않고 가만히 있게 했어요. 그렇게 한 2주가 흐르니 시르 공작이 따로 날 만나러 왔더군요. 설명을 요구하길래 '당신과 만나게 할 수 없다'고 말했어요. 그리고 그 다음날부터는 시르 공작이 엘비라를 만나러 오면 지금처럼 엘비라를 다른 곳에 보내 버렸지요."

결론은 계속 못 만나게 만들었다는 것뿐이로군.

"그것뿐인가."

"예. 달리 뭐가 있겠어요?"

설명은 길었지만 아무 필요가 없는 말들뿐이었군.

그런데 이상하군. 시르 공작이 그 정도에 우물쭈물하면서 계속 엘비라를 못 만나고 있다가 나에게 왔다?

그럴 리가 없는데… 뭔가가 더 있을 텐데.

난 의심의 눈초리로 뮤리아를 응시했지만 뮤리아는 아무렇지 않게 시선을 받아넘겼다.

더는 이야기하지 않을 건가 보군.

"일단은 그냥 넘어가지."

"예."

카난 공작 역시 미심쩍은 듯했지만 별다른 말을 하지는 않았다.

꼭 알 필요가 없는 일이니까, 겠지.

뮤리아는 엘비라를 데려오겠다며 잠시 양해를 구하고 자리에서 일어나 엘비라가 사라졌던 쪽으로 향했다.

"어떻게 생각하십니까?"

뮤리아가 사라지자마자 카난 공작이 목소리를 낮춰 물어왔다.

"뮤리아의 대답 말인가?"

"예."

카난 공작은 꽤 신중한 태도를 보였다.

"거짓말은 아니겠지."

"예. 하지만 다 말씀하신 건 아닐 겁니다."

그야 그렇겠지.

하지만 굳이 캐물을 이유가 있을까.

지금은 카난 공작이 왜 이렇게 심각한 태도를 보이는 건지가 더 궁금해.

"무슨 말을 하고 싶은 건가?"

"뭔가를 숨기고 있는 것 같습니다."

뮤리아가 나에게?

…그럴 수도 있겠지. 나 역시 전부 말하는 건 아니니까.

하지만 뮤리아가 뭘 숨기고 있느냐에 따라 앞으로의 일에 변수가 생긴다.

카난 공작이 같이 있어서 말하지 않은 걸까… 아니면…

"아버님."

내가 뭐라 대답하기도 전에 엘비라와 뮤리아가 돌아왔다.

엘비라가 날 부르며 뛰어오자 카난 공작은 언제 심각한 표정을 지었냐는 듯이 태연하게 미소 짓고 있었다.

밤에, 키나이가 아리아의 서신을 들고 왔다.

리크루스 자작이 다시 상단에 있게 되었다는 내용과 출산 문제 때문에 한동안 상단을 비우게 될 텐데 리크루스 자작에게 상단을 맡겨도 괜찮겠느냐는 내용이었다.

"리크루스 자작에게만 맡기기는 조금 불안한데. 적당한 사람 없겠나?"

키나이는 잠시 고민하더니 고개를 저었다.

하긴, 키나이가 아는 사람 중에 운영해 본 사람이 있을 리가 없지.

카난 공작이라면 잠시 해봤지만 그녀에게 맡길 수는 없다.

지금처럼 시르 공작과 싸우면서 국고를 쓸 수는 없는 일이니—시르 공작이라면 돈이 빠져나가는 모습을 보고 바로 눈치 챌 거다—지금 리나이트 상단은 나에게 유일한 자금줄이다. 그런데 카난 공작처럼 뭘 할지 모르는 사람에게 어떻게 이런 중요한 걸 맡기겠는가.

"누가 좋을까……."

레비스는 수도를 벗어날 수 없으니 안 되고, 그렇다고 해서 아무것도 모르는 리아나 이모님이나 뮤리아에게 맡길 수는 없는 노릇.

켈벤 백작은 이런 덴 젬병이고 미스트 백작이나 사이라 후작 역시 전혀 아니니 그들에게 맡기느니 차라리 그동안 자리를 비워두는 게 나을 거다.

아, 그래.

"하네인 후작은 뭘 하고 있지?"

"그녀는 집안 식솔들을 추스르고 있습니다. 움직일 준비를 하고 있는 셈이지요."

그럼 아직은 그리 바쁘지 않다는 거로군.

"그럼 하네인 후작에게 한동안 리나이트 상단을 맡아달라고 전해. 아리아가 복귀할 때까지만."

"알겠습니다. 하지만 하네인으로 괜찮을까요?"

드물게 키나이가 걱정하는 말을 했다.

"할 수 없지. 달리 사람이 없으니."

리크루스 자작에게만 맡기면 편하긴 하겠지만 배신할지도 모르는 사람에게 좋은 걸 쥐어줄 수는 없는 거 아니겠어?

되도록 빨리 아리아가 리나이트 상단에 복귀하길 바라는 수밖에 없지.

"그리고 이것은 로이안에 관한 겁니다."

키나이가 내민 보고서에는 내가 낮에 봤던 것보다 더 자세하게 로이안에 대해 써 있었다.

"필요하실 것 같아서……."

"그래. 고맙네."

물론 필요하지. 어디까지 쓸 수 있는 카드일지 고심해 봐야 하니까 말이야.

"그리고 로이안이 있는 성에 사람을 잠입시켜 두었습니다."

"그래."

로이안에 대한 보고서를 훑으면서 건성으로 대답했다.

낮에 봤던 것보다 자세히 적혀 있긴 했지만 여전히 로이안이 변방의 성에 숨어 지내다시피 하는 이유는 적혀 있지 않았다.

그건 차차 알아보는 수밖에 없는 건가.

아, 카난 공작과 꽤 친한 편이라?

그럼 좀 더 쉽게 진행시킬 수 있겠군.

"그리고 리아스와 루나리네스에게 은밀히 연락하고 싶은데. 그 아이들, 어리석지는 않겠지?"

"예. 영리한 편입니다."

"그럼 슬쩍 말을 비춰봐. 압수당한 영지를 돌려받고 싶지 않느냐는 식으로."

"알겠습니다."

시에라의 반란 덕분에 리랜스 가문은 상당한 피해를 입었다.

반란자인 시에라의 딸 리아스와 루나리네스가 계승권을 박탈당한 건 당연한 일이었다. 그리고 그로 인해 밑에 있던 가신 몇이 떠났다.

또한 영지의 절반을 압수당하고 재산 역시 거의 대부분을 빼앗겼다.

거기에 전쟁의 뒷감당을 해야만 했다.

그러니 내가 슬쩍 그런 말을 비추면 따라와 줄 거다.

자신들의 권리와 힘을 되찾기 위해.

시에라와 리랜스의 자식이니 어리석지는 않을 테고.

그러니 쓸 수 있겠지.

워낙 어린 나이라 젖혀두었었지만, 쓸 만한 사람이 없으니 어쩔 수 없지.

아, 그러고 보니… 뮤리아에 관해서도 물어볼 게 있었군.

"뮤리아가 엘비라와 시르 공작이 서로 만나지 못하게 하고 있다는 건 알고 있겠지?"

"예."

"무슨 방법을 썼는지 알고 있는가?"

시르 공작의 행동 하나하나를 감시하고 있으니 뮤리아와 만났던 것도 알고 있을 것이다.

키나이는 잠시 망설이다 입을 열었다.

"무슨 방법인지는 잘 모르겠습니다. 그분께서 시르 공작과 단둘이서 대화를 하셨기에 알아낼 방법은 없습니다만… 이야기가 끝난 뒤 시르 공작의 반응으로 볼 때 그리 정상적인 이야기는 아니었다고 생각합니다."

대체 무슨 방법을 쓴 거야? 키나이의 입에서 정상적인 게 아니었다는 소리가 나오다니.

혹시… 무슨 협박……?

머리 속에서 이상한 상상을 해버렸다.

난 고개를 저어 그 생각을 털어내고 키나이를 보았다.

"네가 예상하는 건?"

"폐하께서도 예상하실 거라 생각합니다만… 협박을 하신 듯합니다. 아마도 엘비라님의 목숨으로 말입니다."

내 예상이 맞았다는 데 난 허탈해졌다.

"확실한가?"

"자택에서 '딸의 목숨으로 거래를 하는 여자는 처음 봤다' 는 식의 말을 하는 걸 들었다고 하니… 아마도 확실할 겁니다."

이런, 이런.

시르 공작에게 확실한 효과가 있는 방법을 쓴 셈이로군. 시르 공작이 뮤리아에게 완전히 당했는걸.

이걸 재미있어해야 하나, 아니면 뮤리아가 점점 수단을 안 가리게 되는 걸 걱정해야 하는 걸까.

Emperor

역사적으로, 암살에 가장 많이 쓰였던 독은 '하시오니안'이라 불리는 무미무취의 독이다. 색은…(중략)……. 시간이 지나고 나서 효과가 나타나기 시작하면 자신은 의심을 피해가기 쉽기 때문이다.

게다가 해독제가 있어도 시간이 지난 뒤 천천히 효과가 나타나니 해독이 어렵다. 이런 특징들 탓에 이 독은 역사에 자주 등장했다.

정식으로 이 독으로 사람이 죽었다는 발표가 있었던 건 단 세 번뿐이지만 실제로는 더 많이 쓰였으리라 생각된다.

그 세 번의 발표 중 한 번은 창피한 일이지만 우리 아린드를 다스린 황제의 죽음이었다.

역사에는 심장병으로 사망하였다고 서술되어 있으나 황궁 서고의 기록에 보면 독에 의한 암살이라 기록되어 있다.

독을 썼던 이는 바로 잡혀 사형당했지만 몇 년 뒤에 그 죽음에 타국이 관련되어 있었다는 것이 드러나 큰 전쟁이 일어나기도 했다.

하지만 어째서 재위 기간 중이 아닌 황위를 물려준 후, 은거하시는 동안 암살을 당하셨나 하는 건 아직 의문으로 남아 있다.

이 사건 외에도 역사를 훑어보면, 많은 영웅들과 지도자들이 급병으로 사망했다거나 원인 모를 사망을 했다는 말들이 적혀 있다.

그 말은 곧 그들의 적에게 독에 의한 암살을 당했다는 말이나 다름없다.

지금부터 역사의 인물들 중…….

—역사 속의 또 다른 이야기

 분해 작업

권력이라는 건 사람을 모으는 힘이 있다.

그리고 그렇게 모인 사람들이 다시 힘이 되어 권력은 더 커진다.

한마디로 밑에 붙은 사람의 수가 많을수록 그 세력은 강해진다.

그래서 한 세력이 크고 강하다는 건 거기에 붙어 있는 사람들이 많다는 의미가 되는 거다.

물론 예외도 있다. 한쪽이 질적으로 엄청난 차이를 보이면 수는 무의미해지니까.

하지만 보통은 세력이 클수록 거기에 관련된 사람도 많기 마련이다.

시르 공작의 추종자들 역시 마찬가지.

"생각 이상으로 수가 많군."

카난 공작이 말해 준 사람들을 중심으로 조사를 했더니 경악할 만한 숫자가 나왔다.

전체 귀족들의 60% 이상이 시르 공작에게 가담하고 있는 것이다.

카난 공작이 자신이 아는 이들을 말하면서 '제가 아는 이들은 이 사람들뿐입니다만, 저도 모르는 이들이 몇 있을 겁니다'라고 했으니 이 이상일 거라고 생각해야 하긴 하겠지만.

"정말입니다. 저도 이 정도이리라고는……."

카난 공작도 이 정도일 거라고는 예상 못했다며 놀라워하는 기색이었다.

"그런데, 이들은 다 어쩌실 겁니까?"

놀라워하는 것도 잠시, 카난 공작은 이내 호기심 어린 목소리로 말했다.

"글쎄. 어쩔까."

대답은 장난스럽게 웃으며 했지만 난처한 노릇이다.

이렇게 가담하고 있는 이들이 많다면 시에라 때나 장로들의 일 때처럼 깔끔하게 처분해 버릴 수가 없다.

하나하나 잡아 처벌할 수 있는 인원도 없거니와 이 정도의 공석이 생기면 국가 운영에 지장이 생기기 때문이다.

다시 말해서 수뇌급인 자들만 처벌하고 나머지는 무슨 짓을 할지 불안하더라도 계속 써야 한다는 결론이 나오는 것이다.

"하아, 문제가 있는걸."

난 깔끔하게 처리하는 게 좋은데 말이야.

두 번 이런 일을 겪고 싶지 않으니.

다행인 건 좀 힘이 있는 녀석들은 포함되어 있지 않다는 것 정도일까.

"그나저나 시르 공작은 잘도 이 정도의 사람을 모았군."

"일단 권력을 잡으면 설탕물을 먹으러 달려드는 개미 떼처럼 사람이 몰리기 마련 아닙니까. 그러니 쉽게 모을 수 있었을 겁니다."

카난 공작이 방긋이 웃으며 한 말에 난 허탈한 웃음을 지었다.

"그대가 아는 이들은 더 없나?"

"예. 하지만 제가 말씀드린 건 겨우 7명에 지나지 않았는데 리스트에 있는 사람의 수는 상당한 것 같습니다?"

그야 당연하지.

"그대가 본 이들이 전부가 아닐 게 뻔하지 않은가."

카난 공작이 말해 준 걸 바탕으로 나름대로 조사를 더 하게 시켰다.

그 결과는 엄청난 분량의 보고서.

이걸 가져다 준 키나이도 평소와 다르게 눈이 충혈된 데다가 피곤해하는 기색이었던 걸로 봐서 상당히 고생했던 모양이다.

"한데 시르 공작은 언제 출발한다던가?"

"3일 후입니다. 그리 급한 일이라고 생각하진 않는 모양이었습니다."

시르 공작이 드디어 영지에 관한 일을 보고받았다는 소식을 들은 지 오늘로 4일째.

문제가 문제니 급하게 가볼 줄 알았는데, 내 생각과 다르게 시르 공작은 느긋한 모습을 보이고 있었다.

"느긋하군."

"예."

카난 공작도 한숨을 쉬듯 대답하면서 난처한 미소를 지었다.

"시르 공작이 그렇게 나올 줄은 몰랐습니다. 분명 급하게 가볼 거라고 생각했는데 말입니다."

이해가 안 된다는 듯한 말투에 난 쓴웃음을 지었다.

"어쩔 수 없지. 그리고 너무 예상대로만 풀리면 재미가 없지 않은가."

"그도 그렇습니다만— 그래도 좀 더 쉬운 걸 바라는 게 당연한 일 아닙니까."

카난 공작은 드물게 푸념 어린 소리를 했다.

하아. 시르 공작이 늦게 가는 만큼 오래 있다가 오면 좋겠군.

그동안 수도의 세력 판도를 바꿔놔야 하니까 말이야.

보아하니 수가 많아 고생할 듯하니까. 게다가 시르 공작이 알게 되면 바로 돌아올 테니 모를 정도로 조금씩 진행하려면 오래 걸릴 테고.

그만큼 오래 수도를 떠나 있어야 할 텐데 말이야.

난 한숨을 내쉬면서 시르 공작에게 협조하는 이들의 명단을 서랍 안에 넣어두었다.

보통 키나이가 가져온 정보들은 읽고 나서 필요한 부분만 외우고 소각해 버리지만… 이건 외우기에는 분량이 너무 많았다.

남겨두면 혹시 누가 볼지도 모른다는 생각에 늘 소각했었는데. 이번에는 그 정도 불안은 감수하고 있어야 할 듯하군.

"아, 카난 공작."

"예?"

"그대, 로이안 카에르 펠 아스힌드와 그나마 친한 편이라고 하던데, 사실인가?"

분명히 다른 귀족들과는 다르게 가끔씩 편지를 주고받는다고 알고 있다.

거기다가 로이안이 어릴 때 얼마간 카난 공작의 영지에 요양 명목으로 잠시 머물렀던 적도 있다고 했고.

"글쎄… 그걸 친하다고 표현할 수 있다면 사실입니다."

카난 공작은 로이안의 이름이 나오자 좀 애매한 표정을 지으면서 말했다.

"다른 이들과는 전혀 연락을 주고받지 않으니 그 정도면 친한 게 아닌가."

"그렇습니까?"

대답을 하는 모습을 보니 이런 이야기는 영 내키지 않는 모양이다.

왜인지는 모르겠지만.

"그의 성격에 대해 좀 알 수 있을까?"

"그건 왜 물으시는지……."

카난 공작은 전혀 예상치 못했던 내 말에 조심스럽게 날 살폈다.

하지만 난 태연히 웃으며 말도 안 되는 소리를 늘어놓았다.

"형제 간인데 어느 정도는 알고 지내야 하지 않겠는가. 그간 너무 무심했어."

이 말을 그대로 믿어줄 정도로 순진하지 않은 카난 공작은 묘한 표정을 지었다.

"왜 그런 표정을?"

"아닙니다. 다만… 갑자기 왜 로이안님께 관심을 보이시는지 궁금했을 뿐입니다. 어째서 답을 안 해주시는지도 말입니다."

"답하지 않았는가."

난 태연히 대답했다.

그러자 카난 공작은 아주 단호한 태도로,

"전 어리석은 사람이 아닙니다."

라고 말했다.

솔직히 답해달라 이건가.

그전에는 자신도 답하지 않겠다고.

"당연히 필요가 있어서 묻는 게 아니겠나."

"그렇습니까. 하긴, 지금의 폐하께 그 이유 외에 다른 이유가 있을 필요는 없겠지요."

이 정도 대답으로도 납득했는지 고개를 끄덕인 카난 공작은 잠시 생각을 정리하는 듯 말이 없더니 곧 설명을 시작했다.

"꽤 여린 성격이십니다. 결코 정치에는 맞지 않으신 분이지요. 어린 시절을 워낙 폭풍처럼 거칠고 힘들게 보내서인지 조용한 걸 즐기시는 분입니다. 변방의 성에만 계신 것도 그런 이유에서라고 알고 있습니다."

"그게 다인가?"

"예. 그리고 어릴 때부터 어느 것에도 집착이 없었습니다."

키나이가 가져온 정보를 통해서나, 카난 공작의 말에 따른 로이안은 나와 비슷하게 자란 것 같은데 말이야.

어째서 성격이 그런 거지?

내가 이상한 건 아닌데 말이야.

"폐하?"

"권력에 욕심이 없는 것도 사실인가?"

"예."

조금도 생각해 볼 필요 없다는 듯이 대답이 바로 나온다.

그리고 카난 공작이 덧붙인 말은,

"아마 로이안님께서 권력에 욕심이 있으신 분이었다면 지금 폐하 대신 황제가 되었을 겁니다. 리튼 공작께서 리스튼 황제의 폐위를 계획하시면서 이름이 거론되었던 사람들 중 한 분이시니 말입니다."

그랬어?

그건 나도 전혀 몰랐던 일인데.

하긴, 유폐되어서 전혀 알려지지 않았던 나보다 밖, 그러니까 황궁에서 제대로 자란 시에라나 로이안에게 눈을 돌리는 게 당연했겠지.

"그럼 난 욕심이 많아 황제가 되었다는 건가."

웃음기를 담아 말하자 카난 공작은 살짝 고개를 숙여 사죄의 표시를 했다.

"죄송합니다. 그런 의미는 아니었습니다."

"됐네. 그런데 로이안과 만남을 주선할 수 있을까?"

"예?"

어안이 벙벙한 표정이었다.

며칠 사이 카난 공작의 표정을 많이 본다는 생각에 웃으면서 다시 한 번 말했다.

"로이안과 만나고 싶다고 했네."

"그거라면 폐하께서 로이안님께 명을 내리셔도 가능하지 않습니까. 그런데 왜 저에게 말씀하시는 건지 모르겠습니다."

확실히 그게 더 간단하지. 하지만 말이야.

"로이안이 나와의 만남을 경계하지 않았으면 하거든."

좀 편한 자리를 만들었으면 한다.

할 이야기가 많으니까.

"…노력해 보겠습니다."

내가 갑자기 이러는 이유를 알 수가 없다는 듯이, 카난 공작은 망설이면서 대답했다.

다행이로군.

로이안에 대한 이야기를 끝으로 난 책으로 시선을 돌렸고, 카난 공작은 아무런 말이 없었다.

그렇게 시간이 얼마간 흘렀을 때, 뜻밖의 인물이 찾아왔다.

"제국의 빛이신 황제 폐하를 뵙습니다."

"황제 폐하를 뵙습니다."

딱딱한 느낌이 풍기는 격식에 맞춘 인사였다. 게다가 한 명은 이곳에서 무릎까지 꿇어 예를 표했다. 다른 한 명은 드레스 차림인지라 무릎까지 꿇지는 못하지만 그에 준할 정도로 허리를 깊이 숙여 인사를 했다.

"오랜만이로군. 사아라 후작, 미스트 백작."

미스트 백작이야 원래 이런 사람이었지만 사아라 후작은 이 정도로 딱딱하게 격식을 차리지 않는데. 무슨 일로 이렇게 하는지 모르겠군.

"급하지 않다면 앉아서 이야기하지."

"예."

뭔가 중요한 일이 있는지 둘 다 얼굴이 굳어 있었다.

아니, 미스트 백작이야 원래 딱딱한 얼굴이니 평소 모습인 건가.

둘은 조심스럽게 자리에 앉았다. 그리고 사아라 후작은 카난 공작 쪽으로 은근히 시선을 보냈다.

카난 공작을 내보내 주기를 바라는 모습이었다.

그 시선에 내가 뭐라 하기도 전에 카난 공작이 불쾌한 음성으로 입을 열었다.

"왜 절 그리 보시는 거지요?"

"…아닙니다."

아니라고 대답하는 사아라 후작의 목소리에도 불쾌함이 가득 묻어 있었다.

여전히 4대 공작가와 6대 세력가들은 서로 사이가 좋지 않나 보군.

"무슨 일인가, 그리 심각한 표정으로."

"별일은 아닙니다만… 카난 공작께서 이곳에서 저희의 이야기를 들으실 필요는 없다고 생각합니다."

그러니까 내보내라, 이거지?

"어찌 생각하나, 카난 공작?"

내가 의견을 묻자 사아라 후작과 미스트 백작은 살짝 표정이 일그러졌지만 카난 공작은 자신만만한 표정을 지었다.

"별일 아니라면 굳이 자리를 피할 이유가 있겠습니까."

일이 재미있게 돌아가는군.

하지만 내 재미를 위해서 이 상태대로 내버려 둘 수는 없는 일이겠지.

"서로에게 감정이 안 좋다는 건 알고 있었지만 좀 심한 듯하군."

"그게 아닙니다."

사아라 후작은 바로 부정했지만 카난 공작이나 미스트 백작은 부정하지 않았다.

난 피식 웃고는 카난 공작에게 시선을 돌렸다.

내 시선의 의미를 눈치 챈 카난 공작의 표정이 흔들렸다.

그러더니 나에게 목례를 건네고는 밖으로 나갔다.

잠시만 나가 있으라고. 아마도 다시 들어와야 될 테니.

"시르 공작의 일인가?"

카난 공작이 나가자마자 대충 짚어보았는데 바로 맞추었는지 둘 다 힘차게 고개를 끄덕였다.

역시 그렇군.

카난 공작을 내보내고 할 말은 그것뿐이겠지. 카난 공작과 시르 공작은 아주 친하다고들 알고 있으니까.

하지만 말이야… 정말 카난 공작이 시르 공작의 편에 서 있다면 그런 식의 태도는 보이면 안 되지. 시르 공작에게 무슨 말이 들어가라고.

하여간 둘 다 이런 덴 익숙지 않다니까. 한 사람은 마법에만 몰두하는 사람이고, 다른 한 사람은 검 외에는 모르는 고지식한 기사니.

"시르 공작이, 마법사들 쪽에 간섭을 시작했습니다."

사아라 후작이 가장 중요한 문제인 듯 심각한 표정으로 말을 꺼냈다.

그리고 불만이 가득한 목소리로 계속 말을 늘어놓기 시작했다.

"애초에, 마법사들의 서열에는 다른 힘이 개입할 수 없습니다. 자신의 능력에 의해 결정될 뿐. 다른 개입이 있었던 적은 단 한 번도 없었습니다. 그런데도 시르 공작은 그걸 전부 무시하고 자신의 힘을 행사하고 있습니다."

한마디로 시르 공작을 몰아내야 한다는 거로군.

"…그거라면 굳이 카난 공작을 내보낼 필요가 없었군."

"무슨 말씀이십니까?"

의아한 듯이 물어온 것은 미스트 백작이었다.

"제노시아, 카난 공작을 데려와."

"예."

카난 공작도 이들이 무슨 용건으로 왔는가는 어느 정도 짐작하고 있었을 테니 아마도 멀리 가지는 않았을 거다. 근처에서 시간을 보내고 있겠지.

제노시아가 카난 공작을 찾기 위해 밖으로 나가자 사아라 후작이 다시 물어왔다.

"어째서입니까? 카난 공작과 시르 공작은 매우 긴밀한 사이라고 알고 있습니다만."

"사람에게는 여러 가지 사정이 있는 법이지."

곧 카난 공작과 제노시아가 들어왔고, 사아라 후작과 미스트 백작은 약간 불편한 표정을 지었다.

하긴, 방금 전에 그렇게 내보냈었으니 불편할 법도 하지.

"무슨 일로 다시 부르셨습니까?"

"앉게."

카난 공작까지 자리하고 나자 난 싱긋이 웃었다.

"사아라 후작이 여기 온 이유는 알겠네. 비록 여기가 불평을 하러 오는 장소는 아니지만 말이야."

카난 공작이라면 설명이 없어도 잘 파악하리라는 생각에 아무 설명 없이 이야기를 진행시켰다.

'불평을 하러 오는 장소'라는 말에 사아라 후작의 얼굴이 살짝 붉어졌다.

"한데 미스트 백작은 왜 온 건가?"

"…카난 공작이 들어도 괜찮은 겁니까?"

당연히 괜찮으니 불렀지.

"그래."

"시르 공작이 정규군을 자신의 사병처럼 쓰고 있다는 걸 아십니까?"

그거라면 키나이와 켈벤 백작에게 보고를 들었지.

긍정의 의미로 고개를 끄덕이자 미스트 백작은 이해할 수 없다는 표정이었다.

"대체 왜 그런 처사를 두고 보고 계십니까?"

이거, 여기 불평하러 온 건가?

그럼 둘 다 잘못 찾아왔어.

"둘 다, 뭔가 착각하고 있는 것 같군 그래."

"예?"

"무슨 말씀이신지……."

"지금 내가 어떤 상황이라 알고 있나?"

그제야 둘은 아차 하는 표정이 되었다.

"표정을 보아하니 잘 알고 있는 듯하군. 지금 난 그대들이 나에게 그런 말을 하는 이유를 알 수가 없어."

일부러 차갑게 말했더니 감정이 얼굴에 잘 드러나는 사아라 후작은 당황한 표정이었다.

하지만 이내 표정을 수습하고 자신의 생각을 말하기 시작했다.

"죄송합니다. 말할 순서가 바뀐 정도의 일이니 넓은 마음으로 용서해

주시길 바랍니다."

사아라 후작이 말을 시작하자 미스트 백작은 잠시 망설이더니 사아라 후작에게 전부 맡기려는 듯이 아무 말이 없었다.

"처음에 저희는 중립을 생각했고, 그 생각을 시르 공작과 폐하께 전해 드렸습니다. 하지만 상황이 이렇게 되었으니 저희로서는 더 이상 중립적인 위치에 있을 수 없다 판단하여 오게 된 것입니다."

사아라 후작은 말을 하면서 계속 카난 공작을 흘깃거렸다.

아무래도 시르 공작과 친한 이니 신경이 쓰이는 모양이었다.

하여간 요약해서 말하자면 결국 저 둘은 자신들에게 피해가 있었으니 이 일에 끼어들겠다는 말이로군.

저런 생각이 그다지 마음에 드는 건 아니지만 사람이 부족하니 어쩔 수 없지.

"혹시나 하는 생각에 미리 말해 두겠네만 나중에 자네들에게 뭔가 큰 혜택이 있을 거라는 생각은 하지 않는 게 좋을 거네."

거의 끝자락에 발을 들여놓으면서 이득까지 바라지는 말라고.

"알고 있습니다."

"예."

둘의 대답을 들은 카난 공작은 예쁘게 웃었다.

"이로써 움직일 수 있는 인원이 많이 늘어났군요. 다행입니다."

"그래."

다행이지. 사아라 후작이 끼어든다면 마법사들 역시 이쪽에 서는 것이고, 미스트 백작은 꽤 많은 기사들에게 영향을 미칠 수 있는 이니까. 거기에 둘의 가신들까지 더하면 상당한 수지.

이제야 시르 공작에게 달라붙은 자들을 처리할 때 힘들지 않을 정도의 인원이 생겼군.

"그런데 카난 공작께서는 시르 공작과 가까운 사이가 아니십니까? 한데……."

결국 궁금증을 못 참겠던지 사이라 후작이 물어왔다.

그에 카난 공작은 살짝 미소 지었다.

"사람에게는 누구나 밖으로 알려진 것과 다른 면이 있기 마련인 법입니다."

그 말에 사이라 후작은 납득한 것 같지는 않지만 더 이상 의심에 찬 눈초리는 보내지 않았다.

후에 다시 연락하기로 하고 사이라 후작과 미스트 백작이 나가자 카난 공작은 한숨을 내쉬었다.

"정말 시르 공작은 여기저기서 인심을 잃은 모양입니다."

걱정하는 듯한 어투와는 다르게 눈은 즐겁다는 듯이 빛나고 있었다.

"그런데 이상하군."

"예?"

"내가 아는 시르 공작은 한때의 이익을 위해 적을 만들 타입은 아니네. 자신의 권력이 영원할 거라 믿으면서 앞뒤를 재지 않고 함부로 행동할 사람도 아니지."

그런 사람이 어째서 사이라 후작과 미스트 백작을 적으로 돌리게 된 걸까.

기사들을 멋대로 움직였던 거야 그럴 수도 있다고 친다 해도, 마법사들에게까지 간섭할 리가 없다. 그 후의 사태를 전혀 예상 못할 정도의 바보가 아니니까.

그런데 어째서?

"저도 잘 모르겠습니다."

카난 공작도 아는 바가 없는 듯 고개를 저었다.

하지만 다음 순간, 카난 공작은 아차 하는 표정을 지었다.

"혹시 이 일, 시르 공작의 함정이라면……."

난 그건 아니라고 생각했다.

"아닐 거야. 사아라 후작은 그렇다 쳐도, 미스트 백작이 나에게 거짓을 말하리라 생각되지는 않아."

윗사람에게 거짓을 고하는 건 생각도 못하는 고지식한 사람이다.

물론 주군 되는 사람이 시킨다면 하겠지만.

어라, 이렇게 말하니 좀 의심스럽군.

하여간, 만약 미스트 백작의 성격을 내가 잘못 알고 있다고 해도… 적어도 나를 배신할 사람은 아닐 것이다.

사아라 후작이나 미스트 백작은 처음부터 시르 공작을 그리 좋게 생각하고 있지 않았으니까 그 사람을 위해 저런 연극을 하지는 않을 거다.

내가 고개를 저었지만 카난 공작은 여전히 걱정스런 표정이었다.

"하지만 한 번 조사해 볼 필요는 있겠군."

지금까지 저 둘은 중립이라는 생각에 내버려 뒀었지만 일이 이렇게 되었으니 한 번 알아봐야겠지.

"만약 저 둘이 정말로 시르 공작의 말에 따라 연극을 하러 온 것이라면 큰일입니다."

그렇지. 그렇게 되면 카난 공작이 나에게 도움을 주고 있다는 게 드러나게 되니 큰일이다.

지금까지 고생한 게 모두 헛것이 되는 거다.

"일단은 두고 보는 수밖에."

"예……."

카난 공작은 불안한 기색을 감추지 않으며 대답했다.

내 바람대로 카난 공작도, 시르 공작도 한동안 수도를 비우게 되었다.

시르 공작은 자신의 영지에 생긴 문제를 해결하기 위해, 카난 공작은 로이안을 데리러 가기 위해 떠난 것이다.

"편하군."

내 중얼거림에 제노시아가 미소 지었다.

오랜만에 제노시아와 둘만이 집무실에 남게 되자 상당히 편안했다.

루비스 자작은 감시자라서 신경이 쓰였고, 카난 공작은 그나마 날 도와주는 사람이기는 하지만 만만치 않은 사람이라 은근히 신경이 쓰였었으니까.

하지만 편하다고 해서 할 일까지 없는 건 아니었다.

시르 공작이 다시 수도로 오기 전까지 해결해야 할 일이 산더미였다.

레비스에게 건넬 편지를 쓰고 있을 때 노크 소리가 들리고 하네인 후작이 들어왔다.

"도리스 켈 하네인이 황제 폐하를 뵙습니다."

오랜만이라 그런지 격식을 갖춘 인사를 하는 하네인 후작의 모습에 난 미소 지었다.

"오랜만이로군."

"예, 폐하."

하네인 후작은 시르 공작의 눈 밖에 나서 자택에서 은신 중이다. 하지만 지금은 그 시르 공작이 수도에 없으니 잠시 나와 황궁으로 온 것이다.

물론 황궁은 보는 눈이 많으니 하네인 후작이 날 만나러 왔다는 건 바로 시르 공작의 귀에 들어가겠지만. 그것도 시르 공작이 수도에 돌아와서나 듣게 될 테니 지금은 상관없는 일이다.

"지금 상황은 알고 있겠지?"

당연히 알고 있겠지만 확인을 위해 물었다.

그랬더니 하네인 후작은 쓴웃음을 지었다.

"황후마마께 진행 상황은 계속 듣고 있었습니다. 죄송합니다. 이럴 때 큰 도움이 되어드리지 못해……."

"아니, 그런 말들은 그만두지. 앞으로의 일이 중요하니."

"예, 폐하."

난 서랍을 뒤져 저번에 키나이가 가져다 주었던 시르 공작의 추종자들 명단을 꺼내 들었다.

그리고 내가 따로 만들어둔 명단도 함께 꺼냈다.

"저번에 키나이를 통해 말을 전했었지?"

"예. 이것입니까?"

그 명단을 받아 든 하네인 후작은 표정이 살짝 굳었다.

잠시 못 본 사이 성격이 변한 것 같군 그래.

"좀 변했군."

"예?"

"아니네."

예전이라면 뭐든지 다 괜찮다는 듯이 태연한 모습을 보였을 텐데.

한동안 은신한 덕에 성격이 변한 건가.

"사람이 꽤 많은 것 같습니다."

"아아. 예상 이상이더군."

하네인 후작이 해줄 일은 별거 아니다.

그 명단에 있는 자들을 은근히 흔들어서 시르 공작의 세력에서 빠져나오게 하는 것.

어려워 보이지만 쉬운 일이다. 다만 좀 번거로울 뿐이겠지. 시르 공작의 신뢰를 받지 못하고 있는 녀석들은 쉽게 등을 돌릴 것이다.

내가 따로 만들어둔 명단에 적힌 사람들은 전부 그런 녀석들.

하네인 후작의 타깃이 될 녀석들이다.

"말했다시피, 따로 만든 명단에 적힌 사람들만 하면 되네."

"나머지는 어쩌실 생각이십니까?"

"레비스에게 맡길 생각이네. 하지만 일단은 모두 봐두게."

내 말에 하네인 후작의 눈이 가늘어졌다.

"혹시, 절 믿지 않으신다는 말씀이십니까?"

그렇게 들렸나.

난 쓴웃음을 지었다.

"그럴 리가 있겠나."

한 사람에게 다 맡길 수는 없다.

아마 그들은 시르 공작의 세력에서 빠져나오면 자신을 설득했던 자의 세력으로 흘러갈 게 뻔하다.

그리고 그 세력의 힘이 되겠지.

힘의 집중은 막아야 한다.

게다가 레비스는 리아나 이모님이 계신 이상 나에게 등을 돌리지는 않을 테니까.

뭐, 사람 수가 많다는 이유도 있고, 또 레비스가 설득하기 더 쉬운 사람도 있어서이지만.

"다만 분담을 생각한 것뿐이네."

내 말에 숨은 뜻을 알아들은 건지, 아니면 그냥 넘어가는 건지 하네인 후작은 더 이상은 묻지 않았다.

"알겠습니다."

"아, 그리고 혹시 해서 하는 말이네만⋯ 너무 눈에 띄게 행동하지는 말게."

"알고 있습니다."

용건이 끝나자마자 하네인 후작은 고개 숙여 인사를 하고 돌아갔다.

자택에서 은신하고 있던 자가 갑자기 나와 황궁에서 오래 있으면 좋지 않다.

그리고 나중에 시르 공작이 하네인 후작의 방문 이유를 캔다면 '오랜 만의 안부 인사'라는 핑계를 댈 예정이기 때문에 더욱 오래 있을 수는 없다.

뭐… 이런 데까지 시르 공작의 눈치를 봐야 한다는 게 기분 나쁘긴 하지만 일이 잘 풀리면 이것도 이제 얼마 안 남았으니까.

난 다시 레비스에게 줄 편지를 작성하기 시작했다.

내용은 아까 하네인 후작에게 말한 대로 시르 공작의 세력을 흡수하라는 것이다.

솔직히 레비스가 잘할 수 있을지는 의문이지만 그래도 리스튼을 폐위 시켰던 전적으로 봐서 이런 일을 아주 못할 것 같지는 않으니까 괜찮겠지.

편지를 다 쓴 다음 카난 공작과 시르 공작이 언제쯤 돌아올지 가늠해 보았다.

카난 공작은 한 10일 뒤에나 돌아올 예정이었다.

로이안이 워낙 멀리 있는지라 고급 마차로 가장 빨리 달려도 그 정도의 시간은 걸린다고 한다.

카난 공작이 자신의 영지까지는 마법으로 이동했기 때문에 이 정도지, 그냥 마차만 사용했다면 15일은 걸린다고 한다.

오래 여행해야 한다는 사실을 조금 불만스러워하는 모습에 내가 사람을 보내면 될 게 아니냐고 했더니 카난 공작은 고개를 저었다.

"그분은 너무 까다로우셔서……."

라고 말하면서 한숨을 내쉬었다.

그런데 시르 공작은 빠르면 10일 내에 돌아올 거다.

영지에 하루도 머무르지 않고 확인만 하고 바로 돌아온다면 그렇게 된다.

상황이 이렇게 되어 있으니 카난 공작은 빨리 돌아와야 한다는 생각에 부담스러워했다.

시르 공작은 카난 공작이 계속 내 옆에 있다고 알고 있기 때문에 시르 공작이 수도로 돌아오기 전까지 돌아와야 하는 것이다.

늦게 오게 된다면 나야 별문제가 없겠지만 카난 공작은 시르 공작에게 어째서 말도 없이 자리를 비웠는지에 관해 질책받게 된다.

카난 공작이 시르 공작에게 적의를 가지고 있긴 하지만 은근히 무서워하고도 있으니 질책을 피해야 한다는 생각에 상당히 부담스러울 것이었다.

"제노시아."

"예."

"키나이에게 연락을."

"알겠습니다."

이제 슬슬 사이라 후작과 미스트 백작의 심경 변화 이유에 대해 들어볼까.

좀 늦긴 했지만.

잠시 후 나타난 키나이는 손에 어떤 종이도 들고 있지 않았다.

보고서를 따로 작성하지 않았다는 건 보고서를 적을 정도로 긴 이야기가 아니라는 말이었다.

"알아봤나?"

"예."

"그럼 말하게."

키나이는 숨을 들이키더니 차분한 어조로 꽤 긴말을 이어 나갔다.

"사아라 후작과 미스트 백작 둘 다 시르 공작과 접촉한 흔적은 없었습니다. 그러니 믿어도 될 듯합니다. 그리고 심경 변화 이유에 관해서는 확실하지 않아 예측을 했습니다. 사아라 후작의 경우에는 본인의 말대로 자신이 맡고 있던 마법사들의 서열에 관한 점이 문제가 되었던 듯합니다. 자신의 말을 어기고 시르 공작 측에 서 있는 자가 갑자기 위의 결정을 멋대로 무시하고 행동하거나, 시르 공작의 이름을 빌어 자신과 마음이 맞지 않은 자를 변방으로 보낸 모양입니다. 때문에 다른 하위 마법사들이 상부의 말보다 그자의 눈치를 보자 사아라 후작이 화를 내게 된 겁니다."

허어. 생각보다 단순한 이유로세.

사아라 후작이 그 정도에 중립 선언을 철회할 줄은 몰랐는걸.

아니, 사아라 후작으로서는 심각한 이유였을까. 마법사들은 국가에 소속되었지만 소속되지 않은 단체, 자신들의 규율로 움직이고 있으니 저런 식으로 함부로 행동하는 걸 용납할 수 없겠지.

"그럼 미스트 백작은?"

"미스트 백작은 이유가 분명했습니다. 원래 자신의 제자가 내정되어 있던 기사단장 자리에 시르 공작의 측근이라 하는 사람이 인사에 관여해 다른 사람을 그 자리에 앉게 한 모양입니다."

…미스트 백작은 더 단순하군.

"허망한 이유로군."

"실력으로 차지하지 못했다면 미스트 백작도 나서지 않았을 겁니다. 하지만 이런 식으로 제자를 무시한 건 자신을 노골적으로 무시하는 처사라고 생각한 듯합니다."

뭐… 귀족들로서는 이런 게 당연한 이유이기도 하지만 괜히 시르 공작의 함정이 아닐까 하며 긴장했던 게 한심하게 느껴지는 일이다.

나로서는 잘된 일이지만.

"그런데 듣자 하니 그 두 일 모두 시르 공작이 직접 나선 건 아닌 모양이로군."

"예. 아마 시르 공작은 전혀 모르는 일일 거라고 생각됩니다. 시르 공작에게 붙어 조금이라도 단물을 먹으려는 자들 중 하나겠지요."

역시. 시르 공작이 자신에게 불리한 일들을 할 리가 없지.

하지만 이렇게 되면 시르 공작도 좀 불쌍하군. 부하라고도 할 수 없는 녀석들이 벌인 일 때문에 커다란 세력을 둘이나 적으로 돌리게 되었으니.

"사아라 후작과 미스트 백작에게 거슬린 녀석들의 이름은 알고 있겠지?"

"예."

"하네인 후작에게 그 둘은 끌어들일 필요 없다고 전해."

"예."

내 쪽으로 끌어들이면 사아라 후작과 미스트 백작이 나중에 그들에게 분을 풀 수 없게 된다.

그렇게 되면 둘은 나에게 불만이 생길 게 뻔한 것.

그러니 그자들은 사아라 후작과 미스트 백작이 마음대로 하게 내버려 두어야겠지.

키나이가 돌아가고 나서 난 뮤리아를 찾았다.

부탁할 일이 있었다.

"오셨습니까."

다행히 오늘은 엘비라와 함께가 아니었다.

"엘비라는 지금 수업 중입니다."

내가 주변을 보자 엘비라를 찾는다는 걸 눈치 챈 뮤리아가 웃으며 말했다.

"그래. 다행이로군."

"예?"

"그대에게 부탁할 일이 있어서 찾아왔거든."

그러니 아무래도 엘비라가 있으면 말하기 힘들지 않겠어?

"무슨 일입니까?"

뮤리아의 눈에 생기가 돌았다.

흥미를 느낀 모양이었다.

"엘비라와도 관련된 일인데……."

말하면서 슬쩍 눈치를 살피니 뮤리아의 눈에는 호기심만이 가득할 뿐, 다른 기색은 없었다.

"지금 시르 공작이 자신의 영지를 돌아보러 간 건 알고 있겠지?"

"예. 은밀히 떠난 것도 아니고 화려하게 떠났는데 모를 리가 없지요."

"시르 공작이 돌아올 무렵에 엘비라를 한동안 시르 공작의 자택에 보냈으면 한다."

"예? 어째서……."

뮤리아는 말도 안 된다는 반응을 보였다.

예상한 일이긴 하지만.

"시르 공작이 자택에서 무슨 일을 하지 못하게 하기 위해서. 그리고 쉽게 움직이지 못하게 감시를 하기 위해서다."

"흐음… 잘될까요."

뮤리아는 엘비라를 걱정하기보다 성공 여부를 물었다.

어머니로서의 입장이나 딸을 사랑한다는 마음은 전혀 없는 것처럼 찬성하는 건 권력을 더 좋아하는 사람이니 당연한 일. 누구보다도 권력에 취해 있고 싶어하는 사람이니까.

"확률은 절반이라고 본다. 엘비라가 우리 뜻대로 움직여 준다면 더 확률이 올라가겠지."

"하지만 무슨 이유로 엘비라를 시르 공작의 자택에 보내지요?"

"병에 걸려 요양을 한다고 하면 되는 일이야."

보통은 황궁에서 지내지만, 엘비라가 가고 싶어한다고 하면 된다.

지금까지의 시르 공작의 태도를 볼 때 거부할 것 같지도 않고.

"하지만 엘비라는 무척 건강한데요. 무슨 방법이 있으십니까?"

"방법이야 많지 않은가."

약한 독을 먹이는 방법도 있고, 저주 같은 걸 이용하는 방법도 있다.

이제는 사이라 후작이 나를 돕겠다 했으니 둘 다 쉽게 사용할 수 있겠지.

"엘비라에게 조금 미안하군요."

말은 그렇게 하지만 전혀 미안한 기색이 아니다.

오히려 즐기고 있는 듯하다고 할까.

새삼 뮤리아가 무섭게 느껴지는군.

그리 아끼는 것처럼 행동했으면서 이렇게 무감각하게 이용하다니.

저번에 시르 공작을 협박했다는 소리를 들었을 때도 그랬지만 말이야.

"그런데 이 말을 군이 저에게 하시는 이유는 제가 그 계획에서 맡아야 할 부분이 있다는 건가요? 그렇죠?"

"맞아."

아무래도 난 엘비라와 친하지가 않아서… 뮤리아가 해주었으면 하는 부분이 있지.

"어떤 방법을 사용하든, 그리 친하지 않은 내가 하기보다 그대가 하기 편하겠지."

"제가 실행자가 되는 거로군요. 알겠습니다."

혹시 반대하지 않을까 생각했는데, 뮤리아는 흥미를 보이기만 할 뿐이었다.

엘비라가 자신의 부모라고 하는 우리가 이런 이야기를 나누고 있다는 걸 알면 뭐라 생각할까.

그나저나 뮤리아의 이런 모습은 솔직히 약간은 불쾌하다.

저렇게 태연한 모습으로, 아니, 오히려 즐기는 듯이 자신을 믿고 따르는, 자신을 어머니라 부르는 아이에게 기꺼이 독을 먹일 수 있다고 하는 모습이 끔찍하다.

이렇게 생각하는 나 역시 엘비라를 이용하려 하는 건 마찬가지지만 말이다.

뮤리아와의 이야기가 끝나고 나서 엘비라가 오기 전에 재빨리 집무실로 돌아왔다.

뮤리아와 했던 이야기 때문에 엘비라의 얼굴을 보기 껄끄러웠기 때문이었다.

다음날.

난 좀 특이한 손님을 맞이했다.

시르 공작이 자리를 비우지 않았더라면 절대 만날 수 없는 사람이었다.

"이리 만나는 건 처음이로군, 시아난 경."

"예, 폐하."

그의 이름은 시아난 켈 시르.

시르 공작의 사촌으로서 로이안과는 다르게 욕심이 있는 사람이었다.

이 사람과의 협상이 잘될 경우, 많은 문제가 해결된다.

그가 도와주어 일이 잘된다면 이자가 원하는 걸 줄 수 있기 때문에 난 좀 느긋한 태도로 협상을 시작했다.

하지만 협상은 내가 생각한 대로만 풀리지는 않았다.

그리고 그 후 3일이 지났을 무렵.

레비스에게서 저번에 보낸 편지의 답이 왔다.

맡은 일이 제대로 진행되고 있다는 내용의 짧은 편지였다.

내용은 전혀 문제가 없었고, 또 편지를 보낸 레비스도 전혀 문제가 없었지만 '편지'에서 생각나는 일에 기분이 가라앉았다.

편지를 읽고 소각하며 쓴웃음을 지었다.

카난 공작이 올 때까지는 앞으로 일주일이 남았다.

더 이상 시간을 끌 수는 없었다.

계속 이렇게 시간을 보내기만 한다면 난처한 일이 생길지도 모를 일이었다.

난 종이를 꺼내 편지를 쓰기 시작했다.

세레나에게 쓰는 편지였다. 평소에도 정기적으로 편지를 보내기는 했지만 이번에 이렇게 편지를 쓰기 싫은 건 이유가 있다.

세레나의 결혼 때문이다.

정기적으로 세레나에게 보내는 편지에, 처음으로 '결혼'이라는 걸 언급했다.

왜 아직 결혼을 하지 않는 건지 모르겠다고, 혹시 마음에 둔 상대가 있느냐고.

사실 물어보기 싫었다.

대답에 따라 태연히 세레나를 이용해 버릴 거라는 걸 잘 알기 때문에.

하지만 지금은 수단과 방법을 가릴 정도로 여유있지가 않았다.

"후… 정말 싫군."

"폐하……."

자신의 목적을 위해 사랑하는 사람까지 이용하고 싶지는 않다.

그런 자들을 경멸했었고.

하지만 난 지금 그런 자들을 닮아가고 있다.

정말 끔찍이 싫은 기분이다.

이런 기분이 드는 게 당연한 일이고.

그런데도 한 편으로는 마음 한구석에서 당연하다고 생각하며 무감각해하는 내가 있다.

그래서 더욱 나 자신이 싫다.

편지를 곱게 접어 평소대로 사람을 시켜 세레나에게 보내면서 한숨을 내쉬었다.

얼마 전, 난 뮤리아가 엘비라를 태연히 이용하는 모습을 보며 어지간히 권력을 탐하는구나 하는 생각에 불쾌해했는데.

그렇게 생각하던 난 지금 그 이상의 일을 하고 있지 않은가.

나의 권력을 위해서 말이다.

어째서 이렇게 된 걸까.

어렸을 적에는 다만 동생과 아리아와 제노시아와 함께 생명의 위협 없이 평안히 살고 싶었을 뿐인데.

언제부터 시르 공작이 나의 권력을 가져간 걸 분노하며 다시 찾으려 많은 사람을 죽이고 있는 걸까.

시르 공작이 있는 한 평안히 지낼 수 없다고 중얼거리며 이런 식의 작전을 짜고 날 사랑하는 사람들을 이용하고, 희생시키고 있는 걸까.

예전에 책에서 권력이란 사람을 변하게 한다는 걸 읽고 비웃었었는데 말이지.

그 말을 지금 온몸으로 느끼고 있다.

난 변했다.

나쁜 쪽으로.

나를 위해서 어떤 사람이라도 이용할 수 있게 되어버렸다.

예전에 내가 그리 싫어하던 샤이나처럼.

아, 적어도 난 샤이나처럼 아둔하진 않지 않은가.

난 피식 웃으면서 의자에 기댔다.

세레나.

부디 네가 사랑하는 이가 있으면 좋겠구나. 그것도 함께 결혼할 계획이 있는 이가.

아니, 아니.

난 아마도 네가 어떤 대답을 하더라도 너에게 결혼을 강요하겠지.

미안하다. 정말로.

얼마 뒤에 온 세레나의 답장은 나에겐 좋은 말이 적혀 있었다.

사랑하는 이도 없고, 결혼은 어쩌다 보니 이렇게 늦은 거라며 결혼을 하긴 할 거라고 적혀 있었다.

적어도 연인과 이별시키지는 않을 테니 잘된 일인 셈인가.

카난 공작이 데려온 로이안은 그리 눈에 띄는 사람은 아니다.

인상이 흐릿한 사람이라고 할까.

그 덕에 지금까지 신년 축제 때 황족이라는 이유로 계속 만났으면서 한 번도 이야기를 나눠본 적이 없었던 거다.

"오랜만입니다, 로이안 형님."

"뵙게 되어 영광입니다… 폐하."

내 인사에 주춤거리다가 전혀 상황에 맞지 않은 인사를 하며 고개를 숙이는 로이안.

어처구니가 없어서 슬쩍 카난 공작을 보자 카난 공작은 한숨을 내쉴

뿐이었다.

"형님?"

"예?"

움찔거리면서 대답하는 모습이 상당히 불안하다.

"…앉으시지요."

"예……."

이거, 뭔가를 이야기하려면 상당히 힘들겠는걸.

게다가 이 정도로 숫기없고 약한 자라면 내 계획을 전면 수정해야 하는 건가.

약간이 아니라 꽤 많은 불안감이 있긴 했지만 일단은 대화를 나눠보기로 했다.

"먼 길 오시느라 힘드셨겠습니다."

"아닙니다."

"갑자기 와달라 해서 죄송합니다."

"카난 공작께서 수고해 주신 덕에 힘들진 않았습니다."

한동안은 별말없이 일상적인 말을 이어갔다.

카난 공작은 끼어들지 않고 가만히 보고 있기만 했다.

자신이 데려왔으니 설득하는 건 내 몫이라는 듯이.

계속 이런저런 일상의 대화가 부드럽게 오가자 로이안은 상당히 마음이 놓이는 듯 움찔거리는 일이 없어졌다.

마음이 편해졌는지 제대로 대답을 하기 시작했다.

그럼 이제 슬슬 본론으로 들어가 볼까.

"지금 중앙이 어떤 상황인지는 알고 계십니까?"

"제가 아둔하긴 하지만 귀까지 먹지는 않았습니다."

알고 있다는 말이로군.

"그럼 제가 예까지 와주셨으면 한 이유도 아시겠군요."

"죄송하지만 전혀 모르겠습니다. 전 아무런 힘도 없는데 어째서 이런 말씀을 하시는지도 모르겠습니다."

아무 힘이 없다니. 말도 안 되는 소리지.

"별다른 이유는 없습니다. 일단 상황이 어렵다 보니 형제들과의 교류를 단단히 하여 힘을 모았으면 한 것뿐입니다."

황족들은 다 자신에게 소속되어 있는 군대가 있다.

큰 규모는 아니다.

하지만 시르 공작이 정규군에까지 손을 뻗치는 바람에 내가 쓸 수 있는 무력(武力)이 전혀 없는 지금은 그 정도도 아쉬운 판국이었다.

세레나의 경우는 신관이 되면서 그 기사단이 다른 곳으로 흡수되어 버려서 없고.

"그, 그렇습니까."

로이안은 다시 머뭇거리기 시작했다.

어떻게 대답해야 할지 몰라 하는 모습이었다.

이거, 답답하군.

"오늘은 여행으로 지치셨을 테니 쉬시지요."

"예……."

시종에게 안내를 받아 로이안이 나가고 나자 카난 공작은 깊이 한숨을 내쉬었다.

"좀 답답한 사람이로군."

내 평가에 카난 공작은 다시 한숨을 내쉬었다.

"조금이 아닙니다. 그리고 상당히 나약하신 분입니다. 좋게 말해 부드러운 성품이지, 저 정도면 우유부단하고 나약한 겁니다."

그간 쌓인 게 있는지 카난 공작은 약간은 거칠게 말을 쏟아냈다.

"저런 성격 탓에 황제의 후보에서 제외되었던 겁니다."

"그래?"

"예. 시르 공작이었다면 후보 일순위에 올렸겠지만 다른 사람이 아닌 리튼 공작이었으니 황제가 될 수 없었습니다. 리튼 공작은 황제가 될 수 있는 분을 찾고 있었으니까요."

기분이 좋은 건지 나쁜 건지 모르겠군.

리튼 공작이 그렇게 찾았던 내 상황이 영…

"듣기 좋은 말은 아니로군."

"아, 죄송합니다. 그만 흥분해 버려서……."

카난 공작은 얼굴을 붉히며 사죄했다.

"의외의 모습이로군."

"죄송합니다."

카난 공작은 다시 한 번 고개를 숙여 사죄했다.

"로이안과 친한 게 아니었나."

"저번에 말씀드렸다시피, 그걸 친하다고 할 수 있다는 전제 하에서 친한 겁니다."

그 말로 그리 친하지는 않다는 걸 알고는 있었지만, 이 정도일 줄은 몰랐군.

"그런데도 잘도 데려왔군."

"로이안님은 남을 쉽게 믿으시니까 가능한 일입니다."

그런가.

하여간 로이안과 제대로 이야기를 나누려면 꽤 힘들겠군.

"하지만 폐하께서 노리시는 걸 위해서라면 굳이 로이안님이 아니어도 괜찮은 거 아닙니까. 그런데 왜 굳이……?"

"제일 편하니까, 라고 대답해 주지."

다른 이들은 끼어들게 만들기가 어려워. 나중에 무슨 말을 할지도 모르고.

저런 성격에, 욕심이 없다면 괜찮겠지.

"알겠습니다."

"아, 오늘 세레나가 올 거네."

"예?"

카난 공작은 그걸 왜 말해 주는 거냐는 듯이 반문했다.

"그때, 잠시 자리를 피해줬으면 하는데."

"…알겠습니다."

무슨 일인지 궁금해하며 잠시 망설이던 카난 공작은 그러겠노라 대답하고 자신이 할 일을 하기 시작했다.

세레나가 오고 나서 피해달라는 말을 해도 되긴 하지만 좀 더 자연스럽게 둘이서 이야기하는 상황을 만들고 싶다.

오고 나서 평소에 같이 있던 카난 공작에게 나가라고 하면 세레나가 이상하게 여길 테니까.

"참. 시르 공작은 생각보다 늦을 거라는 말을 들었습니다."

"아아."

그거에 관해서라면 보고를 들었다.

별일 아니려니 생각했던지 느긋하게 출발하더니만 막상 가보니 심각했는지 꽤 허둥거리고 있다고 한다.

독 자체야 해독제를 구하기 쉬운 걸 썼으니 문제가 안 되겠지만 그 범위가 넓고 먹은 사람이 많으니 한동안 고생하겠지.

"얼마나 시간을 벌 수 있을지는 모르겠군."

"적당한 시간은 될 거라고 생각합니다."

시르 공작이 수도로 돌아올 때 뮤리아가 움직이기로 했으니 시간을 잘 맞춰야 하는데. 시간이 안 맞으면 어정쩡하게 되니까.

주인도 없는 저택에 요양을 보내기도 그렇고, 병이 난 후에 황궁에서 잘 지내다가 도중에 보내기도 그러니까 말이야.

뭐, 시르 공작이 돌아오고 나서 며칠 후에 일을 벌여도 되긴 하지만…… 아무래도 시간을 두고 하는 것보다 한번에 정신없이 몰아붙이는 게 더 좋지 않겠는가.

그게 대처하기도 힘들 테고.

"후우……."

생각에 잠겨 있다가 카난 공작의 낮은 한숨 소리에 정신이 들었다.

"무슨 일이지?"

"아무것도 아닙니다. 다만… 나중에 시르 공작이 돌아와서 제가 자리를 비운 이유를 물으면 뭐라 대답해야 하나 고심하고 있었습니다."

"꽤 무서워하는군."

"아닙니다!"

카난 공작은 강하게 부정했지만 난 맞다고 생각한다.

그렇지 않고서야 저런 반응을 보일 이유가 없으니까.

"무서워하지는 않습니다. 다만 귀찮을 뿐입니다."

"귀찮다라……."

"시르 공작은 한두 마디 말로서 지나갈 수 있는 일들도 만족스런 대답이 있을 때까지 캐묻곤 합니다. 그것 때문에 신경이 쓰이는 것뿐입니다."

단호한 말이지만 그다지 믿음은 안 가는군.

내가 믿지 않고 있다는 걸 눈치 챈 카난 공작은 다시 한숨을 내쉬었다.

저런 모습을 보면 늘 생각하는 거지만, 카난 공작은 감정이 없는 것처럼 차가운 표정을 유지하는 시르 공작과 참 많이 다르단 말이야.

"그대와 시르 공작은 전혀 안 닮았군."

보통 어린 시절을 같이 보내거나 비슷한 환경에서 자라면 성격이 비슷해진다고 알고 있는데 말이야.

뭐, 나와 로이안처럼 비슷한 경우를 겪어도 전혀 다른 성격으로 성장하기도 하지만.

"아닙니다. 꽤 비슷한 점이 많습니다."

내 생각과 다르게 카난 공작은 웃으면서 대답했다.

"그래?"

"예. 어릴 때부터 늘 저와 시르 공작, 둘은 비슷한 걸 원하곤 했습니다. 같은 걸 원하기도 해서 서로 그걸 손에 넣기 위해 노력했던 적도 있었습니다."

흐음. 상상이 되지 않는데.

아무래도 지금은 둘 다 다른 걸 보고 있으니 말이야.

사실 정말 카난 공작과 시르 공작은 어린 시절을 같이 보냈나 하는 생각이 들 정도로 서로 모르는 부분이 많은데.

"비슷한 거라. 예를 들어서 어떤 것을?"

"아주 어릴 때 처음 같은 걸 원했던 건 팔찌였습니다. 어려서 그저 예쁘다는 것 때문에 원했었지요. 더 커서는 검을, 그리고 장신구들을. 소소한 것까지 따지자면 셀 수가 없을 정도입니다."

"호오… 그래? 의외로군."

의외라는 건 둘이서 경쟁했던 걸 말하는 게 아니었다. 카난 공작과 시르 공작이 장신구 같은 걸 갖고 싶어서 경쟁했다는 거다.

믿기지 않는 일이야.

지금의 카난 공작과 시르 공작은 예에서 벗어나지 않을 정도의 최소한의 장신구 외에는 몸에 지니지 않는데. 그런 일로 경쟁했었다니.

"4대 공작가 같은 경우는 보통 함께 만나게 하면서 경쟁을 붙이는 게 당연한 일로 받아들여지고 있습니다."

"그건 알고 있네."

"예? 그럼 의외라는 건 무슨……?"

카난 공작이 의문을 표했지만 난 웃을 뿐, 가르쳐 주지 않았다.

잠시 내 말의 뜻을 생각하는지 의문 어린 눈빛을 하던 카난 공작은 곧 포기하고 한숨 쉬듯이 말을 이어 나갔다.

"폐하께서는 느끼지 못하시겠지만 원하는 것이 같다는 건 정말 문제였습니다. 똑같은 물건을 다른 데서 찾기는 어려운 일이니 말입니다."

그야 그렇겠지.

장신구 같은 것들은 한 세트가 아닌 한 같은 모양이 있을 리가 없다.

틀을 짜서 찍어내는 게 아니라 손으로 깎아서 만드는 거니까. 한 개를 가져가서 이미테이션을 만들면 또 모르지만.

내가 흥미를 보이자 카난 공작은 계속 이야기를 했다.

"그래서 각자 여러 가지 방법을 써서 손에 넣곤 했습니다. 장신구 같은 거야 돈을 가져가서 먼저 사는 사람이 손에 넣는 거지만, 당연히 시르 공작과 제가 원했던 게 장신구만 있는 건 아니었습니다. 여러 가지가 있었지요."

"그래서?"

"시르 공작과 전 서로 그 원하는 걸 가지기 위해 동원하는 방법은 달랐습니다. 결과를 말씀드리면, 대부분은 제가 뒤졌습니다. 그래서 늘 분하다는 생각을 했습니다."

원하는 건 같은데 방법이 다르다라.

내가 고개를 주억거리며 그렇게 생각하는데 카난 공작은 흐리게 웃었다.

"그건 지금도 마찬가지이고요······."

그리고 혼잣말을 하듯 작게, 하지만 마치 내게 들으라는 듯이 중얼거렸다.

작게 한 말을 굳이 캐묻기도 어려운지라 그저 못 들은 척, 무시할 수밖에 없었다.

하지만 신경 쓰이긴 하군.

저 말은 지금 시르 공작과 카난 공작 둘 다 원하는 게 있다는 말이 아닌가. 대체 어떤 걸 원하고 있다는 말이지?

카난 공작의 마음속에 들어가 보지 않는 한 알 수 없는 일이지. 그저 조심하는 수밖에 없나.

혼자 고민하고 있을 때 밖에서 낮은 목소리가 들렸다.

"폐하, 세레나님께서 오셨습니다."

"아아, 들어오게 해."

대답하면서 카난 공작 쪽으로 시선을 주었다.

아까 말했던 것처럼 자리를 피해달라는 의미로.

시선의 의미를 잘 알고 있는 카난 공작은 바로 밖으로 나갔다.

그와 동시에 세레나가 안으로 들어왔다.

"오랜만이에요, 오라버니."

"그래. 오랜만이구나."

"그런데 카난 공작은 왜······?"

평소에는 같이 집무실에 있던 사람이 자신이 들어옴과 동시에 나간 게 이상했던 모양이다.

"할 일이 있거든."

대충 말을 둘러대자 세레나는 내 말을 그대로 믿고 고개를 끄덕였다.

"그런데 무슨 일로 와달라고 하신 거예요?"

이런 말을 어떻게 꺼내야 할까.

"아아… 저번에 내가 편지에 썼던 말을 기억하니?"

일단은 반응을 보자는 생각에 말을 꺼냈다. 그랬더니 세레나는 이상하다는 듯한 표정으로 고개를 갸웃거렸다.

"편지?"

무슨 말인지 모르겠다는 듯이 되묻더니 이내 웃음을 터뜨렸다.

"아아. 그 결혼 이야기 말이에요? 푸훗."

뭐가 저리 재미있을까.

"예. 기억해요, 기억해."

"재미있었던 모양이구나."

"조금요. 오빠가 그런 말을 할 줄은 전혀 몰랐거든요."

하긴. 난 지금까지 세레나가 뭘 하든지 '마음대로 해라' 라고 말하면서 거의 신경을 안 쓰다시피 했으니까.

그렇다고 해서 재미있었다고 대답할 건 없잖니.

나에게는 심각한 문제인데 말이다.

"그것과 관련해 부탁할 게 있다면… 내가 무슨 말을 하려는지 알겠니?"

조금 가라앉은 목소리로 말하자 재미있다는 듯이 웃고 있던 세레나는 웃음을 멈추었다.

그리고 약간 당황한 듯한 태도로, 억지로 짜내듯이 말을 했다.

"무슨 뜻이에요?"

"모르겠니?"

다시 묻자 세레나는 눈을 크게 떴다.

세레나의 눈이 흔들리고 있었다.

태도를 보니 내가 하고 싶어하는 말을 눈치 챈 모양이다.

하지만 세레나는 내가 이런 말을 할 줄은 정말 몰랐던 듯 많이 흔들리고 있었다.

"하지만 오라버니……."

"어차피 결혼할 때도 되지 않았니. 아니, 벌써 지났나?"

"오라버니!!"

세레나의 말을 무시하고 계속 말을 잇자 세레나는 화가 난 듯이 소리쳤다.

"어떻게, 어떻게 제게 그런 말씀을 하실 수 있으세요?"

지금 세레나가 느끼는 감정은 배신감에 가까운 감정인 모양이다. 말은 또박또박 하고 있지만 손이 작게 떨리는 모습이 좋지 않았다.

세레나, 나 역시 이런 말을 하고 싶지는 않아.

"말할 수 없는 이유라도 있어?"

"오라버니!!"

내 차가운 말에 세레나는 정말 놀란 듯 소리치며 자리에서 일어났다.

세레나는 벌떡 일어난 자세 그대로 한동안 호흡을 고르더니 다시 자리에 앉았다.

"갑자기 이런 말씀을 하시는 이유라도 알고 싶어요."

"…글쎄."

이유를 알고 싶다는 말에 난 애매하게 대답을 피했다.

하지만 세레나의 저런 태도는 의외다.

분명히 화를 내며 날뛸 거라고 생각했는데. 아니면 바로 돌아가 버리던가.

그런 태도를 보인다고 해서 내가 이 결혼을 추진하지 않을 것도 아니지만.

"그럼 난 절대 싫어요."

"거부권은 없어."

"……."

이제 세레나는 가만히 날 노려볼 뿐이었다.

그렇게 잠시 시간이 지나자 세레나는 한숨을 푹 내쉬었다.

"그럼 뭐가 뭔지도 모르고 무작정 결혼하라는 건가요? 심하다는 생각 안 해요?"

그 말에는 내가 할 말이 없었다.

내가 침묵을 지키자 세레나는 계속 말을 이어 나갔다.

"정략결혼 자체는 어쩔 수 없다는 걸 알아요. 꿈만 꿀 나이도 아니고, 현실도 잘 알고 있으니까요. 하지만 아무 설명도 없이 '해라' 라고 말한다면 따를 수 없어요."

단호한 말이었다.

하지만 나로서는 그 이유를 설명하고 싶지가 않다.

말을 하면 할수록 더 더러운 말이 나올 게 뻔하기 때문에.

속으로 한숨을 쉬면서 뭐라 말하려는 찰나 세레나가 샐쭉한 음성으로 다시 한마디 했다.

"게다가 전 정략적인 도구로는 거의 쓸 수 없는 거 아니었어요? 저, 신관이라고요."

나 대신 말을 돌려줘서 고맙군.

"신관이 되어 황족으로서의 권리와 의무가 소멸했다 해도 혈연까지 없어지는 건 아니지."

더해서 내가 세레나를 아낀다는 건 알려져 있는 사실이기 때문에 세레나는 큰 패가 될 수 있다.

"…상대가 누군지 정도는 말해 주겠지요?"

"시르 공작의 사촌이다."

내 말에 세레나는 입을 딱 벌렸다.

전혀 예상치 못했던 일인 모양이었다.

"말도 안 돼……."

세레나가 중얼거리는 말에 난 난처한 미소를 지을 뿐이었다.

"설마 시르 공작이 원하는 건……."

그럴 리가.

적어도, 너까지 시르 공작이 마음대로 조종하게 내버려 둘 생각은 없어.

…지금 이 상황도, 시르 공작가와의 결합이라는 의미에서는 그리 다르진 않지만… 말이야.

"아냐."

"그나마 다행이로군요."

그나마 안심했다는 듯이 한숨을 내쉰 세레나는 조금 슬픈 눈으로 날 응시했다.

"결국은 이렇게 되는군요."

그 말의 의미를 너무나 잘 아는 나는 쓰게 웃었다.

세레나에게 많이 미안했다.

내 목적을 위해 이용해 버리는 것도 미안하고, 앞으로 그리 행복할 수 없을 거라는 걸 잘 알기에 더 미안했다.

힘이 빠진 듯, 의자에 기댄 세레나는 기운없는 목소리로 입을 열었다.

"그 사람, 어떤 사람이에요?"

"카난 공작의 말이나 키나이의 조사에 따르면 의지가 강하지 않은 사람이라더군."

욕심은 있지만 그만큼의 능력이 따라주지 않는 이라는 말은 하지 않았다.

그 욕심 때문에 시르 공작을 배반하고 나와 손을 잡으려는 것이라는 말 역시.

세레나는 더 묻지 않았다.

더 묻지 않는 건 나에게는 다행스러운 일이지만 저렇게 조용히 생각에 잠긴 모습을 보고 있으려니 죄책감이 더해진다.

아마 세레나도 그 상대가 그리 좋은 사람은 아닐 거라는 걸 느끼고 있을 거다.

그렇게 한참을 말이 없다가 세레나가 갑자기 물어왔다.

"어떻게 생겼어요?"

"뭐?"

내가 잘못 들었나 싶어 되묻자 세레나는 아주 진지한 표정으로 다시 또박또박 말했다.

"잘. 생. 겼. 냐. 고. 물었어요."

그게 중요한 걸까.

"거기까지는 모르겠다."

"동생의 결혼 상대로 생각하고 있으면서 모른다니, 너무 무심하신 거 아니에요?"

세레나는 귀엽게 투덜거렸다.

그리고 내가 당황하고 있는 모습을 보더니 쓰게 웃었다.

"사실대로 말하자면 나, 어느 정도 각오하고 있었어요. 어릴 때야 신관이 되면 다 벗어나는 줄 알았지만 지금은 아니니까요. 그렇게 미안해하실 것 없어요."

하지만…

"아마 행복할 수 없을 거다."

절대 행복할 수 없을 거다.

욕심만 많은 이와 함께 사는 것이 행복할 수는 없을 거다.

난 그걸 알면서도 세레나의 결혼을 추진하고 있었다.

"난 계속 신관 직에는 있을 거예요. 굳이 남편에게서가 아니더라도 얼마든지 즐거운 일을 찾을 수 있어요."

세레나는 괜찮다 말하고 있었다.

그게 더 미안했다.

"괜찮아요. 어차피 난 연애해서 결혼할 수 있을 거 같지는 않으니까요."

세레나는 명랑하게 말하면서 윙크했다.

"미안하다."

"괜찮다고 말했잖아요. 그야, 오라버니께서 아무 감정 없이 나에게 결혼을 '명령'했다면 교단에 부탁해서 다른 곳으로 보내달라고 해버리거나 한동안 수련 여행이라도 가버렸겠지만……."

그러고 보니 그렇게 도망가 버리는 수도 있었구나.

전혀 생각을 못했었다.

내가 이 황궁 안에서만 지내서 그런가. 생각이 짧아졌군.

전혀 생각 못했던 방법을 들어서 멍하니 있자 세레나는 의아하다는 표정을 지었다.

"어라, 몰랐던 거예요?"

무겁게 고개를 끄덕이자 세레나는 깔깔대고 웃었다.

"까하하하하하, 그럴 줄은 또 몰랐는데요."

"뭐… 내가 밖에 나가지 않으니 너도 그렇겠거니 생각해 버린 거지."

내 말에 세레나는 웃음을 멈췄다.

"그러고 보니, 오라버니께서 황궁 밖에 나갔던 건 딱 2번이었지요?"

"그래."

전쟁 때 한 번. 그리고 유적으로 갔을 때 한 번.

난 이 거대한 새장에서 빠져나갈 방법이 없다.

그저 타협을 하고 살아갈 수밖에.

"하여간. 오라버니는 늘 날 생각해 주시니까. 이번 결정 힘들게 내리셨을 거 아니에요. 그러니까 미안해하지 않아도 돼요."

그래. 그렇구나. 이제 세레나도 성인이야.

어리다고만 생각하고 있던 내 동생 세레나도, 마냥 어린아이가 아니었지.

지금 세레나는 날 이해한다며 미소 짓고 있다. 미안해하지 않아도 된다고 말하면서.

"고맙구나."

하지만… 내가 날 용서할 수 없다.

내 남은 생 동안, 너에게 갚고 싶다.

"아, 하지만 아주 용서한 건 아니에요. 이해한다는 거뿐이지."

세레나는 그렇게 말하면서 생긋 웃었다.

아무래도 좋아.

네가 날 증오하지 않는다는 것만으로 만족해.

세레나는 바로 자리에서 일어났다.

"갈게요."

"그래."

아무래도 오늘은 나와 오래 이야기하고 싶지 않겠지.

세레나는 살짝 고개 숙여 인사하고 바로 집무실을 나가 버렸다.

잠시 후, 카난 공작이 작게 미소를 띠며 들어왔다.

"즐겁게 이야기를 나누셨습니까."

"즐거울 화제가 아닌데 어떻게 즐겁게 이야기를 나누겠나."

"무슨 말씀이십니까?"

카난 공작이 바로 흥미를 나타냈다.

"알 필요 없는 일이네."

"하지만 알면 더 좋지 않습니까."

말로는 카난 공작을 이기기 힘들다니까.

"그렇다고 해서 말해 줄 수는 없네."

"알겠습니다."

카난 공작은 더 물어도 내가 대답해 줄 것 같지가 않자 포기하고 고개를 끄덕였다.

아마 나중에 자신 나름대로 조사를 하겠지.

저녁때 키나이를 통해 서신을 보냈다.

그 시르 공작의 사촌인, 시아난에게.

"세레나님께 말씀하신 모양이로군요."

내가 시아난에게 편지를 보내는 걸 보고 눈치 챈 모양이다.

"그래."

시아난은 시르 공작의 사촌으로, 세레나와는 10살이 차이가 난다.

정혼자와 결혼하기 직전에 상대가 갑자기 일방적으로 파혼하는 바람에 좋지 않은 소문이 나 어느 누구와도 결혼하지 못하고 혼자 지내고 있다.

"시아난에게는 감시를 붙여두었겠지?"

"예."

시아난과 손을 잡는 이유는 간단하다.

시르 공작의 혈족들이 어떻게 움직이는지 파악하기 위해서, 그리고 나중에 '시르 공작'의 자리를 채우기 위해서이다.

시르 공작과 싸우게 되면 내가 이겼을 경우 필연적으로 지금의 시르 공작, 그러니까 루이네 켈 시르는 죽는다. 살아 있게 되면 이런 싸움이 끝나지 않게 될 테니까 사형을 생각하고 있다.

그건 아마 시르 공작 측도 마찬가지일 것이다.

내가 살아 있다면 계속 분란의 씨앗이 된다. 이전에야 내 다음에 황제로 앉을 사람을 다시 나처럼 만들기 어려우니까 계속 살려두었지만 지금은 내 후계자로 엘비라가 있다.

시르 공작의 친딸인 엘비라가.

그런데 굳이 날 살려둘 이유가 있을까.

하여간 시르 공작이 죽게 될 경우, 시르 공작가 자체가 무너질 수도 있다. 시르 공작에게는 자식이 없으니 후계자가 사라지기 때문이다.

큰 가문이니만큼 서로 다음 '공작'이 되기 위해 티격태격하다 보면 확실히 그럴 가능성이 있다.

시르 공작가가 없어지는 건 나도 바라지 않는 일이다.

정확히 말하자면 시르 공작가가 없어진 이후의 타격을 바라지 않는다.

하지만 다음 시르 공작이 된 사람이 날 적대하는 것 역시 바라지 않는다.

그러기 위해서는 시르 공작의 사망 직후 누군가가 그 가문을 이끌어야 하고, 또 그 사람이 내 쪽에 서 있어야 하는 것이다.

그 때문에 시아난을 끌어들였다.

내가 이 일을 제시했을 때 시아난은 나중에 확실히 '시르 공작'의 자리를 보장해 준다는 증거를 요구했다.

처음에는 그저 계약서를 나누려 했지만 시아난은,

"그건 나중에 조작하면 되는 일 아닙니까."

라며 반대했다.

아무리 능력이 없다지만 그 정도는 생각하는구나 싶어 묘하게 감탄했었는데, 다음으로 한 말에 정말 놀랐었다.

"약속의 증거로 폐하의 동생 분과의 결혼을 요구합니다."

처음 느꼈던 감정은 '기가 막히다'라는 거였다.

하지만 상대는 단호했다.

"서면 약속은 믿을 수 없고, 그렇다고 해서 다른 약속 역시 절대적으로 믿을 수는 없습니다. 하지만 폐하께서는 동생 분을 상당히 아끼신다 들었습니다. 그러니 동생 분이 관련되어 있다면 싫으셔도 약속을 지킬 수밖에 없으실 거라고 생각하여 요구하는 겁니다."

그런 말로 단번에 허락할 수가 없어서 핑계를 대었던 게 세레나는 신 관이라는 거였다.

하지만 시아난은 그래서 더 잘되었다고 했다.

지금 자신과 세레나가 결혼한다고 해도 시르 공작에게는 '폐하의 일 과는 관련이 없다'고 말할 수 있는 핑계가 될 수 있다고.

난 한숨을 푹 내쉬었다.

"역시 시르 공작가의 인물들은 하나같이 만만치가 않아."

능력이 없는 인물이라기에 안심했다가 상당히 고생했었다.

사실 세레나와의 결혼 외에도 이것저것 요구했었지만 다른 건 다 해줄 수 없다고 무시했다.

"폐하께서 요구하셨던 조건은 '다음 시르 공작이 되어도 시르 공작가 에서 크게 반대하지는 않을 인물'이었습니다."

키나이의 말에 난 힘없이 웃었다.

"이럴 때는 그냥 위로해 주면 안 되는 건가."

세레나의 결혼은 되도록 빨리 이루어지게 될 것이다.

시르 공작이 돌아와서 이 결혼을 백지로 돌리게 할 수는 없으니까.

적어도 한 달 내로는 결혼을 하게 되겠지.

＊ ＊ ＊

하네인 후작은 오랜만에 꽤 바빴다.

"주인님, 오늘도 외출하십니까?"

"그래, 마리."

자신의 치장을 도와주는 시녀에게 대충 대답하면서 허둥지둥 나갈 준비를 했다.

"도리스, 정신이 없어 보이는군."

남편인 노턴이 들어오자 하네인 후작은 바쁜 와중에도 활짝 웃으며 그의 뺨에 키스를 해주었다.

"당신도 나갈 거지요?"

"당연한 거 아닌가. 난 교단을 맡고 있다고."

노턴의 대답에 하네인 후작은 예쁘게 웃으면서 다시 머리 치장에 신경을 쓰기 시작했다.

"오늘도 늦을 건가."

"그래요."

하네인 후작의 대답에 노턴은 잠시 머뭇거리다가 하네인 후작의 손을 부드럽게 잡아 손등에 키스를 했다.

"오늘도 여신의 은총이 있기를."

그 말에 하네인 후작은 웃었다.

"축복의 키스는, 이마가 아닌가요?"

"당신에게는 특별이야."

귀족으로서는 드물게 연애결혼을 한 두 사람은 아직까지 신혼인 듯한 분위기였다.

노턴 덕분에 기분이 좋아진 하네인 후작은 앨리언이 건네준 명단에 적혀 있던 자들 중 한 사람의 집으로 향했다.

미리 약속을 해두었는데도 조금 기다려서야 상대를 만날 수 있었다.

"오셨습니까, 하네인 후작."

"오랜만이로군요, 유드리안 자작."

"예. 그렇군요. 그건 그렇고 제가 알기로는 하네인 후작께서는 근신 중이라 들었습니다만, 어떻게 된 건지요."

인사가 끝나자마자 눈에 띄게 경계를 하는 상대를 보며 하네인 후작은 속으로 웃었다.

이런 타입은 가장 처리하기가 쉬웠다.

"근신이라니, 그럴 리가요. 그저 몸이 좋지 않아 한동안 자택에서 요양을 했더니 소문이 이상하게 난 모양입니다."

"그렇습니까."

유드리안 자작은 대답은 부드러웠지만 온몸으로 지금 하네인 후작과 만나는 게 어색하다는 표현을 하고 있었다.

하네인 후작은 재미있는 사태에 즐겁게 웃었다.

"손님에게 차도 대접치 않으실 겁니까?"

"아, 실례했습니다."

아무리 반갑지 않은 이라도 손님은 손님.

귀족 중 한 사람으로서 예법을 무시하고 쫓아버릴 수는 없다는 생각을 하고 있는 유드리안 자작을 보며 하네인 후작은 속으로 차갑게 미소 지었다.

한동안은 일상적인 이야기를 했다.

드레스 유행이라든지, 액세서리에 관한 이야기들. 그리고 새로 작위를 받은 이들에 대한 이야기가 오갔다.

"그런데… 유드리안 자작."

하네인 후작은 적당한 타이밍을 봐서 슬슬 본용건을 꺼내기 위해 상대의 이름을 의미심장한 말투로 불렀다.

"예?"

"시르 공작과 친하신 모양이더군요."

"아아……."

유드리안 자작은 순간 하네인 후작이 시르 공작에게 붙기 위해 자신에게 다리가 되어달라는 말을 하러 왔다고 생각했다.

하지만 그건 엄청난 착각이었다.

상대가 긍정하자 하네인 후작은 일부러 걱정스러운 말투를 가장했다.

"그래서 유드리안 자작과 제가 꽤 친한 사이였으니 일부러 충고를 드리러 왔습니다."

실제로 하네인 후작은 유드리안 자작과 친하다고 생각한 적은 없다. 다만 드레스 취향이 맞아 자주 이야기를 나눴을 뿐이었다.

하지만 사교계란 곳은 그 정도만으로도 거리낌없이 '친한 사이'라며 상대의 이름을 쓰니까 상관없다고 생각하고 있었다.

하네인 후작의 말에 유드리안 자작은 어리둥절한 표정이었다.

"충고라니요?"

"모르셨습니까?"

"무슨……."

하네인 후작은 꽤 놀란 척하며 목소리를 낮추었다.

"시르 공작의 영지에 역병(疫病)이 돌고 있다고 합니다. 전염병이 도는 일이 거의 없는 이 계절에 말입니다."

유드리안은 꽤 놀랐다.

시르 공작이 영지를 돌아보러 간 건 사실이었지만 전염병에 대한 건

들어보지도 못했던 것이다. 상대가 꽤 놀란 듯하자 하네인 후작은 만족스러웠다.

"하지만 정말 전염병이 돌고 있다면 시르 공작이 영지로 갈 리가 없지 않습니까."

당연히 그랬다.

병에 걸려 죽고 싶지 않는 한 갈 리가 없었다.

"하지만 뭔가가 있는 건 사실인 것 같았어요. 게다가 시르 공작은 최근 많이 힘든 모양이에요. 노턴이 혹시 시르 공작이 신께 저주라도 받은 게 아니냐는 말을 할 정도로 여러 가지 일들이 일어났거든요."

평민들은 몰라도 이 제국의 귀족들은 기본적으로 신을 잘 믿지 않는다. 그건 역대 황제들이 모두 신을 믿지 않았던 탓이다.

때문에 하네인 후작이 '신의 저주'를 언급하자 유드리안 자작은 어처구니가 없다는 듯이 미소 지었다.

"그럴 리가요."

"그렇다는 게 아니라, 신을 받드는 노턴이 그런 말을 할 정도로 시르 공작이 궁지에 몰려 있다는 말이에요."

유드리안 자작은 깜짝 놀랐다.

"정말인가요?"

"예. 얼마 전에 시르 공작의 자택에서 사람이 끔찍하게 죽었다는 건 알고 계시죠?"

아무리 입 단속을 해도 그런 말은 새어 나가기 마련이고, 한번 그런 말이 새어 나가 사교계를 돌아다니면 엄청나게 과장되는 건 당연한 일이었다.

"들었어요. 상당히 끔찍하게 죽었다고……."

"그 일 이후로 시르 공작에게 안 좋은 일이 끊이지 않고 일어나고 있잖아요. 수족으로 움직이던 루이스 자작도 죽었고. 또 이번에 그 전염병 일도 그렇고 말이에요."

"확실히… 최근 시르 공작의 얼굴이 어두웠어요."

아무리 표정이 없는 시르 공작이지만 정신적으로 많이 힘들다 보니 그게 얼굴에 드러나고 있었다. 시르 공작을 잘 알지 못하는 사람들도 바로 눈치 챌 수 있을 정도로 확실하게 말이다.

자신과 친했고, 또 가장 믿을 수 있는 자였던 로레타가 끔찍하게 죽고, 사랑했던 사람을 자기 손으로 죽였다는 것 역시 내색하지는 않았어도 상당히 힘들었을 터였다. 거기에 최근에는 딸인 엘비라마저 만나기 힘들어졌으니 시르 공작이 힘들어하는 건 당연한 일이었다.

귀족들 중에는 하네인 후작과 레비스, 그리고 카난 공작 외에는 모르는 일이긴 하지만 말이다.

"유드리안 자작, 침몰하는 배에 계속 타고 있으면 배와 함께 바다로 가라앉을 뿐이에요."

하네인 후작이 충고하듯이 말하자 유드리안 자작의 눈동자가 흔들렸다.

그 반응에 하네인 후작은 속으로 만족스러운 미소를 지었다.

이제 된 거였다. 이제는 더 몰아붙이는 것보다 혼자 생각하게끔 해두는 게 더 좋을 것이다.

"잘 생각해 보세요. 강요하진 않아요. 다만 전 걱정이 되어 충고하러 왔다는 것만 알아두세요."

"알았어요, 하네인 후작."

유드리안 자작의 저택을 나온 하네인 후작은 바로 또 다른 사람의 집으로 갔다.

이자 역시 하네인 후작은 그다지 친하다고 여기지 않지만 상대는 하네인 후작을 친한 사이로 여기고 있는 사람이었다.

　외교 관계의 일을 하는 하네인 후작은 처세술이 좋아 여러 사람과 꽤 좋은 관계를 맺고 있어서 유드리안 자작의 경우처럼 '친구가 걱정이 되어 하는 충고'라는 식으로 말하고 돌아다니면 상당한 효과를 거둘 수 있었다.

　게다가 이렇게 해두면 나중에 그들끼리 이야기를 해도 그저 '친한 사람이 그런 말을 하더라'라는 식의 말이 되지, 말한 사람인 하네인 후작의 이름이 언급되는 일은 없을 터였다.

　그리고 그들이 그렇게 나눈 이야기는 소문이 되어 상당한 파급 효과를 가져올 것이다.

　하네인 후작은 즐거운 상상을 하며 미리 약속한 사람의 저택으로 들어갔다.

　레비스의 설득 방식은 하네인 후작과 상당 부분이 다르다.

　그리고 앨리언도 그런 둘의 방식을 알고 있기 때문에 서로 설득하기 쉬운 사람을 맡도록 나누어두었다. 한쪽이 큰 세력을 형성하지 못하도록 하려는 의도도 있었지만.

　레비스는 점심 시간이 조금 지나서야 약속을 위해 저택을 나섰다.

　"오랜만입니다, 가이스 백작."

　"예. 오랜만이로군요, 리튼 공작. 한데 무슨 일로?"

　가이스 백작은 상대를 탐색하듯이 눈을 빛냈다.

　레비스는 그 눈빛이 부담스럽긴 했지만 그렇다고 겨우 그런 일로 물러설 수는 없는 일이었다.

　"아… 이야기가 좀 길어질 듯합니다만."

　차가 놓여지고, 그 차를 반 정도 마실 때까지 둘 다 말이 없었다.

"하실 말씀은 대강 짐작이 됩니다."

"그러실 거라 생각했습니다."

가이스 백작은 미소 지었다.

"하지만 저로서는 시르 공작을 배신할 수가 없습니다."

"어째서인지 물어도 되겠습니까?"

"폐하께 도움을 드리는 것보다 더 많은 이익이 돌아오니 당연하지 않겠습니까."

태연하게 자신의 이득을 따지는 모습에 레비스는 상당히 마음에 들지 않았다.

하지만 내색할 수는 없는지라 속으로만 기사도가 어쩌고, 충성심이 어쩌고 하는 말을 중얼거릴 뿐이었다.

"시르 공작에게 도움을 주는 거나, 폐하께 충성하는 거나 이익은 비슷하지 않습니까."

"그렇겠지요. 하지만 지금은 그게 불가능하지 않습니까."

"곧 그렇게 될 겁니다."

레비스가 확신에 차서 말하자 가이스 백작은 의구심이 들었다.

"어떤 점에서 확신하시는 겁니까?"

"시르 공작의 현 상태를 아신다면 확신하실 수 있으실 겁니다."

"현 상태라니. 무슨 말씀을 하시려는 겁니까?"

레비스는 저번에 앨리언의 명령으로 키나이가 가져다 준, 시르 공작의 재정 상태와 내부에 관한 문제들을 떠올렸다.

그리고 천천히 입을 열었다.

"현재 시르 공작이 상당한 재정적 부담에 시달리고 있다는 걸 알고 계십니까?"

"그럴 리가 있겠습니까. 농담이 심하십니다."

가이스 백작은 레비스의 말을 농담으로 치부했다.

시르 공작의 영지가 어느 정도인지 잘 알고 있는 가이스 백작은, 적어도 시르 공작은 금전적인 문제로 힘들어하지 않을 거라 확신하고 있었다.

"시르 공작은 오랫동안 다른 곳에 돈을 투자하고 있었습니다. 하지만 투자에 비해 소득을 얻지 못했습니다. 그래서 지금 재정적인 문제에 시달리고 있는 겁니다."

레비스가 거짓말을 저렇게 능숙하게 할 수 있는 사람이 아니라는 걸 잘 아는 가이스 백작은 고민하기 시작했다.

하지만 고민은 오래가지 않았다.

"좋습니다. 리튼 공작의 말이 진실이라 믿겠습니다. 하지만 그건 그리 중요하지 않을 텐데, 왜 말씀하시는 겁니까?"

"이걸 먼저 말씀드려야 지금부터 말씀드리려는 걸 납득하실 수 있기 때문입니다."

가이스 백작의 얼굴에 의문이 떠올랐다.

대체 레비스가 하려는 말이 뭔지 전혀 짐작이 되지 않았다.

"그런 재정 상태인데다가 지금 시르 공작의 영지에는 역병이 돌고 있습니다. 알고 계시겠지요?"

유드리안 자작과 달리 가이스 백작은 얼마 전부터 평민들이 그런 말을 하고 있다는 걸 알고 있었던지라 천천히 고개를 끄덕였다.

"알고 있습니다."

"지금 시르 공작은 그 역병의 치료는 어떻게든 간신히 하겠지만, 그 후에 그 넓은 영지를 다시 원래대로 복구시킬 만한 재력이 없습니다. 한두 군데가 아니니까 말입니다."

가이스 백작은 레비스가 하려는 말을 알 수 있었다.

"거기에 드는 비용을 우리에게 요구할 거라는 말씀이십니까?"

"그렇습니다."

"만약 그렇다고 해도 나중의 이익을 생각한다면······."

"제 말은 끝나지 않았습니다."

레비스는 가이스 백작의 말을 가로막았다.

"시르 공작은 곧 몰락합니다."

확신에 찬 단호한 말이었다.

너무 당당한 태도에 가이스 백작은 말을 잊었다.

그리고 한참 만에야 겨우 입을 열 수 있었다.

"그렇게 쉽게 무너질 리가······."

"폐하께서는 그리 호락호락하신 분이 아닙니다."

가이스 백작은 속으로 맞는 말이라며 고개를 끄덕였다.

'아무리 리튼 공작이 돕고, 또 시르 공작이 뒤에 있었다지만 12살에 즉위해 제대로 나라를 다스렸다는 건 굉장한 일이다.'

지금 상황은 황제인 앨리언이 능력이 없어서가 아니었다.

다만 시르 공작이 너무 강했다.

그리고 이전의 리스튼 황제 탓에 황제의 권위가 많이 낮아진 탓도 있었다.

확실히 지금의 황제인 앨리언은 기회만 주어진다면 시르 공작과 제대로 겨룰 수 있을 거라는 생각이 들었다.

가이스 백작이 속으로 계산을 시작했다는 걸 눈치 챈 레비스는 결정타가 될 말을 입에 담았다.

"카난 공작이 등을 돌렸습니다."

"······!!"

전혀 상상하지도 못했던 말에 가이스 백작은 눈을 크게 떴다.

절대적인 시르 공작의 우방으로만 보이던 사람이 등을 돌렸다니.

'그 정도로 시르 공작이 궁지에 몰려 있다는 건가. 카난 공작마저 등을 돌려야 했을 정도로?'

카난 공작의 생각이나 감정을 전혀 모르는 가이스는 다른 생각이 들지 않았다.

시르 공작의 절대적인 우방인 카난 공작이지만 같이 침몰할 수는 없다는 생각에 어쩔 수 없이 떨어져 나온 것이라고밖에는.

"정말입니까?"

"예."

이번 말이 확실히 받아들여졌음을 느낀 레비스는 속으로 미소 지었다.

이제 가이스 백작은 확실히 시르 공작에게 등을 돌릴 것이다.

하지만 가이스 백작에게는 아직 문제가 남아 있었다.

자신이 시르 공작의 편에 서 있었다는 거다.

"하지만 폐하께서 제가 한때 시르 공작의 편에 섰다는 걸 탐탁지 않아 하실 텐데……."

"폐하께서는 주모자 외의 사람은 벌하지 않겠다 하셨습니다."

레비스의 그 말에 가이스 백작은 시르 공작을 배신할 결심을 굳혔다.

*　　　　*　　　　*

시르 공작은 어째서 자신의 영지에 이런 일이 생겼는지 황당하기만 했다.

이렇게 일을 크게 벌릴 정도의 원한을 산 곳은 없었다.

"그럼 그 다섯 지역 모두 독약 때문이란 말이냐?"

"예, 공작 각하."

그 대답에 시르 공작은 현기증을 느꼈다.

"다른 영지들도 조사해 보아야겠구나."

지금 알고 있는 곳뿐만이 아닐 수도 있었다.

그렇지 않아도 재정적으로 힘든 지금, 이런 상황이라니.

시르 공작은 혀를 찼다.

가신이 나가고 나자 시르 공작은 창가에 서서 자신의 영지를 내려다보았다.

문제가 한두 개가 아니었다.

누가 독을 썼는지도 알아내야 하고, 그 이유도 알아내야 한다. 또 어떻게든 영지를 복구할 비용을 만들어내야 한다.

거기다가 평민들 사이에서는 이 일이 전부 시르 공작이 신께 잘못해서 그런 거라는 둥 이 땅이 저주를 받은 거라는 둥 시르 공작이 이렇게 한 거라는 말까지 하고 있었다.

자신이 했다는 말에 시르 공작은 기가 막혔지만 이 영지의 관리를 맡겼던 사람에게서 좀 머리가 있다는 사람들이 주장하고 있는 거고, 그래서 소문들 중 가장 타당성있는 말로 통하고 있다는 말을 듣고 화가 났다.

그 소문이 돌게 된 원인은 자신이라는 것 때문에 더 화가 났다. 그 소문의 근거가 자신이 이렇게 늦게 왔기 때문이니까.

한마디로, 영지 전체가 병든 이런 상황에 자신이 하지 않았다면 바로 와서 살펴보는 게 정상이 아니냐는 거다.

시르 공작은 한숨을 내쉬었다.

이렇게 흉흉한 분위기라니.

자칫하면 큰 문제가 일어날 수도 있는 일이었다.

"이렇게 될 때까지 몰랐다니……."

그간 이런저런 일이 많아 전혀 신경 쓰지 못했던 걸 후회했다.

아무리 엘비라에게 신경이 쓰이고, 또 세력을 모으는 데 신경을 쏟았다지만 이 정도로 영지가 피폐해져 있는 줄 몰랐다니─

계속 후회만 하고 있을 수는 없는 일.

시르 공작은 누가 했을지 나름대로 생각해 보기 시작했다.

가장 먼저 생각난 것은 앨리언이었다.

'하지만 자신이 했다는 게 밝혀진다면 백성들이 어떤 반응을 보일지 잘 알고 있을 테니 그럴 리가 없겠지.'

시르 공작은 바로 가능성을 부정했다.

그리고 다음에 생각난 사람은 하네인 후작이었다.

하지만 곧 다시 고개를 저을 수밖에 없었다.

하네인 후작의 능력으로는 이 정도 지역에 독을 풀 정도의 양을 구할 수가 없었을 것이다.

"공작 각하, 수도로부터 연락이 왔습니다."

밖에서 들려온 목소리에 시르 공작은 생각을 멈췄다.

"들어오라."

영지의 관리인인 타샤가 들어와서 편지를 건네주었다.

"그럼……."

타샤가 나가고 나서 시르 공작은 편지를 개봉했다.

그 안에 적힌 말은, 카난 공작이 한동안 수도를 비웠다는 것이었다. 그리고 놀랍게도 사촌인 시아난이 황제의 여동생인 세레나와 결혼한다는 말이었다.

"이런 일이……."

시르 공작은 황당함을 느끼며 편지를 다시 읽었다.

하지만 다시 읽는다고 해서 내용이 달라질 리가 없었다.

"대체 무슨 속셈이지?"

시르 공작은 혼잣말을 중얼거리며 편지를 구겼다.

왜 카난 공작이 자신의 부탁을 무시하며 수도를 비웠었는지도 알 수가 없고, 또 갑자기 시아난이 세레나와 결혼한다는 말을 하는 이유를 알 수가 없었다.

아니, 알고 있었다.

"전부 앨리언 황제가 계획하고 있는 건가."

시르 공작은 모든 것이 앨리언의 계획이라는 전제 하에 2, 3년 전부터 자신에게 있었던 일들을 정리해 나가기 시작했다.

어떻게 죽었는지 알 수 없던 로레타의 죽음.

그리고 갑자기 만날 수가 없게 된 엘비라.

지금 자신의 영지에 생긴 일.

자신이 수도에 없을 때를 맞춰 일어나는 일들.

"앨리언 황제인 건가."

확실히 앨리언이라면 이 정도 지역에 쓸 만한 양의 독을 쉽게 구할 수 있었을 것이다.

하지만 단 한 가지만은 이해할 수가 없었다.

'다른 일은 몰라도 이런 식으로 독을 썼다는 게 알려지면 자신에게 상당한 마이너스였을 텐데 어째서 이런 일을 한 거지?'

앨리언으로서는 위험을 좀 감수하더라도 시르 공작을 수도에서 나가게 하기 위해 어쩔 수 없이 한 선택이었지만 시르 공작으로서는 전혀 알 수 없는 일이었다.

'이번 건만은 다른 이가 했다고 보고 조사해 보는 게 좋겠군.'

그렇게 결론을 내린 시르 공작은 방 밖으로 나갔다.

그리고 지나가는 이들 중 아무나 붙잡고 타샤가 있는 곳을 물었다.

타샤가 한참 해독제를 달라는 의사들을 설득하고 있을 때, 시르 공작이 들어섰다.

"타샤, 바쁜가."

"아닙니다, 공작 각하."

솔직히 타샤는 보면 모르냐고 대꾸해 주고 싶었지만 자신의 주인에게 그런 말을 할 수는 없었다.

"저들은?"

"아, 해독제를 구했나 알아보러 온 사람들입니다."

그 말에 시르 공작의 눈에 미안함이 스쳤다.

독은 해독제를 구하기 어려울 정도로 희귀한 독이 아니었다. 하지만 이 영지에 있는 사람 모두에게 쓸 정도로 대량으로 구하기는 힘들 게 뻔했다.

일찍 알고 손을 썼더라면 이 정도로 많은 사람들이 고생하고 있지는 않을 거라는 생각에 시르 공작은 미안했다.

늦게 알고도 별일 아닐 거라 여기며 느긋하게 굴었던 자신의 실수였다.

"그나저나 공작 각하, 무슨 일이십니까."

타샤의 말에 정신이 든 시르 공작은 조용한 목소리로 말을 했다.

"수도로 가봐야 할 듯하다."

"예?"

타샤는 자신의 영지가 이 지경인데 수도로 가겠다는 시르 공작의 생각이 이해가 되지 않아 큰 소리로 반문했다.

하지만 시르 공작은 단호했다.

"갈 일이 생겼다."

아무 설명도 하지 않는 건 시르 공작다운 일이었지만 타샤는 울고 싶어졌다.

시르 공작이 있다고 해서 해독제를 더 빨리 구할 수 있게 되는 건 아니다.

하지만 이런 상황에 시르 공작이 있으면 자신은 아무 생각 없이 명령을 수행하기만 하면 되니 훨씬 편해진다.

그런데 돌아간다니.

시르 공작은 자신의 할 말은 끝났다는 듯 몸을 돌려 다시 방을 나갔다.

*　　　　　*　　　　　*

시르 공작이 돌아온다는 소식에 난 마음이 급해졌다.

아직 시간이 더 필요하다.

"곤란하게 됐군."

"영지의 문제가 해결될 때까지는 그곳에 있겠다고 했는데, 갑자기 마음이 변한 모양입니다."

카난 공작도 여유가 없는 목소리였다.

같이 있던 하네인 후작도 약간은 초조한 듯한 표정이었다.

갑자기 마음이 변할 이유야 뻔하지.

"뭔가를 눈치 챈 모양이군."

일이 여기까지 왔는데 눈치 채지 못한다면 그것도 이상한 일이겠지.

그리고 지금이라면 수습할 수 있을 테니까.

"그렇기 때문에 시간이 더 필요해."

아직은 아니다.

조금만 더 시간이 지나면 수습할 수 없을 정도가 되는데 이때 돌아온다니.

"시간을 끌 방법이 없을까?"

내 말에 카난 공작은 고개를 저었다.

"저로서는 아무런 방법이 없습니다. 아마 제가 자리를 비웠던 일까지 들었을 테니 의심을 할 겁니다."

그렇겠지.

"하네인 후작, 시간이 더 필요한가?"

"아닙니다. 제가 맡은 쪽은 이미 거의 끝났습니다. 리튼 공작 역시 끝냈다고 합니다. 게다가 시르 공작이 서둘러 온다고 해도 수도까지 7일은 걸립니다. 그러니 그동안 다 해결될 겁니다."

그런가. 그나마 다행이로군.

그나저나 7일 정도라면… 아슬아슬하게 세레나의 결혼 무렵에 돌아오겠군.

"그럼 시르 공작이 돌아오기 전에 로이안과 교섭을 끝내야겠군."

"그분, 아직도 망설이고 계신 겁니까?"

하네인 후작이 놀랍다는 듯이 물어왔다.

"그래."

어지간히 시간을 끈다니까. 신중한 성격인 것까지는 좋은데, 이 정도로 몸을 사린다면 오히려 힘들 텐데 말이야.

하네인 후작이 자신의 일을 위해 나가고 나서 카난 공작은 한숨을 내쉬었다.

"로이안님을 어찌 설득하실 생각입니까?"

"설득이 안 되겠다 싶으면 계속 여기에 머물게 만들어야지."

그럼 그 호위기사단 역시 이곳에 있을 테니 잘 쓸 수 있겠지.

하지만 그렇게 되면 직접 명령을 내릴 수가 없다. 다른 방법을 써서 그들이 자발적으로 움직이게 만들어야 하지.

허락을 하면 직접 명령을 내릴 수 있어서 훨씬 편할 텐데.

그리고 로이안이 허락한다면 지금은 로이안이 머물던 곳에 있는 기사들까지 써먹을 수 있다.

"역시 로이안님 외에 다른 분들과 교섭을 시도하시는 게 좋을 뻔했습니다."

카난 공작은 한숨 쉬듯이 말했다.

리아스와 루나리네스가 같이 움직일 거라는 건 카난 공작에게 알리지 않았다.

아무래도 카난 공작이 뭘 생각하고 있는 건지 모르니 그녀가 모르는 패가 하나 더 있어야겠다고 생각했기 때문이었다.

그렇다고 해서 그게 중요한 일이라는 건 아니지만.

"어쨌든, 오늘도 교섭을 할 테니 로이안을 좀 데려와 주겠나."

"예."

로이안이 황궁에 머무는 동안 최소한의 사람과 접촉하게 하기 위해 따로 사람을 시켜서 불러오지 않는다.

늘 카난 공작이 직접 움직일 뿐.

카난 공작이 집무실을 나가자 제노시아가 낮은 목소리로 입을 열었다.

"누군지 알아냈다고 합니다."

앞뒤 설명이 없는 말이지만 내가 시킨 일이니 충분히 알아들을 수 있었다.

뮤리아의 생일 축하 연회 때, 방으로 돌아가다가 우연히 듣게 되었던 의심스러운 대화를 한 자들이 누군지 찾았다는 말.

"어떤 자들인가."

"10살 이후로 계속 황궁에서 일한 사람들입니다. 잡아들일까요?"

그리 눈에 띄게 굴 필요는 없겠지.

"아니. 키나이에게 일단은 감시만 하라고 해. 누구와 접촉하는지."

"알겠습니다."

가지만 자르는 것보다는 뿌리가 어딘지 알아내야 하는 거니까 말이야.

잠시 후. 카난 공작이 로이안을 데리고 집무실로 들어왔다.

"번거롭게 해드려 죄송하군요, 형님."

"아닙니다……."

로이안은 슬쩍 나와 카난 공작의 눈치를 살폈다.

오늘은 좀 다른 방법을 써봐야겠군.

"형님."

"……?"

"저도 이제 오래 교섭하고 있을 수가 없게 되었습니다. 형님께서 이번에도 거절하신다면 포기하도록 하지요."

내 말에 로이안은 얼굴에 약간 기쁜 기색을 드러냈다.

감정이 바로 보이는 사람이군.

"그……."

"하지만 그전에 어째서 거절하시는 건지 알고 싶군요."

난 로이안이 거절의 말을 하기 전에 재빨리 물었다.

내 물음에 로이안은 망설이기 시작했다.

"말할 수 없는 이유입니까?"

말할 수 없는 이유일 리가 없다.

그런 이유가 있을 리가 없으니까.

한참을 망설이던 로이안은 주춤거리며 입을 열었다.

"그저 권력 싸움에 관련되고 싶지 않을 뿐입니다. 이제 그런 일들은 끔찍할 뿐입니다."

주춤거리는 태도치고는 확고한 대답이었다.

여전히 말은 잘 안 하지만 자신의 생각은 분명한 사람이야.

덕분에 설득하기도 더 어렵고.

"그저 조용히 지내고 싶을 뿐이라는 겁니까."

"그렇습니다."

이번에는 전혀 망설임없이 대답했다. 여전히 자신없는 듯, 조심스러운 표정이었지만.

그런 태도에 난 잠시 침묵을 지켰다.

일부러 한동안 말을 않던 나는 천천히 입을 열었다.

"형님, 형님께서는 당신이 황족이라는 건 아십니까."

"예?"

갑자기 무슨 말을 하냐는 듯한 반응이다.

"사실, 황족으로 태어났다는 것 자체가 형님께서 그리 싫어하시는 권력 다툼을 하고 계신 게 아닙니까."

"그건 과장입니다. 그렇지 않아요."

과장이라…

그래. 과장해서 말한 거긴 하지만… 그렇지만 말이지.

"아주 틀린 말은 아니지 않습니까."

로이안은 당황하는 듯했지만 난 느긋하게 미소 지었다.

"그리고 어차피 형님께서는 황족으로서 누릴 수 있는 것만 누리고 계실 뿐, 어떤 것도 안 하고 계시지요."

"그게 무슨……."

"아닙니까? 형님께서는 권력 다툼이 싫네 조용히 있고 싶네 말씀하시면서 황족으로서의 권리만을 받고, 의무는 모른 척하고 계시지 않습니까."

내 말에 로이안은 깜짝 놀랐다.

내가 이런 식의 말을 할 줄은 몰랐을 것이다.

황족으로서의 의무는 백성들을 보살피는 것. 그리고 그것을 위한 나라의 안정.

이건 귀족들의 의무이기도 하다.

나라가 안정되어 있다는 건 곧 힘이 강하다는 의미가 되기에 황족의 의무는 곧 권리다. 나라가 흔들리면 황족들 역시 아무 힘이 없는 법이니까.

그렇기에 모두 확실히 지키고 있었다.

니아이스는 황족으로서 정권 안정이라는 명목 하에 속국인 네라파의 왕과 결혼을 했다. 그녀가 살아 있는 동안 네라파에서 불온한 움직임이 없도록. 그걸 결정한 건 내가 아니었고, 또 니아이스 역시 그럴 생각으로 그자와 결혼했던 건 아니지만 결과는 그렇다.

그리고 펠리스는 니아이스처럼 자신을 희생하는 일은 없지만 의무는 확실히 수행해 주고 있다. 국가에서 운영하는 일들에 적극적으로 나서서 돕고 있다.

예전에 시에라도 살아 있을 때는 나라의 안정을 위해 꽤 고생했었다.

하지만 로이안은?

"형님께서는 그저 변방의 성에서 마법 공부를 한다는 명목으로 아무것도 하지 않고 계시지 않습니까. 그런데도 황족이라는 이유로 모든 걸 누리고 계시지요."

정확히 말하자면, 난 로이안에게 이런 식의 말을 할 수가 없다.

예의에 어긋날뿐더러, 한 살 차이라고는 하지만 로이안은 나의 형님이 되신다. 건방진 말은 조심해야 하는 것이다.

하지만 어쩌겠는가.

달리 방법이 없는 것을.

"말씀이 지나치십니다."

"지나쳤던 건 인정하겠습니다."

여유가 있었다면 좀 부드러운 방법으로 설득했을 것이다.

하지만 시간이 너무 없다.

"그렇다고 해서 권력 다툼을 돕는 일이 황족으로서의 의무라고 생각하지는 않습니다."

여전히 자신의 생각을 굽히지 않는군.

까다로운 사람이야.

"갑자기 황제가, 그것도 한 왕조가 끝나 버리면 아무 흔들림이 없다고 할 수는 없지 않습니까?"

일부러 노골적인 말을 골랐다.

난 지금 로이안에게 내가 폐위되거나 죽고, 시르 공작이 황제가 되어 아스힌드 왕조가 끝나도 상관없냐고 물은 것이다.

이 말에 로이안은 움찔하더니 멍한 눈으로 날 응시했다.

"하지만……."

"형님께 아무런 폐가 없을 것을 약조드립니다. 그저 형님의 밑에 있는 기사단만 쓰게 해주시면 되는 겁니다. 그게 그리 어려우십니까."

마지막으로 몰아붙이듯이 말을 이었다.

이번에는 로이안이 바로 거절의 말을 하지 않고 망설였다.

저 망설임이 좋은 쪽이라면 좋겠는데…

"크게 전력이 되지는 못할 텐데요."

로이안의 뒤에 서 있는 카난 공작의 얼굴에 미소가 떠올랐다.

여기 온 후 처음 나온 긍정적인 말이었다.

"견제의 의미만 되면 충분합니다."

"…알겠습니다."

결국 로이안이 항복을 선언했다.

카난 공작은 로이안을 그가 머무는 궁에 데려다 주고 나서 집무실로 돌아온 후 연신 웃었다.

"드디어 성공하신 것을 축하드립니다."

"축하를 받아야 하는 일이었나?"

나 역시 한시름 놓았다는 생각에 유쾌해져서 웃었다.

"참. 카난 공작, 준비는 어디까지 진행되었지?"

"서류는 다 만들었습니다. 이제 물적 증거만 만들면 됩니다."

지금 카난 공작이 신경 쓰고 있는 부분은, 공식적으로 시르 공작을 잡아들여 죽일 수 있는 명분을 만드는 일이다.

한마디로 반란의 증거를 위조하고 있었다.

"꽤 까다롭군."

그냥 '이자는 반란을 도모했다' 라고 간단하게 말만으로 해결하고 싶기는 하지만 그렇게 해서야 확실하게 끝낼 수가 없겠지.

"예. 증인이야 제가 서면 되는 일입니다만, 시르 공작의 서체는 흉내 내기가 상당히 어려워서 시간이 걸리고 있습니다. 그리고 시르 공작가의 문장은 할리님께서 폐하께서 저번에 쓰셨던 걸 빌려주서서 해결할 수 있었습니다."

아아. 예전에 시에라의 사건이 있을 때 썼던 거 말인가.

그걸 잘도 알고 있군.

나로서는 그냥 묻어뒀으면 하는 이야기인데 말이야.

내가 쓰게 웃자 카난 공작은 장난스러운 미소를 지었다.

"아마 지금부터 만들려고 했더라면 시간이 축박했을 겁니다. 폐하께서 예전에 만들어두서서 다행이었어요."

아, 내가 만들었다고 알고 있는 건가.

"키나이가 가지고 있던 거네. 내가 만든 게 아니라."

그때 문장을 위조할 수가 없어서 그냥 서면 명령만 내릴 생각이었는데 카나이가 가져오는 바람에 상당히 놀랐었다.

아마 카나이는 우리 제국 내 모든 가문의 문장을 다 가지고 있을 거다.

"그렇습니까?"

카난 공작은 놀랐다는 표정을 지었다.

그리고 잠시 생각하더니 의심스럽다는 눈초리로 물어왔다.

"설마 저희 카난 공작가의 문장도 가지고 계십니까?"

"아닐 거라 생각하네."

사실은 가지고 있을 거라고 생각한다.

가장 쓸모가 많은 게 4대 공작가와 6대 세력가들의 문장 아니겠는가.

내 대답에 카난 공작은 안심하는 듯했다.

시르 공작이 돌아온 날은 정확히 내 동생의 결혼식 날이었다.

아무리 시르 공작이라도 진행되고 있는 결혼식을, 그것도 평민들의 결혼식도 아닌 이 결혼식을 중지시킬 수는 없는 법.

귀족들의 예법으로는 원칙대로 하자면 한 달 전에, 그게 불가능했다면 적어도 일주일 전에는 파혼 의사를 전해야 하는 법이니까.

"난리가 나겠군."

난 가지 못했지만 카난 공작은 축하하러 갔으니 아마 무슨 일이 있었는지 알려줄 것이다.

카난 공작이 아니더라도 카나이가 알려줄 것이고.

내 중얼거림을 들은 제노시아가 쓴웃음을 지었다.

"큰 문제는 없을 겁니다."

"그렇겠지."

시르 공작은 영리하니까, 그런 자리에서 소란을 일으키지는 않을 거다.

다만 좋은 분위기로 진행되지는 않을 거라는 게 문제지.

하지만…….

"괜찮을까……."

세레나가 걱정된다.

게다가 시아난과 만났을 때 서로 좋은 분위기가 아니었다는 말도 들었기 때문에 더 걱정이었다.

역시 세레나에게 이 결혼을 강요하지 않는 거였는데. 하는 후회도 되지만…

이젠 정말 어쩔 수 없다.

결혼식은 이미 진행 중이니까.

세레나의 결혼식은 내 생각보다 나쁘지는 않았던 듯하다.

시르 공작은 결혼의 시작 때만 얼굴을 비추고는 여행 때문에 피곤하다는 이유를 대고 들어가 버렸다고 하고. 세레나와 시아난 역시 그리 분위기가 나쁘지 않았다고.

하지만…

난 여전히 불쾌하다.

내 그런 반응에 카난 공작은 '동생을 빼앗겼다는 생각이 드셔서 그런거 아닙니까?' 라고 놀리듯이 말했지만 그건 아니라고 생각한다.

…뭐, 둘이서 연애해서 결혼을 했다면 그런 생각이 들었을 수도 있겠지만.

몰락

　세레나의 결혼 후 딱 4일째 되던 날, 엘비라가 시르 공작의 저택으로 가게 되었다.

　뮤리아가 시르 공작을 찾아가서 직접 '3일 동안 열에 시달리고 힘들어하면서 시르 공작을 찾더라'라고 능청스럽게 말하면서 시르 공작의 저택으로 보내야겠다고 말했다.

　시르 공작의 저택에 다녀온 뮤리아는 무척 당황해하더라며 웃었다.

　그리고 오늘, 시르 공작의 저택으로 가는 것이다.

　"좀 껄끄럽군."

　역시 시르 공작가에 그 아이를 보낸다는 게 영 내키지 않는다.

　하지만 내 지금 기분만 아니라면 상당히 좋은 방법이다.

　"엘비라님께서 병에 걸리신 이유를 알고 계십니까?"

　마치 내가 꾸몄다는 걸 다 알고 있다는 듯이 물어오는 카난 공작의 말에 난 웃었다.

"글쎄."

카난 공작 역시 생글생글 웃는 모습으로 말을 이었다.

"아, 그저 병에 걸리셨다 하시면서 황궁에서 치료하지 않으시고 시르 공작의 저택으로 보낸 이유를 알고 싶을 뿐입니다."

역시 알고 있었군.

"시르 공작을 보고 싶다고 엘비라가 그랬다잖나."

"황녀님을 모르는 사람이라면 확실히 믿을 만한 말입니다."

알고 있는 자신에게는 통하지 않을 거라는 말인가.

뭐, 알려줘도 상관없겠지.

그리 못 믿을 이도 아니고. 시르 공작에게 무슨 말을 할 시기도 지나 버렸으니.

"뮤리아에게 손을 써달라고 부탁했지."

"황후마마께서 말씀이십니까?"

카난 공작은 의외인 듯 눈을 크게 떴다.

"왜 그러지?"

"황후마마께서는 엘비라님을… 아닙니다."

뮤리아가 엘비라를 사랑하는 듯이 보인 건 사실이다.

나도 그렇게 생각했고.

하지만 이번 일로 확실히 알았지.

"새로운 장난감은 늘 흥미로운 법이지."

뮤리아는 엘비라를 그저 새 장난감으로서 아꼈다는 것을.

"그렇습니까?"

카난 공작의 얼굴이 약간 굳어 있었다.

뮤리아가 그런 사람인 줄 전혀 예상 못했을 테니 당연한 일인가.

하지만 뮤리아의 성격은 어느 정도 가르쳐 줄 필요가 있다. 카난 공작이 뮤리아를 무시하고 함부로 대하지 못하도록 말이다.

더 정확히는 카난 공작에게 나와 뮤리아를 쉽게 움직일 수 있는, 어리석은 자가 아니라는 걸 각인시켜 두려는 것이다.

"처음 뵈었을 때는 그리 차가우신 분이라는 생각이 들지 않았습니다만……."

차마 지금 자신의 생각을 다 말할 수 없는 듯 말끝을 흐렸다.

"확실히 처음엔 그랬지."

성격이 조금 변한 것뿐이다.

처음에는 머리는 좀 좋아도, 약간은 소심한 점이 있는 평범한 여자였다.

그런데 어째서인지 황비의 자리에 있으면서 이것저것을 보고 익히더니 성격이 참 멋지게 바뀌어 버린 것이다.

하네인 후작이 가르친 게 잘못 되어서인지, 아니면 지금 그 성격이 뮤리아의 본성이었는지는 모르겠지만.

아마 뮤리아가 황제의 자리에 있었더라면 성군이라는 소리를 들으며 군림했을지도 모른다. 늘 모두에게 미소를 보이며 상대를 아끼고 생각하는 듯한 모습을 보이는 사람이니까.

그 뒤에 숨은 잔인함을 보지 못할 테니까.

자신에게 불리한 건 확실하게 숨기는 사람이니.

나 역시 오래 옆에 있었고, 또 뮤리아가 나에게만은 숨기는 것이 거의 없기 때문에 알고 있을 뿐. 뮤리아가 마음만 먹었더라면 나도 쉽게 속였을 것이다.

"그럼 황후마마께서 계획하신 일입니까?"

"뮤리아는 독을 구할 능력이 없네."

결국은 나도 뮤리아와 똑같은, 그런 사람이지.

날 아비라고 따르는 엘비라를 참 좋은 곳에 쓰고 있으니.

내 말에 카난 공작은 의아한 기색을 보였다.

"뮤리아는 실행만 했을 뿐이야."

"그렇습니까."

하지만 나로서도 이 정도가 될 줄은 몰랐다.

독은 아리아에게 부탁해서 구하라는 말만 했었다. 그런데 대체 무슨 독을 썼기에…….

"그렇다고 해도, 황후마마께서는 정말 냉정하시군요."

난 쓰게 웃을 수밖에 없었다.

뮤리아는 딱 한 번밖에 안 먹였다고 했다.

두, 세 차례 먹일 예정이었지만 예상과 다르게 빨리 효과가 나타났다고. 그러면서 하는 말이 엘비라가 원래부터 너무 약해서 못 일어날지도 모른다고 했다.

여느 때처럼 미소 지으면서 날씨 이야기를 하듯이 태평한 어조였다.

난 속으로 한숨을 내쉬었다.

그런데 문득 아까 카난 공작이 엘비라가 병이 난 것을 내가 손을 썼다는 건 예상했으면서 뮤리아가 관련되어 있다는 건 전혀 모르는 눈치였다는 것이 생각났다.

"그런데 카난 공작, 그대는 내가 실행했다고 생각한 거였나?"

카난 공작은 애매하게 웃을 뿐이었다.

말로 대답하진 않았지만, 그 태도가 확실한 대답이었다.

"그렇군."

"하지만 황후마마께서는 워낙 여려 보이셔서……."

카난 공작이 황급히 변명했지만 난 신경 쓰지 않았다.

어차피 계획한 건 나니까. 카난 공작의 생각이 아주 틀린 건 아니었으니까.

"참, 카난 공작."

"예?"

"조만간 엘비라의 문병을 이유로 시르 공작의 저택에 좀 들르게."

말하지 않아도 문병을 가겠지만.

"말씀하지 않으셔도 그럴 생각이었습니다. 왜 그러시는지요?"

"아아. 그대가 시르 공작에게 해주어야 할 것이 있어서."

난 일부러 다 말하지 않고 중간에 말을 끊었다.

카난 공작은 호기심 어린 눈으로 내 쪽을 보았다.

"시르 공작을 최대한 흔들어주었으면 하네. 어떤 말을 해도 좋아."

증거는 이미 다 만들어놓았으니, 시르 공작이 조그만 행동이라도 보이면 움직일 수 있다.

그러니 이제는 시르 공작이 움직이게 만들어야 하는 것이다.

"알겠습니다."

카난 공작이 승낙하자 난 자리에서 일어났다.

"폐하?"

"그럼 그대가 말한 여리디여린 분을 만나러 가보도록 하지."

"그렇게까지 말하지는 않았습니다."

카난 공작은 난처한 미소를 띤 채 그렇게 말하며 날 따라왔다.

심심해서나 뮤리아의 이야기가 나와서 가는 게 아니었다.

할 말이 있었다.

그리 심각한 이야기는 아니었지만…

"어머? 오셨습니까."

뮤리아는 내가 올 줄 몰랐는지 상당히 놀란 표정이었다.

"오면 안 되는 건가."

내가 장난치자 뮤리아는 조금 묘한 미소를 띠었다.

"그럴 리가 있겠습니까."

그리고는 주변의 시녀들을 다 내보냈다.

"바쁘실 텐데 어찌 오셨는지요."

"크게 바쁘진 않네."

지금은 나보다는 하네인 후작과 사아라 후작, 미스트 백작이 바쁠 때다.

나야 때를 맞춰 몇 개만 지시하면 되니까.

로이안의 설득도 끝났고, 리아스와 루나리네스에게 연락도 다 했고.

아, 이왕 온 김에 엘비라에게 쓴 독이 어떤 건지 알아볼까.

"그보다… 뮤리아."

"예."

단정하게 대답하는 저 모습만 보면 뮤리아의 본성을 전혀 느낄 수가 없다.

"엘비라에게 쓴 독은 어떤 거지?"

직선적인 질문에 뮤리아는 잠시 멈칫하더니 이내 화사하게 웃었다.

"그리 물으실 줄은 몰랐습니다."

"귀찮음을 피한 것뿐이네."

어차피 서로 다 알고 있으니 돌려 말하는 건 귀찮은 일일 뿐이다.

뮤리아는 자신이 애용하는 부채에 달려 있는 장식 중 좀 큰 구슬 한 개를 떼어냈다.

그걸 탁자 위에 올린 뮤리아는 살짝 미소 지었다.

"이름은 모르겠지만, 먹게 되면 열흘 가까이 고열에 시달린다고 하더군요. 스라트에 있던 시절에 들었던 약입니다. 거기서는 보통 유산시키는 데 쓰곤 했지요."

"유산?"

"예. 적당한 양만 먹으면 몸에는 큰 이상 없이 유산만 되게 할 수 있거든요. 정말이지, 이 약의 이름을 몰라서 대략적인 설명만 했기 때문에 구할 수 있을지 걱정했는데 생각보다 쉽게 구할 수 있어서 다행이었어요."

자랑하듯이 설명하는 모습에 카난 공작은 약간 질린 듯한 눈초리였다.

뮤리아는 그걸 눈치 못 챘는지, 아니면 알고도 모른 척하는 건지 계속 말을 이을 뿐이었다.

"많이 먹게 되면 몰라도, 어지간히 먹어서는 죽지 않는 약이어서 가장 적당하다고 생각했지요. 달리 해독제를 구할 필요도 없고, 마치 원인 불명으로 고열이 나는 것처럼 보이니까요."

"꽤 생각해서 결정한 것 같군."

장황한 설명에 한마디 하자 뮤리아는 살짝 미소 지은 다음 다시 그 구슬을 부채의 끝에 달았다.

"말은 거창하게 했지만, 사실 제가 아는 독은 이것뿐이었거든요. 그래서 이걸로 결정했죠."

뮤리아의 경우 효과를 저렇게 잘 알고 있는 독이 있다는 건 이상한 일이다.

나야 어릴 때부터 여러 가지로 일이—가끔씩 식사에 독이 섞여 나온다든지 하는—많다 보니 저절로 알게 된 거지만 뮤리아는 대체 어떻게 안 건지.

"아리아에게 적당한 걸 보내달라고 했으면 끝날 일이 아닌가."

"그건 묘하게 싫었거든요."

뭐가 묘하게 싫다는 건지 모르겠군.

뭐. 이런 이야기를 하러 온 건 아니니까 이 이야기는 여기서 그만둘까.

"스라트와는 계속 연락을 하고 있었겠지?"

"물론이에요."

뮤리아의 눈에 즐거움이 돌았다.

여전히 재미있게 가지고 노는 모양이로군.

"한동안 연락을 끊었으면 하는데."

"알겠어요. 하지만 왜인지 물어도 괜찮겠죠?"

늘 스라트에 집착하고 있으면서 내 말에 싫다는 말 하나 없이 바로 승낙한다.

저런 모습을 보일 때면 속으로 대체 무슨 생각을 하는 건지 알고 싶다니까.

"그대가 한동안 병석에 누워 있어야 하니까."

내 말에 뮤리아는 멈칫했다.

그리고 의심스런 눈초리를 보냈다.

"무슨 뜻이세요?"

아, 내 말이 좀 이상했나.

"한마디로, 앓아 누운 척해달라는 거네."

간단하게 말해서 꾀병이랄까.

의사야 대충 매수해 두면 될 일일 테고.

"무슨 뜻인지는 알겠어요. 하지만 왜?"

"누군가가 올 예정이거든. 그 방문 이유를 만들고 싶어서야."

문병을 이유로 온다면 자연스러우니까.

지금 '병에 걸렸다'고 되어 있는 엘비라에게 문병을 온다고 해도 되긴 하겠지만 그렇게 되면 시르 공작의 저택에 한 번은 가봐야 된다. 그리고 그 아이 한 명 때문에 왕래도 없던 멀리 있는 친척이 갑자기 수도를 찾는 것도 이상한 일이고.

하지만 뮤리아는 일단은 '황비'라는 이름을 달고 있으니 그리 이상한 일은 아니다.

"정말 여러 가지를 해보게 되네요."

뮤리아는 재미있다는 듯이 말했다.

다행이로군. 싫어하지 않아서.

하지만…

"가끔 생각하는 거지만 그대는 싫어하는 일이 없는 것 같아."

좀 무리하다 싶은 말을 해도 한 번도 언짢아하는 기색을 보인 적이 없다.

"싫어할 만한 일이 없었으니까요."

간단하게 대답하는 뮤리아.

"그런가."

"그런 거죠."

우리의 대화를 가만히 듣고만 있던 카난 공작이 살짝 미소 지었다.

"늘 생각하는 거지만 두 분은 참 친하십니다."

"그야 당연한 일 아닌가요?"

뮤리아가 웃으며 대답했지만 난 아무 대답도 하지 않았다.

＊　　　　＊　　　　＊

시르 공작은 정신을 차릴 수가 없었다.

자신이 모르는 사이에 너무 많은 일이 벌어진 것이다.

세레나가 자신의 사촌과 그렇게 빨리 결혼을 해버릴 줄 몰랐었다.

분명히 앨리언이 무슨 수를 썼다고 짐작하는 시르 공작이었고, 확신하고 있지만 앨리언이 공적으로든 사적으로든 이 결혼에 대해 한 번도 언급한 적이 없었기 때문에 '음모'라며 결혼을 취소하게 만들 수도 없었다.

그리고 제대로 파혼하게 만들기에는 너무 늦었기에 화를 참으며 결혼을 인정해 줄 수밖에 없었다.

세레나는 신관 직에 있으니 황제와는 아무 상관이 없는 거나 다름없다고 주장하니 어쩔 수 없었던 것이다.

'그럴 리가 없다는 걸 뻔히 알면서도.'

시르 공작은 앨리언이 세레나를 아낀다는 걸 잘 알고 있었다.

그러니 관계가 없을 수 없는 거다.

시르 공작은 입술을 깨물었다.

"공작 각하, 엘비라님께서 오셨습니다."

그 말에 정신이 번쩍 든 시르 공작은 급하게 1층의 홀로 내려갔다.

잠시 기다리자 엘비라가 들어왔다.

자신의 발로 걸을 힘도 없는 듯, 시녀의 품에 안겨서.

"아……."

시르 공작은 아무 말도 할 수가 없었다.

멍청히 열에 들떠 있는 엘비라의 모습을 보다가 한참 후에나 정신을 차리고 예를 갖추었다.

"…초라한 곳이지만 편히 쉬십시오."

간신히 최소한의 예를 갖춘 시르 공작은 엘비라에게 다가갔다.

엘비라는 눈은 뜨고 있었지만 말을 할 힘은 없는 듯 자신에게 다가오는 시르 공작을 열에 들뜬 몽롱한 눈으로 보고 있을 뿐이었다.

"많이 편찮으신 겁니까."

시르 공작의 말에 답한 건 엘비라를 안고 있던 시녀였다.

"3일 전부터 이 상태입니다. 그것보다 공작님, 엘비라님을 방으로 모셨으면 합니다만……."

"아, 그래……."

평소였다면 시녀에게 무례하다며 호통을 쳤을 시르 공작이지만 상황이 상황이다 보니 정신없이 길을 비켜줄 뿐이었다.

그리고 멍하게 서 있던 시르 공작은 속으로 한숨을 내쉬고는 자신의 서재로 향했다.

마음 같아서는 따라가서 엘비라의 옆에 있고 싶지만 그럴 수는 없는 일이었다.

지금의 엘비라는 자신의 딸이 아니라 황녀였으니까.

자신은 엘비라의 어머니가 아니었으니까.

'그나마 다행인 건가.'

만약 엘비라가 황궁에서 아파하고 있다면 옆에 있을 수 없다는 점이, 보러 가기 힘들다는 점이 안타까웠을 것이다. 그리고 상태가 어떤지 알 수가 없어 초조했을 것이다.

하지만 지금 엘비라는 자신의 저택에 있었고, 상태가 나빠지던가 좋아지면 바로 알 수 있었다.

처음에 황비가 찾아와서는 엘비라를 자신의 저택에 요양시키고 싶다고 했을 때 얼마나 놀랐던지.

엘비라가 병에 걸린 줄 전혀 몰랐던 데 놀랐고, 또 한심했다.

"공작 각하."

"들어오게."

키에르가 서재로 들어오더니 시르 공작의 눈치를 살폈다.

자신의 주인이 다시 수도로 돌아온 이후에 심기가 상당히 불편하다는 걸 잘 알고 있었기 때문에 행동 하나하나가 조심스러웠다.

"황녀님을 방으로 안내했습니다."

시르 공작은 순간 아마 로레타가 왔더라면 '엘비라님'이라고 말했을 거라 생각했다.

하지만 이제 자신의 기분을 가장 잘 알아주던 로레타는 없었다.

"그래."

"그리고 편지가 와 있습니다."

"편지?"

시르 공작이 의아해하자 키에르는 순간 당황했다.

워낙 정신없이 움직이다 보니 깜빡 잊고 편지를 가져오지 않았던 것이다.

"예. 지금 가져오겠습니다."

"그래."

시르 공작이 지금처럼 다른 생각에 잠겨 있지 않았더라면 키에르는 엄청나게 혼났을 것이다.

키에르는 서재를 나와 급한 걸음으로 자신이 일하는 작은 방으로 향했다.

"세실, 여기에 두었던 편지들 못 봤나?"

"편지요? 여기 있어요."

똑똑하고 눈치가 빠른 편이라 키에르가 꽤 아끼는 시녀가 편지들을 챙겨주었다.

키에르는 편지들만 쟁반에 받쳐 재빨리 다시 서재로 향했고, 그런 그 모습을 보던 시녀는 웃음을 머금었다.

"일이 점점 더 쉬워진다니까."

시녀, 세실리아는 즐겁다는 듯이 웃었다.

여기 잠입해서 하는 일은 거의 문제없이 잘 풀리고 있었다.

최근에 제일 걱정되던 문제는, 나중에 어떻게 때를 맞춰 황녀에게 해독제를 먹이나 하는 거였다. 하지만 그건 쉽게 해결되었다. 황비가 해독이 따로 필요없는 독을 써준 덕분에 말이다.

"그럼 부엌에나 가봐야지."

몇 달 잠입해서 시녀로 일하면서 쿠키를 만드는 게 취미가 된 세실리아는 가벼운 걸음으로 부엌으로 향했다.

키에르가 가져온 편지를 본 시르 공작은 의아해졌다.

분명히 어제 사람을 보내서 저택으로 오라고 했던 이들의 이름들이었다.

'어째서 오지 않고 편지를⋯⋯?'

시르 공작은 의문을 느끼면서 편지 중 하나를 열어 읽어 내려가기 시작했다.

편지를 모두 읽은 시르 공작은 어째서 이들이 오지 않았는지 알 수 있었다.

"이것도 앨리언의 계략인가."

시르 공작이 으르렁거리듯이 중얼거리는 말에 키에르는 겁을 먹었다.

자신의 주인이 화가 나면 얼마나 무서운지 잘 알고 있는 까닭이었다.

편지 내용은 각자 달랐지만 요약하자면 한 가지였다.

자신의 일에 바빠 오지 못하겠다는 것.

그리고 한동안은 연락하기 힘들 거라는 것.

이것이 말하는 게 무엇이겠는가.

이제 자신에게 등을 돌리겠다는 말이나 다름없지 않은가.

시르 공작은 분노를 가라앉히기 위해 천천히 숨을 골랐다.

돈이 부족했다.

그래서 도움을 청하기 위해 평소에 자신에게 제일 열심히 꼬리를 흔들던 자들 몇을 골라 연락을 보냈던 것이다.

그런데⋯

시르 공작은 고개를 저었다.

지금은 배반자들을 치는 것보다 자신의 영지를 회복시키는 것이 먼저

였다.

"집사."

"예."

"타샤가 보낸 건 없던가?"

"예, 없었습니다."

"나가보게."

키에르가 서재를 나가고 나자 시르 공작은 의자에 몸을 묻었다.

머리가 아파왔다.

마치 기다렸다는 듯이 여기저기서 일이 터지고 있었다.

"황궁에 가봐야겠군."

하지만 오늘은 엘비라가 왔으니 갈 수 없었다.

황녀가 병 때문에 오게 되었으니 최소한 하루 동안은 어느 곳에도 가지 않고 저택에 머물러 있어야 하는 거다. 성심껏 보살핀다는 걸 나타내기 위해서.

그러니 내일에나 갈 수 있을 것이다.

시르 공작이 그런 결론을 내렸을 무렵 엘비라를 돌보던 시녀, 리나는 초조함에 휩싸여 있었다.

아직 십오 세 정도밖에 안 된 리나였지만 이런 열이 비정상적이라는 건 알고 있었다.

리나로서는 어째서 엘비라가 앓기 시작했는지 알 수가 없었다.

아프기 시작했던 건 3일 전의 저녁 무렵이었다.

엘비라는 그날도 평범하게 수업을 받고, 뮤리아와 놀고 저녁 무렵에 침대에 누웠었다.

그리고 잠든 지 3시간 정도 지났을 때 신음 소리가 들려 가보니 열이

심했던 것이다.

또 어째서 뮤리아가 엘비라를 시르 공작에게 보냈는지 알 수가 없었다.

소문으로는 '황녀가 시르 공작을 자꾸 찾아서'라고 하지만 계속 옆에 붙어 있는 자신은 확실히 그 소문이 거짓말이라는 걸 알고 있었다.

엘비라는 한 번도 시르 공작의 이름을 부른 적이 없었다.

"움… 무… 울……."

엘비라의 작은 소리에 리나는 정신이 번쩍 들었다.

왜 아픈가 하는 거나 어째서 여기 와야 했는지는 나중의 문제였다.

지금 중요한 건 엘비라를 간호하는 일.

리나는 물컵에 물을 따라놓고 엘비라의 몸을 조금 일으켜 물을 마시게 해주었다.

엘비라는 아직은 의식을 놓지 않고 있었다.

*   *   *

리아스와 루나리네스는 초조함을 느끼고 있었다.

"그만 앉아 있거라."

자신들의 아버지 말에도 리아스와 루나리네스는 계속 서성이고 있을 뿐이었다.

"초조해한다고 해서 시간이 당겨지는 건 아니란다."

"아버진 너무 태평하세요."

리아스의 불평에 리랜스 남작은 부드럽게 웃었다.

"리아스, 초조해하고 걱정만 한다고 일이 해결된다면 네 어머니는 죽지 않았을 거다."

리랜스 남작의 말에 리아스는 입을 다물었다.

그리고 입을 삐죽이 내밀며 의자에 앉았다.

"그 여자의 말을 꺼내지 마세요."

루나리네스 역시 고개를 끄덕였다.

"정말이지, 그 여자 때문에 지금 우리가 얼마나 고생하고 있는데요."

말이야 바른말이지, 그 여자만 얌전히 있었더라면 지금 이런 일도 없었을 거라고 투덜거리는 루나리네스를 보던 리랜스 남작은 곤란한 표정이었다.

자신의 딸들은 자신보다 어미 쪽의 피를 물려받은 모양이라고 속으로 중얼거리던 리랜스 남작은 한숨을 내쉬었다.

그리고 속으로 이번 일을 돕는 데 걸린 것들을 생각해 보았다.

앨리언의 재위 기간 내에 천천히 작위를 다시 회복시켜 주겠다고 했고.

예전의 영지는 아니더라도 시르 공작의 영지 중 일부를 받게 해주겠다고 했다.

그리고 무엇보다— 두 딸들이 평생을 바쳐 물어야 할 죄(반란자의 가족으로서 받는 형벌. 주로 신분 하락이지만 리아스와 루나리네스는 황실의 일원이었다는 이유로 성인이 되면 평생토록 기사로 국가에 봉사하기로 되어 있었다)를 없애주겠다고 했다.

하는 일에 비해 대가가 지나치게 좋아서 의심이 안 생기는 것도 아니었지만 리랜스 남작에게는 선택의 여지가 없었다.

자신의 딸들에게 씌워진 걸 없애주고 싶었고, 또 선조들로부터 물려받은 작위도 회복하고 싶었으니까.

리랜스 남작은 한숨을 내쉬었다.

"아버지?"

리아스가 걱정스러운 목소리로 리랜스 남작을 불렀다.

"괜찮을지 모르겠구나."

어쩔 수 없다고 해서 걱정이 안 되는 건 아니었다.

딸들에게는 느긋한 척 말했지만 속으로는 그도 상당히 초조해하고 있었다.

수도로 가는 건 자신이 아니라 두 딸.

위험할지도 모른다는 생각에 자꾸만 걱정이 되었다.

"걱정 마세요. 우리가 검을 들고 싸울 건 아니잖아요."

아버지의 걱정이 어떤 건지 눈치 챈 리아스가 웃으면서 리랜스 남작을 안심시켰다.

큰딸의 의젓한 모습에 리랜스 남작은 어느 정도 안심이 되었지만 그렇다고 걱정이 사라진 건 아니었다.

"나도 갈 수 있다면 좋겠는데 말이다."

"어쩔 수 없잖아요. 아버지까지 가시면 영지를 돌보지 못하게 되니까."

루나리네스의 말대로 가신들이 거의 없어진 지금, 영지를 맡길 만한 사람이 없었다.

"그래. 그렇지……."

하지만 리랜스 남작은 영지의 주인이기 이전에 평범한 아버지이고, 그래서 딸들을 더 중요하게 느끼고 있었다.

그래서 진지하게 정말 따라갈까 고심하던 리랜스 남작은 리아스의 말에 그 생각을 포기해야 했다.

"혼자 계시는 게 외로우시다면 따라오셔도 좋아요."

마치 아버지를 어린 동생 취급하는 듯한 말투에 리랜스 남작은 기운이 쭉 빠졌다.

하지만 얼굴에는 미소가 감돌았다.

"아버지에게 무슨 말버릇이냐."

말은 그렇게 해도, 자신을 안심시키기 위해 하는 말이라는 걸 잘 아는 리랜스 남작은 따라갈 생각을 포기했다.

그리고 자신의 딸들을 믿기로 했다.

*   *   *

시르 공작은 조금 늦은 시간에 찾아온 카난 공작을 의아하다는 눈으로 보았다.

"이 시간에 어쩐 일인가?"

"황녀님의 문안… 이라고 말해 두지요."

평소같이 웃는 모습이었지만 어쩐지 이상했다.

"말해 두겠다?"

"진짜 목적은 다르니까요."

재미있다는 듯이 그런 말을 하는 모습은 시르 공작이 알던 카난 공작답지 않았다.

자신에게 늘 공손하던 동생의 모습이 아니었다.

"무슨 일이냐."

그 모습에 불쾌감을 느낀 시르 공작의 말에 카난 공작은 난처하다는 듯이 웃었다.

"너무하시네요. 그래도 기껏 시르 공작을 생각해서 온 건데 말이에요."

"무슨 일이냐."

시르 공작이 다시 한 번 묻자 카난 공작은 속으로 '재미없어' 라고 중얼거렸다.

한숨을 푹 내쉰 카난 공작은 시르 공작에게 귀찮다는 시선을 보냈다.

"황녀님의 병에 대한 것. 그리고 시르 공작이 가장 아끼던 아이에 관한 것, 그리고 시르 공작이 알 수 없어하는 것에 관한 이야기를 하러 왔어요."

"무슨 뜻이냐."

시르 공작이 눈을 날카롭게 빛냈다.

그러자 카난 공작은 조금 오만해 보이는 모습으로 시선을 다른 곳으로 돌리며,

"자신에 관한 일에만 성미가 급하시군요."

라고 중얼거렸다.

시르 공작도 그 말을 못 들은 건 아니었다.

안 들릴 정도로 작은 소리로 중얼거린 건 아니었기 때문에.

하지만 자신에게 좋은 정보를 가져왔을 게 분명하기 때문에 일단 화를 참고 다시 물었다.

"말해 보렴."

이번에는 명령조가 아니었다.

그게 마음에 든 카난 공작은 천천히 말을 하기 시작했다.

"하나. 황녀님의 병에 대한 것. 그건 말이에요, 일종의 중독 증상 같아요."

"그럴 리가. 어째서 헤레니안이!!"

시르 공작이 자신도 모르게 엘비라의 예전 이름을 입에 담자 카난 공작은 눈살을 찌푸렸다.

"어머, 황녀님의 이름을 마음대로 부르시는군요?"

"그게 중요한 게 아니지 않느냐!"

"그렇다고 해서 중요하지 않은 일도 아니지요."

시르 공작은 어째서 카난 공작이 갑자기 저런 태도를 보이고 있는 건지 알 수가 없었다.

사근사근하던 동생 같던 아이가 한 보름 사이에 갑자기 너무 변한 것

이다.

"말해야 할 건 이것만이 아니니까 그냥 넘어가도록 하지요."

마치 자신이 귀찮아서 더 따지지 않겠다는 듯이 들리는 카난 공작의 말에 시르 공작은 불안감이 들었다.

카난 공작이 갑자기 태도를 바꾼 이유가 자신에게 아부하던 자들이 갑자기 태도를 바꾼 것과 다름없다는 생각이 들었기 때문이다.

순간적으로 그런 생각이 들었던 시르 공작은 그건 아닐 거라며 고개를 저었다.

카난 공작은 시르 공작의 그런 상태에 신경 쓰지 않고 자기가 할 말을 했다.

"그 다음은 시르 공작께서 아끼던 아이에 관한 건데, 짐작되는 게 있으시죠?"

느긋한 어투에 시르 공작은 로레타의 생각이 났다.

멍하게 고개를 끄덕이는 시르 공작을 보던 카난 공작은 재미있다는 생각이 들었다.

지금까지 시르 공작은 한 번도 자신에게 저런 태도를 보인 적이 없었다. 늘 오만해 보일 정도로 당당하게 자신을 보고 있었는데.

카난 공작은 속으로 웃으며 말을 이어갔다.

"이건 폐하께서 조사하신 내용을 알고 있는 거라는 걸 미리 말해 두지요."

"황제가?"

카난 공작의 말을 그대로 믿으면 로레타의 죽음에 관해 앨리언이 조사를 했다는 말이 된다.

'어째서 앨리언 황제가 조사를?

"어째서 조사한 건지는 저도 모르지요."

시르 공작의 생각을 읽은 카난 공작이 간단하게 대답해 주었다.

"그 죽음, 이 집안에서 일하던 아이가 실행한 모양이에요. 누가 사주했는지는 모르겠지만요."

그 말에 시르 공작은 충격을 받았다.

자신의 저택에서 일하는 이들의 대부분은 이 저택에서 나고 자라 충성심이 상당하다고 믿고 있었다. 그런데 그들이 그런 짓을?

카난 공작이 거짓말을 하고 있다는 생각은 할 수가 없었다.

"확실한 거냐?"

시르 공작의 목소리가 쉬어 있었다.

"아마도."

카난 공작은 단번에 대답해 주며 웃었다.

시르 공작의 반응이 재미있다는 듯한 웃음이었지만 시르 공작은 너무 혼란스러워서 아무 눈치도 채지 못했다.

"대체 왜……."

지금까지 어떤 녀석이 침입했다가 들키는 바람에 로레타를 죽였다고만 생각하고 있던 시르 공작에게 카난 공작의 말은 충격이었다.

'대체 누가, 왜, 무엇 때문에 로레타를……!!'

시르 공작이 혼란스러워하는 모습에 카난 공작은 미소 지었다.

'이걸로 임무 완수겠군. 하나 더 말할 필요는 없겠어.'

카난 공작은 우아한 태도로 자리에서 일어났다.

"생각을 정리하실 필요가 있으실 듯하니 전 이만 황녀님의 문안을 드리러 가보겠습니다."

"응? 아아……."

시르 공작은 대충 대답하고 자신만의 생각에 잠겼다.

지금 카난 공작이 하고 간 말들은 하나같이 이해하기 힘든 말이었다.

어째서 엘비라가 독을 먹었다 말하는 건지.

어째서 로레타를 죽인 게 저택에서 일하는 아이라고 말하는 건지.

엘비라는 황녀다.

그 아이의 입에 들어가는 음식들은 다 절차를 거쳐 검사가 되고 있을 터였다.

그리고 그 아이에게 독을 먹여 득을 보는 사람은 없었다.

물론 엘비라가 죽게 되면 앨리언은 다른 아이를 입양하여 후계자로 삼을 테니 노릴 수도 있긴 하다.

하지만 지금은 자신의 그림자가 있기에 그런 짓을 할 자는 없었고, 할 수 있는 자도 없었다.

'지금 조금 흔들리고 있다고는 하지만 아직 내 권세는 여전하니까.'

그리고 앞으로도 여전할 거라 생각하고 있는 시르 공작은 한숨을 내쉬었다.

카난 공작의 말들은 모두 이해하기 힘들었지만 거짓말은 아닐 터였다.

게다가 확실하지 않은 말도 아닐 것이다.

'늘 확실하지 않은 건 잘 말하지 않는 아이니까.'

그렇다고 카난 공작이 거짓말을 하고 있다고는 절대 생각할 수 없었다.

혼란스러웠다.

"공작 각하."

"뭐지?"

키에르가 들어오는 줄도 모를 정도로 깊이 생각에 잠겼던 시르 공작은 키에르가 자신을 불렀을 때야 정신이 들었다.

"카난 공작께서는 자택으로 돌아가셨습니다."

"그래?"

밖을 보니 벌써 어둠이 내려앉아 있었다.

잠시 생각하던 시르 공작은 자리에서 일어났다.

"공작 각하?"

"황녀님께 문안을 드려야겠지."

시르 공작은 천천히 엘비라가 머무는 방으로 향했다.

'저녁 문안'을 핑계대긴 했지만 사실 그저 엘비라가 보고 싶었을 뿐이다.

엘비라는 가만히 누워 잠들어 있었다.

시르 공작은 엘비라를 간호하던 리나를 밖으로 내보내고 가만히 아이를 응시했다.

아직 열이 심하긴 해도 자는 모습은 평안해 보였다.

시르 공작은 조심스럽게 손을 뻗어 엘비라의 뺨을 어루만졌다.

예전에도 이런 일이 있었더랬다.

예전에 엘비라가 아직 자신의 딸이었던 때, 딱 한 번 엘비라에게 매를 든 적이 있었다.

이유는 엘비라가 자신의 편에 있겠다 서약한 이들의 서명이 담겨진 서류를 난로에 던져 넣었기 때문이다.

평소에 절대 서재에 들어오지 말라고 말을 했었다. 하지만 엘비라는 무슨 이유에서인지 서재에 들어가서는 다른 것도 아닌, 그 중요한 서류를 태워 버린 거다.

그건 서로가 배신하지 않게 하기 위해 서명을 했던 것인만큼 없어진다면 큰일이었다.

그래서 너무 화가 나서 아이가 쓰러질 때까지 때리고 나서야 정신이 들었었다. 아이가 쓰러지고 무슨 짓을 한 건지 깨닫는 순간 온몸이 얼어붙는 느낌이었다.

나중에 로레타에게 듣고서야 그 이유를 알았다.

늘 서재에만 있는 자신에게서 관심을 끌어보기 위한 아이의 어린 생각 이었다는 것을.

그때도 아이가 잠든 틈을 타서 방에 들어가 아이를 쓰다듬곤 했었다.

'난 변한 게 전혀 없군.'

시르 공작은 쓴웃음을 지었다.

자신의 아이가, 엘비라가 아파하면서 자신을 찾는다는 말을 황비에게 들었을 때 엘비라가 아프다는 데 놀라고 걱정이 되었었다. 하지만 자신을 찾는다는 말에 그렇게 행복할 수가 없었다.

아직 시르 공작은 뮤리아의 그 말이 거짓인 줄 모르고 있었다.

그리고 아마도 영원히 그 말이 거짓이라는 걸 알 수 없을 것이었다.

시르 공작은 엘비라가 깨지 않도록 조심하며 그 방을 나갔다.

*   *   *

아침 일찍부터 반갑지 않은 손님이 날 찾아왔다.

예상은 하고 있었지만 일찍 찾아왔군.

"오랜만이군, 시르 공작."

"오랜만에 뵙습니다, 폐하."

여전히 뻣뻣한 태도로군.

시르 공작과 나, 둘 다 서로에 대한 적의를 숨기지 않았다.

그런 우리의 태도에 내 옆에 있던 카난 공작이 난처한 척 미소 지었다.

"제가 자리를 피해 드려야 합니까?"

"그……."

"그럴 필요 없네."

시르 공작이 무슨 말을 하기 전에 재빨리 말했다.

카난 공작은 말에 따르겠다는 듯 움직이지 않았고 시르 공작은 약간 불편한 기색이었다.

"무슨 일로 이리 일찍 왔는지 모르겠군."

내 말에 시르 공작은 미간을 살짝 찌푸렸다.

"진정 모르십니까?"

"내가 독심술을 하는 것도 아닌데, 말하지 않는 일을 어찌 알겠는가."

모르는 게 당연하지 않은가.

짐작 가는 일이야 있지만 말이다.

"어째서 황녀님을 저에게 맡기신 겁니까?"

제일 먼저 물은 건 내 예상과 다른 말이었다.

그것 보라고.

말하지 않는 건 모르는 법이야.

"황비에게 들었으리라 생각하는데?"

이 말은 거짓말이 아니다.

뮤리아가 이유는 말했을 테니까.

비록 그게 거짓말이었다고 해도 뮤리아에게 들었을 것이다.

"이리 일찍 오신 이유가 겨우 그런 문제였다니, 좀 놀랐습니다."

카난 공작의 비꼬는 듯한 말에 시르 공작의 한쪽 눈썹이 치켜 올랐다.

하지만 카난 공작은 평소의 느긋한 태도로 시르 공작을 응시할 뿐이었다.

이제 뒤집을 수 없을 테니 마음대로 행동하겠다 이거로군.

"정말 이유가 그것뿐인가."

내 말에 시르 공작은 카난 공작을 노려보던 시선을 돌렸다.

"세레나님에 대한 것도 있습니다만."

"아아. 그대의 사촌과 결혼한 것 말인가?"

난 짐짓 불쾌하다는 듯한 어조로 말했다.

그러자 시르 공작은 잠시 멈칫했다.

아마도 시르 공작은 그 결혼을 내가 주도했으리라는 확신을 가지고 찾아왔을 것이다.

그리고 그 생각이 사실이긴 하지만… 시르 공작, 내가 순순히 진실을 말할 거라 생각하고 온 건 아니겠지?

난 시르 공작에게 계속 말해 보라는 듯이 가만히 있었다.

잠시 침묵을 지키던 시르 공작은 천천히 입을 열었다.

"어떻게 그리 빨리 결혼이 가능했는지 알고 싶습니다만."

내가 손을 써서 빨리 하게 만들었다고 믿는 모양이로군.

"글쎄. 그거라면 결혼을 한 두 사람에게 물어야 하는 게 아닌가?"

그 둘이라고 해서 순순히 대답해 주지 않겠지만 말이야.

시르 공작은 다시 침묵했다.

가만히 날 보고 있는 시르 공작의 눈이 흔들리고 있었다.

어쩐지 재미있다는 생각이 들었다.

늘 자신이 가장 잘났다는 듯이 뻣뻣하던 사람이 저런 식으로 흔들리는 걸 보니 무척 재미있었다.

"시르 공작, 그대가 온 이유가 그대에게 얼마나 중요했는지는 모르겠지만, 지금은 황녀가 그대의 저택에 있으니 외출을 삼가야 하는 거 아닌가."

내 말에 시르 공작은 눈을 날카롭게 빛냈다.

"알겠습니다. 이만 실례하겠습니다."

시르 공작이 몸을 빙글 돌려 돌아가자 카난 공작은 재미있다는 표정을 숨기지 않았다.

"재미있었습니다. 지금 시르 공작의 모습."

"그래."

그리고 나에게 물어온 것들이 평소 같지 않았어.

평소의 시르 공작이라면 내가 저런 식으로 대답했다면 몇 마디 더 했을 것이다. 그리고 내가 했음을 확신하고 돌아갔겠지.

"어지간히 정신이 없는 모양이로군."

물론 확신하고도 내색하지 않았을 수도 있는 일이지만.

"그럴 수밖에 없지 않겠습니까. 해결해야 할 일이 산더미일 테니까 말입니다."

그래. 그리고 그 해결에 내 생각 이상으로 애먹고 있는 게 분명하다.

"시르 공작의 영지는 이대로 내버려 두실 생각입니까?"

"아아. 나중에 해결할 사람들이 올 거네."

리아스와 루나리네스가 여기 왔다가 돌아가는 길에 '참상을 보고 돕기 위해' 그곳에 들를 거다. 그렇게 미리 호감이 생기게 하면 나중에 그 영지를 그들에게 인도해도 큰 마찰은 없을 테니까 말이야.

그리고 그렇게 하면 그 아이들과 함께 따라온 사병들도 거기에 있을 테니 그 영지에서 특별한 움직임이 없게끔 감시할 수도 있을 테고.

"어머. 제가 모르는 분들인 것 같습니다?"

카난 공작은 일부러 섭섭하다는 듯한 태도를 보이며 웃었다.

"알고 있는 사람들이네."

"로이안님입니까?"

"왜 그리 알고 싶어하는지 모르겠군. 레이디 리아스와 레이디 루나리네스네."

카난 공작이 모르는 패를 둘 생각으로 지금까지 말하지 않았었지만 이제는 그럴 필요는 없어졌으므로 솔직하게 말해 주었다.

지금까지 모르는 패를 하나라도 두려고 했던 건 카난 공작이 시르 공작에게 보고할지도 모른다는 경계심 때문이었다.

하지만 이제 그 걱정은 없을 듯했다.

"시르 공작에 대한 태도를 바꿨더군."

평소와 다를 것 없어 보이지만 이제는 시르 공작에 대한 적의를 숨기지 않고 그대로 드러내고 있었다.

알아도 상관없다는 듯이.

"이제는 군이 공손할 필요가 없어지지 않았습니까."

카난 공작은 당연하다는 듯 대답하며 웃었다.

그 말에 난 피식 웃었다.

"시르 공작이 안됐군."

카난 공작을 믿고 있었을 텐데 말이야.

"거기까지는 제가 상관할 필요가 없는 일입니다."

그래. 그렇긴 하지.

남이 자신을 어떻게 생각하고 있다고 해서 그 생각에 맞춰서 행동할 필요는 없는 일이니까.

그래도 시르 공작이 안되었다는 건 변함없다.

최고의 우방이라 여기고 있을 카난 공작이 앞장서서 자신을 배반하고 있으니 말이다.

"어제 내가 부탁했던 건?"

어제, 시르 공작을 최대한 흔들어달라고 부탁했었다.

"예, 했습니다. 그런데 몇 마디 하지 않아 많이 흔들려서 조금 시시했습니다."

시시했다고 말은 하지만 재미는 있었던지 눈이 즐겁다는 듯 빛나고 있었다.

"참. 폐하, 황후마마의 거처에 들르지 않으실 겁니까?"

"아아. 아프다는데 가보긴 해야지."

비록 진짜 아픈 건 아니라지만 말이야.

난 뮤리아에게 가기 위해 자리에서 일어났다.

그리고 뮤리아가 크게 아프다고 알려진 지 5일 만에 리아스와 루나리네스가 수도로 왔다.

이제 슬슬 실행의 때가 다가온 것이다.

"오랜만이구나."

"예, 폐하."

둘은 조심스러운 태도였다.

잔뜩 긴장해 있는 둘을 보자 나는 계속 웃음이 나왔다.

"너무 긴장하지 말거라."

"예, 예……."

저 긴장은 나 때문이 아니라, 자신들이 해야 할 일 때문일 것이다.

너무 느긋한 것도 안 좋지만 저렇게 긴장해서 제대로 할 수 있을지 원.

하지만 저게 나이에 맞는 반응이라는 생각에 굳이 탓하지는 않았다.

"그럼 어찌해야 할지는 알고 있겠지?"

"예."

리아스가 확실하게 대답한다.

리아스는 언니인 자신이 정신 차리고 있어야 한다고 생각해서인지 동생인 루나리네스보다 더 긴장한 모습이었다.

"최소한 7일 이내에는 도착해야 한다."

"알겠습니다."

급히 서두른다면 5일 만에 갈 수 있는 거리다. 그렇게 가면 힘들긴 하겠지만 시간을 맞추려면 어쩔 수 없는 일.

붙잡고 이런저런 이야기를 나누고 싶지도 않고, 또 여건도 좋지 않다.

"다음에 보자."

"예."

이제 저 둘은 뮤리아에게 들렀다가 바로 시르 공작의 영지를 향해 출발할 것이다.

사실 하루 정도 쉬고 가게 해주고 싶긴 하지만 시간이 촉박해서 그럴 수는 없었다.

리아스와 루나리네스가 나가고 나자 카난 공작은 약간 긴장된 표정이었다.

"이제 곧 시작이로군요."

"그래. 로이안은 어떻게 하고 있지?"

"3일 후면 시르 공작의 영지 쪽에 도착할 겁니다."

로이안이 해줄 일 역시 리아스와 똑같다.

그는 황제인 내 이름으로 도울 거라는 게 그 아이들과 다를 뿐이지.

리아스와 루나리네스가 수도를 떠나고 딱 일주일이 지났을 때, 난 미스트 백작과 디트레이에게 명령을 내렸다.

"반란자를 잡아들여라."

"예."

"알겠습니다."

누구인지, 어떻게 된 건지 말을 하지는 않았지만 이미 다 알고 있는 일이었다.

디트레이도, 미스트 백작도 바로 기사들을 이끌고 자신이 맡은 곳으로 향했다.

"결말이로군요."

"그런 셈이지."

카난 공작과 난 느긋하다면 느긋한 대화를 나누면서 자리를 이동했다.

미리 시르 공작과 그 추종자들이 잡혀올 홀로 가 있을 생각이었다.

"황후마마께서는 어쩌실 예정입니까?"

"글쎄."

뮤리아의 연극은 어제로 끝났다.

홀로 오는 걸 금지하지는 않았으니 구경하고 싶다면 자신이 직접 홀로 올 것이다.

그렇지 않다면 자신의 궁 정원에서 느긋하게 책이나 읽고 있겠지.

홀로 가니 레비스가 바쁘게 뭔가를 지시하고 있었다.

"바빠 보이는군."

"오셨습니까."

갑자기 저택으로 미스트 백작이 이끄는 기사단이 들이닥쳤을 때, 시르 공작은 기가 막혔다.

"이게 무슨 짓인가."

"루이네 켈 시르. 그대를 반란자로서 황궁으로 압송한다."

돌아온 대답은 더 기가 막힌 일이었다.

"반란이라고?"

"부관."

미스트 백작은 아무 대답도 않았다. 그저 바로 명령을 내렸을 뿐이다.

시르 공작은 자신을 빙 둘러싼 기사들을 보며 눈살을 찌푸렸다.

"지금 이곳에 황녀님이 계시다는 걸 알면서도 이게 무슨 짓인지 모르겠군."

"반란자의 딸 따위 내 알 바 아니지."

얼음같이 차가운 말에 시르 공작은 화가 났다.

엘비라에게 '따위' 라는 말을 쓴 것도 화가 났지만 태연히 자신을 '반란자' 라 지칭하는 것도 마음에 들지 않았다.

'대체 뭘 하고 있는 거지?'

게다가 자신의 사병들이 움직일 기미가 없자 더 화가 났다.

이런 일은 있을 수가 없었다.

잘 훈련된 병사들인데 어째서 아무 저항 없이 저들을 통과시킨 건지, 왜 눈에 보이지 않는 건지 알 수가 없었다.

"잡아."

미스트 백작의 명령에 기사들이 다가왔다.

시르 공작은 지금까지는 병사들이 움직이길 기다리느라 조용히 있었지만 앞으로는 순순히 당해주고 싶은 마음이 없었다. 이길 수는 없을 거라는 걸 잘 알고 있지만 수치스러운 모습으로 끌려가고 싶지 않았다.

하지만 곧 이어 들린 미스트 백작의 말에 일단 포기하기로 했다.

"이건 황제 폐하의 명이다. 순순히 따라와."

황제의 명령을 거역한다는 것 역시 반역. 한마디로 저항하면 저들이 주장하고 있는 '반란' 이라는 말에 증거를 만들어주는 것일 뿐이었다.

그러느니 차라리 일단은 따라가서 천천히 해결하는 것이 나았다.

'어차피 아무 증거 없는 말이니 쉽게 뒤집을 수 있을 테니까.'

시르 공작은 속으로 한숨을 쉬며 천천히 입을 열었다.

"치워라. 내 발로 걸어가도록 하겠다."

시르 공작은 자신에게 창을 들이대는 기사들을 노려보았다.

아무리 위증을 만든다고 해도 한계가 있는 법이라 생각하며 시르 공작은 애써 당당한 모습으로 미스트 백작을 따라 걸어갔다.

그렇지만 반란이라는 이름으로 끌려가는 것이니만큼 그런 '당당함' 도 한계가 있었다. 당당하게 걸어 저택 밖으로 나오긴 했지만, 결국 정원에서 포박된 채 끌려나가게 되었다.

말을 타고 당당히 가고 있는 미스트 백작의 뒤에서 죄인처럼 손이 묶인 채 걸어가게 된 건 상당히 불쾌한 일이었지만 어쩔 수 없는 일이었다.

'확실한 증거가 없다면 아무것도 할 수 없다.'

자신은 그저 그런 귀족이 아니라 이 제국을 지탱하는 대귀족 중 한 사람이다.

함부로 해할 수 없는.

시르 공작은 속으로 그렇게 화를 삭이려 노력하고 있었다. 하지만 시르 공작이 놓치고 있는 게 있었다.

앨리언 역시 증거가 없이는 시르 공작을 어떻게 할 수 없다는 걸 잘 알고 있다는 사실을.

그러니 확실한 것을 준비했을 거라는 것을.

한편 미스트 백작은 솔직히 황당해하고 있었다.

아무리 미리 황제로부터 시르 공작의 저택에 아무 방어가 없을 거라는 말을 들었었지만 정말 병사들이 아무도 없을 줄은 몰랐던 것이다.

덕분에 쉽게 일을 처리할 수 있었지만 황제가 무슨 수를 쓴 건지 궁금했다.

'이거, 너무 쉽군. 너무 쉬워서 오히려 뭔가 있을 것 같다는 의심이 들정도로 말이야.'

미스트 백작은 속으로 그렇게 중얼거리며 결박된 채 걸어가고 있는 시르 공작에게 시선을 주었다.

아직 안심할 수는 없는 일이다.

시르 공작은 세력이 컸던 만큼 그 추종자들도 많았던 사람이니까.

시르 공작가에 병사들이 없었던 건 알고 보면 별일 아니었다. 잠입해 있던 세실리아가 작전을 듣고 좀 움직인 것에 지나지 않는 일이었다.

병사들에게 약을 먹여 전원을 재워두었던 것이다. 아니, 재워두었다는 말은 좀 맞지 않다. 자는 듯이 평온한 얼굴로 있긴 하지만 대부분은 영원히 깨어날 수 없을 테니까. 평소에 취미 삼아 쿠키를 만들면서 병사들에게 건네곤 했기 때문에 별 의심 없이 일을 마칠 수 있었다.

세실리아는 미스트 백작이 시르 공작을 데리고 가자 혼란스러워하며 떠들고 있는 다른 시녀들 사이를 빠져나가 자신이 그동안 쓰던 방으로 갔다.

거기서 시녀 제복을 벗어버리고 제대로 된 옷을 입은 세실리아는 조심스럽게 시르 공작의 저택을 빠져나와 자신들의 아지트로 향했다.

시르 공작이 결박된 채 홀에 도착했을 때는 귀족들이 상당수가 모여 있었다.

무릎을 꿇지 않고 당당하게 서서 모두의 시선을 받았다.

무릎을 꿇을 이유가 없다고 생각한 것이다.

시르 공작은 천천히 홀 안을 살폈다.

상석에 황제인 앨리언과 황비인 뮤리아가 서 있었다.

그 옆으로 앨리언을 그림자처럼 따라다니는 제노시아와 묘한 미소를 띤 카난 공작이 서 있는 걸 보는 순간 시르 공작은 얼어붙은 것처럼 그 자리에 멈춰 서버렸다.

한 번도 예상하지 못했던 사태를 보고 있는 듯한 기분이었다.

'리레이너? 설마……'

시르 공작이 멍하니 있는 사이 리튼 공작이 앞으로 나섰다.

그리고 옆에 있던 자에게 어떤 서류를 건넸고, 그자는 그걸 들고 시르 공작의 앞으로 다가왔다.

　　　　*　　　　*　　　　*

　시르 공작에게 건네진 건 시르 공작에게 가담하는 사람들의 이름과 사인, 그리고 그 가문의 문장이 담긴 서류였다.

　한 달 전부터 카난 공작이 심혈을 기울여 만든 것이다.

　아마도 진짜와 별다른 차이가 없을 것이다.

　카난 공작의 이름이 빠진 걸 제외한다면 말이다.

　그걸 본 시르 공작의 어깨가 떨리고 있었다.

　"이건… 무엇입니까."

　"카난 공작이 가져왔더군. 기억에 있는 것일 텐데."

　내 말에 시르 공작은 멍하니 카난 공작을 응시했다.

　누가 만들었는지 바로 알아내는군.

　하긴, 이 중에서 카난 공작만이 저걸 본 적이 있었을 테니 당연한 일인가.

　"이런 거짓 서류 하나에 절 반역자로 모신 겁니까?"

　어느새 시르 공작은 당당한 모습으로 말했다.

　그 모습에 난 속으로 웃었다.

　"하나가 아닙니다, 루이네 켈 시르."

　카난 공작이 한발 앞으로 나서며 시르 공작의 이름을 말했다.

　시르 공작의 이름에 '공작'이라는 호칭을 떼어버린 채.

　이런 자리에서는 내가 입을 열어 뭐라 말하지 않는다.

　난 그저 이렇게 주시하고 있다가 확실하다는 판단이 들면 '죄인'에게 형벌을 결정하는 일 외에는 할 것이 없다.

　"제가 증인으로 이 자리에 있습니다. 저는 물적 증거를 비롯한 사사로운 서류를 모두 리튼 공작에게 넘겨 드렸습니다. 순순히 인정하시는 것이 좋을 텐데요."

카난 공작의 차가운 말에 시르 공작은 눈을 날카롭게 빛냈다.

"어찌 없는 서류를 넘겼다 말하는 건지 모르겠군."

"후……."

카난 공작은 못 말리겠다는 듯 한숨을 내쉬며 레비스를 바라보았다.

그러자 레비스는 헛기침을 한 번 하더니 천천히 카난 공작이 열심히 위조한 증거들을 나열하기 시작했다.

"루이네, 그대가 그 서류에 있는 자들과 주고받은 편지에 확실히 나와 있다. 편지에 찍혀 있는 문장은 확실한 시르 공작가의 문장. 그대 외에 다른 자가 있을 수 없는 일."

레비스의 말에 시르 공작은 내 쪽에 분노의 시선을 보냈다.

모든 증거가 위조된 거라는 걸 안 거로군.

예전에 내가 한 번 위조하기도 했으니까 내 쪽으로 저런 시선을 보내는 걸 테고.

그건 그렇고, 이젠 레비스도 시르 공작의 작위를 떼어버렸다. 그리고 말도 평대로 바꾸어 말하고 있었다.

저런 태도는 레비스가 시르 공작을 반역자로 확신하고 있다는 뜻이나 다름없다.

"게다가 황후마마를 독살하려 한 일 역시 이미 다 드러났다."

음? 이건 내가 지시한 일은 아닌데?

속으로 상당히 놀라서 슬쩍 뮤리아에게 시선을 주자 뮤리아는 애매한 미소만 지었다.

이거, 나 모르게 하나 더 만들어두었군.

"독이라니?"

시르 공작, 아니, 루이네의 반문에 레비스는 미간을 모았다.

"그대가 모르는 척해도 이미 소용없는 일. 네 명령을 받았던 시녀가 이미 자백을 했어."

허어… 뮤리아가 그동안 앓는 척하며 궁에서 한 발짝도 나오지 못하고, 책도 읽을 수가 없어서 상당히 심심했던 모양이다. 저런 걸 꾸민 걸 보면.

난 뮤리아에게 작게 속삭였다.

"어떻게 만든 거지?"

뮤리아는 다른 이들이 우리가 이야기를 하고 있다는 걸 눈치 채지 못하도록 내 쪽으로 고개를 돌리지도 않고 말했다.

"예전에 시르 공작이 잠입시킨 아이 중 한 명이에요. 독은 전날 그 아이의 방에 가져다 두고 기사들에게 조사를 시켜서 잡았습니다."

난 태연하게 시르 공작 쪽을 응시하면서 계속 뮤리아와 이야기를 나누었다.

물론 다른 이들에게 들리지 않을 정도로 작은 목소리로.

"그 독이란 건……."

"엘비라가 먹은 것과 같은 거예요. 저번에 조금 남아 있던 걸 보셨잖아요?"

부채 끝에 달고 다니던 그걸 말하는 건가.

"반역이라고 몰아붙일 때는 이유가 하나라도 많은 게 좋잖아요?"

맞는 말이긴 하지만…

난 작게 고개를 끄덕여 주고 더 이상 말을 하지 않았다.

"그리고 그대가 황제 폐하의 명 없이 사사로이 군을 이용한 일이나, 국고를 멋대로 쓴 건 황실을 무시한 처사라고……."

레비스가 길게 읊는 동안 난 카난 공작의 얼굴을 살폈다.

카난 공작은 조금은 슬퍼 보이는 모습으로 시르 공작을 응시하고 있었다.

카난 공작이 보고 있는 상대인 시르 공작은 너무 화가 나서 카난 공작이 안 보이는 모양이지만.

슬퍼 보이는 모습이라…

뭔가 수상하다.

"뮤리아."

"예?"

"카난 공작에 대해 얼마나 알지?"

"폐하께서 아시는 정도만큼… 이라고 생각합니다. 이건 길어질 듯하니 나중에 이야기하는 것이 어떨까요?"

그렇겠지.

여기서 계속 수군거리고 있을 수는 없는 일이니까.

내가 뮤리아와 이야기하는 사이 루이네에 대한 죄목을 다 읊었는지 레비스는 서류를 내려놓았다.

"할 말 있는가."

레비스의 말에 시르 공작은 눈을 날카롭게 빛냈다.

하지만 어떤 말도 하지 않았다.

가만히 나와 카난 공작을 노려보고 있을 뿐이었다.

재판이라 할 수 있는 것이 끝나고 나와 레비스, 카난 공작, 그리고 하네인 후작은 집무실로 모였다.

이후의 일을 의논하기 위해서였지만 다들 그것보다는 아까의 루이네의 반응에 대한 게 더 신경이 쓰이는 모양이었다.

나 역시 마찬가지지만.

"의외로 시르 공… 아니, 루이네는 아무 반응이 없었던 게 이상합니다."

하네인 후작의 말대로 그녀답지 않게 너무 얌전했다.

"아마도 자신의 일족이 움직이리라 생각하고 있을 겁니다."

카난 공작의 차분한 말에 난 의구심이 들었다.

"그럴 리가. 그녀는 자신의 일족을 그리 보살피지 않았다고 기억하는데."

"예. 마치 알아서 하라는 듯 내버려 두었습니다만, 그래도 자신이 반역이라는 이름으로 벌을 받는다면 일족 전체가 흔들리니 움직이리라 생각하고 있을 겁니다."

맞는 말이로군.

그렇다면 시아난이 어떻게 움직여 주느냐에 달린 건가.

"시아난이 시르 공작가 내에서 어느 정도의 영향력을 가지고 있느냐가 문제겠군."

"그 점은 걱정없을 겁니다."

내가 중얼거린 말에 확실하게 대답한 건 하네인 후작이었다.

"하네인 후작, 어떻게 장담하시는 겁니까?"

레비스는 좀 불안한 듯한 기색이었다.

아무래도 우리보다 훨씬 루이네의 태도를 의심하고 걱정하는 모양이었다.

"시아난님은 남자가 아니었다면, 혹은 조금만 능력이 있었더라면 루이네 대신 시르 공작의 이름을 이었을 사람입니다. 한마디로, 루이네만큼 일족 내에서 힘이 있습니다."

"어머. 그걸 어떻게 아셨어요?"

하네인 후작의 말에 놀라움을 표시한 건 카난 공작이었다.

"그건 아는 사람이 거의 없는 일이었는데……."

카난 공작이 놀라워하자 하네인 후작은 작게 미소 지었다.

"어째서지? 내가 본 시아난 경은 그리 능력있는 자 같지 않았는데."

내 말에 하네인 후작과 카난 공작이 동시에 고개를 끄덕였다.

"예. 큰 능력은 없는 인물입니다."

"그래서 시르 공작의 이름을 이을 수가 없었습니다."

아아. 그래. 하네인은 '조금만 능력이 있었더라면' 이라고 말했지.

"그런데 어째서 그게 가능한 거지?"

분명히 선대 시르 공작의 자식은 루이네뿐이었는데?

내 말에 하네인 후작은 이유는 모르고 있었던 듯 난처한 웃음을 띠었다.

하네인 후작이 대답을 하지 못하자 난 카난 공작 쪽으로 시선을 돌렸고, 카난 공작은 알고 있었던 듯 설명을 해주었다.

"저번에 말씀드린 '조선술' 에 관한 이야기를 기억하십니까?"

"그래."

시르 공작가에서 오랫동안 투자하고 있는 일이라고 했었지.

그리고 상당히 진척이 있다고.

그런데 그거와 무슨…

"시아난은 그 기술을 개발하는 곳을 관리하고 있는 자입니다."

"그래서 일족 내에서 힘이 있다는 건가."

"예."

납득할 만한 말이로군.

그 일족이 온 힘을 기울이고 있는 걸 관리하는 사람이니 당연히 일족 내에서 발언권이 강하겠지.

그렇다면 걱정하지 않아도 되는 건가.

과연 시르 공작가는 조금도 루이네를 구하기 위해 움직이지 않았다.

그리고 정확히 3일 후.

루이네 켈 시르는 남쪽 바다에 있는 시라이드라는 섬으로 유배를 떠났다.

사형이 아닌, 유배형이 결정난 이유는 엘비라 때문이었다.

황녀의 친모를 죽일 수는 없다 해서 유배가 결정난 것이다.

하지만 말이 유배지, 죽이는 거나 다름없다.

그 섬은 물도 없는 데다가, 몬스터들이 많아 거기서 1년 이상 생존했다는 기록이 없으니까.

게다가 그 섬이 있는 바다 역시 배를 띄우면 10번 중 7번은 침몰한다는 말이 있을 정도로 험한 바다였다.

한마디로, 루이네는 '우리가 죽이기는 곤란하니 가다가 죽어' 라는 말을 들은 거나 다름없는 셈이다.

그건 그렇고…

오랫동안 서로 대치했었는데, 정말 허망할 정도로 결과가 쉽게 나버렸다.

끝나고 허무하다는 느낌이 들었을 정도로 쉬웠다.

내가 만약을 생각해서 여러 곳에서 군대를 동원하기도 하고, 또 예전처럼 시르 공작 하나만 상대하려 하지 않고 귀족들을 포섭해 두었기 때문이겠지. 거기다 또 시르 공작이 정신적으로 지쳐 있었기 때문이기도 하지만…

역시 카난 공작의 공이 컸다.

아마 카난 공작이 날 돕지 않았더라면 상당히 힘들었을 거다.

그렇다고 해서 카난 공작에 대한 의심이 사라진 건 아니다.

오히려 더 신경이 쓰인다고 할까.

그렇게 잘 따르던 사람도 아무렇지 않게 등을 돌리는 사람이니까.

게다가 카난 공작의 목적이 뭔지 아직도 모르고 있으니…

귀찮은 이야기

시르 공작, 그러니까 루이네(지금의 시르 공작은 다른 사람이니까)와의 일이 끝나자마자 또 다른 일들이 날 기다리고 있었다.

귀족들이 상대하기 귀찮을 정도로 시끄럽게 떠들기 시작한 것이다.

그 원인은 엘비라였다.

그들의 주장을 요약하자면,

"반란자의 딸인 엘비라 황녀가 다음 황제가 되게 할 수는 없다."

…는 것이었다.

예전에는 루이네에게 잘만 꼬리를 흔들던 녀석들이 태도를 싹 바꿔서 그녀의 딸이니 추방하거나 혹은 유폐해야 한다고 주장하는 것이다.

그 움직임에는 내 누님들도 동조하고 있었다.

그들이 동조하는 이유는 간단하다.

이미 뮤리아가 아이를 가질 수 없는 몸이라는 건 알려진 바.

그러니…

"이왕이면 내 아이를 입양해서 후계자로 하는 것이 어떠냐."

라는 거다.

그중에서 가장 적극적으로 나오는 건 니아이스였다.

마침 엘비라와 비슷한 또래의 딸이 있었기 때문이다.

게다가 평소의 소심하다는 평가는 다 어디에 두었는지 성급한 모습을 보였다.

"말도 안 되는 소리로군."

난 편지를 읽으며 실소했다.

"뭔가 특별한 내용이라도 있습니까?"

루이네 켈 시르의 유배 후에도 여전히 내 집무실에서 함께 지내는 카난 공작이 의아하다는 시선을 보내왔다.

"니아이스 누님이, 딸인 베아트리체 세시에르 니안 산 네라파 양을 이곳으로 보냈다는군. 한 보름 뒤면 도착할 거라고 해."

"네?"

이 '말도 안 되는' 사태에 카난 공작은 어안이 벙벙한 모양이었다.

"아직 엘비라님에 대한 게 결정나지도 않았는데, 상당히 성급하신 분인 모양입니다?"

"평소에는 소심한 사람이었는데 말이야……."

뭐, 자신의 자식이 다음 황제가 된다면 하는 마음은 알겠지만 말이지.

"다들 너무 성급해."

난 한 번도 엘비라에 대한 말을 언급한 적이 없다.

"어쩌실 겁니까?"

카난 공작의 물음에 난 피식 웃었다.

"뭘 어떻게 한다는 건가."

"아시리라 믿습니다."

그래. 알고 있지.

엘비라의 처분에 관한 거잖아?

보통이라면 추방이 맞겠지. 반란자의 딸이니까.

하지만 난 그러고 싶지 않다.

"굳이 다른 아이를 입양할 필요가 있을까."

귀찮다는 듯한 내 말에 카난 공작은 미소 지었다.

그럴 줄 알았다는 듯이.

지금 저들의 말에 따라 다른 아이를 입양하는 건 귀찮은 일이다.

그 친모, 친부가 계속 간섭하려 들 게 분명하니까.

엘비라가 황제로서의 자질이 전혀 없는 것도 아니고 하니 후계자로 두어도 좋겠지.

아무래도 엘비라는 시르 공작보다는 아스티안을 많이 닮은 것 같아.

"그럼 베아트리체님은 어찌하실 겁니까?"

"아아. 한동안 궁에서 쉬게 하고 돌려보내야겠지."

어린아이라 여행이 힘들 테니 오자마자 돌려보낼 수는 없을 거니까.

정말이지 귀찮군.

네라파와의 거리를 생각하면 빠르면 2주, 아무리 늦어도 3주 뒤에는 도착하겠군.

난 한숨을 푹 내쉬면서 그동안 할 일을 머리 속으로 정리하기 시작했다.

어째 루이네를 몰아내던 때보다 지금의 뒤처리가 더 힘들고 골치 아픈 것 같다.

새로 '시르 공작' 이라는 이름을 이은 자는 시아난이다.

시아난은 그리 능력있는 자도 아니고 나와 친밀하다면 친밀하다고 할 수 있는 관계이니 크게 신경 쓸 필요가 없다.

원칙대로 하자면 그 '공작' 이라는 작위를 낮추어야 하지만 루이네 이

외의 자는 전혀 관련되지 않았고, 또 그간의 공적이 있다는 이유로 시르 가문은 '공작' 의 자리를 유지할 수 있었다.

다만 영지의 절반은 압수, 다른 이들에게 주게 되었다.

난 압수한 영지를 미리 약속했던 대로 리랜스 가문에 주고 몇몇 곳은 황제, 그러니까 내가 직접 다스리는 곳으로 만들어두었다.

그리고 시르 공작가는 앞으로 계속 황실의 감시를 받아야 하며, 후계자 역시 황실의 '물려받아도 좋다' 는 허락이 있어야만 작위를 물려받을 수 있게 했다.

또 3대까지는 매해 꼬박꼬박 영지에서 나는 수익의 절반을 국가에 바치도록 했다.

'반란' 이라는 말이 나왔던 것치고는 그런대로 부드럽게 넘어가 준 셈이지만 실제로 시르 공작가는 죽을 맛일 거다.

그렇지 않아도 금전적으로 상당히 힘들 텐데 그 수익을 거의 황실에 가져다 주어야 하니까.

아마 3대가 지날 때까지는 고생을 많이 하게 될 거다.

그리고 늘 황실의 감시를 받아야 되니 더 힘들겠지.

뭐. 자업자득인 셈이지만.

리랜스 가문은 이번 일로 유일하게 이득을 본 가문이다.

미리 약속했던 대로 영지도 몇 주었고, 도움을 주었다는 이유로 리아스와 루나리네스가 시에라의 사건으로 받아야 할 벌을 없애주었다.

약속했던 작위야 차차 올려줄 수밖에 없는 일이니 아직 보류지만.

하여간 리랜스 남작은 상당히 득을 본 셈이다.

하지만 카난 공작은… 가장 고생한 셈인데도 아무것도 받지 않았다.

정확히 말하자면 받지 못했다는 게 맞겠지만.

뭔가를 내려줄 이유도 없고, 또 본인도 원하지 않았다.

'이겼으면 됐다' 라는 식의 태도였다고 할까.

그런 태도치고는 루이네가 유배를 떠나고 나서 상당히 침울해 있었다. 한동안은 자택에서 조용히 지냈을 정도로.

나로서는 전혀 이해 못할 태도다.

하지만 하네인 후작은 카난 공작이 루이네에게 적의만 있었던 건 아니었을 테니 심정이 복잡할 거라고 말하며 이해한다는 듯한 모습을 보였다.

그런 감정이야 내가 신경 써줄 문제도 아니고, 신경 쓸 필요도 없으니 다시 카난 공작이 황궁으로 출석할 때까지 모르는 척하고 있었다.

하네인 후작은 예전의 일로 복귀.

그리고 레비스 역시 복귀한 걸로 대충은 정리가 끝났다.

소소한 거야 앞으로 천천히 하면 될 일이고.

"폐하, 황녀님께 아무 말씀 안 해주실 겁니까?"

카난 공작의 말에 난 살짝 미간을 찌푸렸다.

"왜?"

"불안해하고 계실 겁니다. 그냥 두실 생각입니까?"

아아. 귀족들이 한참 떠들고 있는 엘비라를 추방하니 어쩌니 하는 문제에 대한 걸 말하는 건가.

굳이 가서 알려줄 필요는 없다고 생각하는데.

그런데 불안해하고 있다고?

"무슨 말인지 모르겠군."

아직 어린아이다. 지금 뭐가 어떤 건지도 모를 거고, 또 귀족들이 엘비라의 바로 앞에서 떠들 일도 없으니 아마 모르고 있을 테고.

그런데 불안해할 리가 없지 않은가.

내가 이해를 못하겠다는 반응을 보이자 카난 공작은 눈을 크게 떴다.

"설마 황녀님께서 아무것도 모를 거라 생각하시는 건……."

긍정의 표시로 고개를 끄덕이자 카난 공작은 놀랐다는 제스처를 해 보인다.

"그럴 리가 없지 않습니까."

"하지만 그렇게 어린아이가 뭘 알겠는가."

"폐하께서 즉위하셨을 때보다 겨우 3살 정도 어립니다만?"

아, 그러고 보니 그렇군.

엘비라가 이제 9살이니까.

멋쩍어져서 슬쩍 웃자 카난 공작도 살짝 미소 지었다.

아아, 그래. 그랬지.

하도 여러 일이 많아서 잠시 잊었었다.

확실히 그 나이에도 제대로 생각할 수 있고, 멋대로 떠도는 소문도 들을 줄 안다는 걸.

"잊고 있었어."

혼잣말처럼 중얼거리자 카난 공작은 쓴웃음을 지었다.

"그럼 황녀님께 가보실 겁니까?"

"아니."

잠시의 망설임도 없이 바로 대답하자 카난 공작은 다시 한 번 놀란 모양이었다.

하지만 말이지. 그렇다고 내가 가서 이러니저러니 설명하기는 그렇지 않나.

내 생각을 눈치 챘는지, 아니면 이대로 내버려 둘 수 없다고 생각한 건지 카난 공작이 조심스럽게 입을 열었다.

"제가 가서 안심시켜 드려도 괜찮겠습니까."

"그렇게 하게."

　　　　　*　　　　　*　　　　　*

엘비라는 잔뜩 겁에 질려 있었다.

자신을 보는 시선들이 많이 달라진 걸 느끼고 있었다.

그리고 그 원인 역시 알고 있었기에 겁이 났다.

"리나, 리나."

"부르셨습니까, 황녀님."

"아버님께서 다시 아이를 입양하신다는 게 사실이야?"

"아닙니다."

리나는 불안해하는 작은 황녀를 달래어주었다.

하지만 리나 역시 불안하기는 마찬가지였다.

아직 황제는 이렇다 하는 말이 없었고, 황비 역시 아무런 말도 없었다.

게다가 엘비라가 아프고 나서 둘 다 많이 차가워졌던 것이다.

'설마 일이 잘못되지는 않겠지. 그래야 하는데.'

혹시 일이 크게 잘못되어 엘비라가 추방되면, 자신도 함께 나가야 하게 될 것이다.

그녀를 돌봐줄 사람이 있어야 하고, 그 사람은 지금껏 엘비라를 돌보아왔던 자신이 될 확률이 가장 높았다.

지금 엘비라의 처지에 안타까워하고 있지만 리나로서는 함께 추방되는 것만은 절대 피하고 싶은 일이었다.

부모님도 다 이곳에 있고, 한 번도 수도 밖으로 나간 적이 없으니 두려운 것이다.

엘비라는 울고 싶었다.

자신의 병이 낫고 나서부터 차가워지신 듯한 어머님과 그 후로 한 번도 뵙지 못한 아버님을 생각하면 더 울고 싶었다.

마치 자신을 버릴 것만 같았기 때문이었다.

그렇게 불안해하고 있을 때 반가운 사람이 찾아왔다.

"저 리레이너 프 카난, 엘비라 황녀님을 뵙습니다."

"카난 공작."

엘비라가 반갑게 맞자 카난 공작은 미소를 지었다.

"평안하셨습니까. 그간 여러 사정으로 자주 뵙지 못해 죄송합니다."

"괜찮아요, 카난 공작."

엘비라는 언제 불안해했냐는 듯이 의젓한 모습으로 카난 공작을 맞았다.

자신은 황녀이니 다른 이들에게 그렇게 흔들리는 모습을 보여서는 안되는 일이라고 생각하면서.

하지만 카난 공작은 엘비라가 무슨 생각을 하고 있었을지 어느 정도 짐작하고 있었다.

"황녀님의 생모에 관해서는 어찌 위로의 말을 드려야 할지 모르겠군요."

"그건 필요없어요. 반란자는 마땅히 벌을 받아야 하는 게 아닙니까."

생각 이상으로 이 어린 황녀가 당당한 모습을 보이자 카난 공작은 속으로 감탄했다.

앨리언이 굳이 다른 아이를 들일 필요가 없다고 말한 것이 이해가 되었다.

"의젓하시군요."

카난 공작의 말에 엘비라는 묘한 표정을 지었다.

어째서 지금 그 말을 하는 건지 알 수가 없었기 때문이다.

"황녀님, 지금 귀족들이 뭐라 말하고 있는지 알고 계십니까?"

"물론 알고 있어요. 그게 뭐 어쨌다는 건가요?"

이번에는 말속에 작은 떨림이 묻어 나왔다.

그 모습에 카난 공작은 속으로 미소를 지었다.

안간힘을 쓰며 버티려고 노력하는 엘비라가 귀여워 보였다.

카난 공작은 부드럽게 미소를 지었다.

"황녀님께서 걱정하실까 염려되어 찾아왔습니다."

"무슨 뜻이지요?"

"내일이면 아시게 되시겠지만 아무래도 미리 말씀드리는 것이 좋겠다는 생각이 들어서 왔습니다."

카난 공작은 엘비라의 물음에 대답하지 않고 일부러 다시 한 번 말을 돌렸다.

말간 눈으로 자신을 보고 있는 엘비라를 가만히 보던 카난 공작은 천천히 앨리언의 결정을 알려주었다.

"폐하께서는 황녀님을 후계자로 삼겠다 하셨습니다."

"…정말인가요?"

신중한 듯이 질문하고 있지만 아직 어린지라 얼굴에 기쁜 감정을 다 드러내고 있었다.

그런 엘비라를 보던 카난 공작은 앞으로 자신이 원하는 걸 쉽게 이룰 수 있으리라는 생각에 기분이 좋았다.

"예."

"알려주러 와주어서 고마워요."

"아닙니다, 황녀님."

카난 공작은 마치 그걸 알려주러 왔었던 듯 바로 돌아갔다.

카난 공작이 나가자마자 엘비라는 활짝 웃었다.

"들었지, 리나?"

"예, 황녀님."

둘은 기뻐하며 웃었다.

그리고 20일 정도가 지났을 때.

엘비라는 네라파에서 친척이 도착했다는 말을 들었다.

자신의 아버님, 그러니까 앨리언의 누님의 딸인 아이, 그러니까 자신과 사촌지간이 되는 아이라고 했다.

그 말에 엘비라는 신경이 날카로워졌다.

어째서 그 아이가 온 건지 어렴풋이 짐작할 수 있었기 때문이다.

"왜 온 거지?"

"예?"

"너에게 한 말이 아냐, 리나."

엘비라는 자신의 방을 서성이면서 열심히 생각을 하기 시작했다.

분명히 카난 공작이 아버님은 입양을 하지 않으신다고… 아니.

'입양을 안 한다는 말은 하지 않았었어.'

순간 그런 생각이 든 엘비라는 다시 고개를 저었다.

'괜찮아. 그런 꼬마쯤은 물리칠 수 있어.'

그 사촌이 자신과 1살 차이밖에 안 난다는 걸 잊은 듯 꼬마라고 부른 엘비라는 이상한 결심을 하며 주먹을 불끈 쥐었다.

잠시 후.

"황녀님, 황제 폐하께서 모셔오라십니다."

"알았어."

자신을 데리러 온 시녀에게 고개를 끄덕여 준 엘비라는 조금 긴장된 표정으로 앨리언을 만나러 갔다.

시녀를 따라간 곳은 늘 그렇듯이 황비인 뮤리아의 정원이었다.

"어서 오너라."

다정한 미소로 엘비라를 맞아준 뮤리아는 앨리언을 보았다.

그러자 앨리언은 무심한 눈으로 자신들과 같이 있던 아이를 소개했다.

"이쪽은 네 사촌인 베아트리체. 한동안 머물 테니 잘 지내도록 해라."

너무나 간단한 소개에 뮤리아가 앨리언을 살짝 노려보았지만 앨리언은 모른 척 시선을 피했다.

하지만 베아트리체나 엘비라 둘 다 서로를 보고 있을 뿐, 전혀 신경 쓰지 않았다.

"처음 뵙겠습니다, 엘비라 황녀님."

먼저 입을 연 건 베아트리체였다.

그리고 예의 바르게 인사를 했다.

"베아트리체 세시에르 니안 산 네라파라고 합니다. 리체라고 불러주세요."

"반갑습니다, 베.아.트.리.체. 양. 아린드의 제1황녀 엘비라 헤레니안 펠 아스힌드입니다. 이곳에 머물 동안 친하게 지냈으면 좋겠군요."

엘비라는 베아트리체가 애칭으로 불러달라는 말을 싹 무시하고 제대로 이름을 불렀다.

그 친해질 의사가 없다는 노골적인 표현에 베아트리체는 놀라 움찔했지만 그렇다고 숙이고 들어가고 싶지는 않았다.

지금까지 부모와 아린드의 황제, 황후를 제외하면 그 누구도 자신에게 그런 식으로 군 사람이 없었다. 그래서 절대 물러서고 싶지가 않았다.

그리고 이곳에 오기 전에 어머니께서 하신 '엘비라라는 아이에게 져서는 안 돼. 네가 황제가 되어야 한다' 라는 말도 있으니 물러날 수 없었다.

서로를 마주 보는, 아니, 노려보고 있다고 할 수 있을 정도의 시선을 주고받는 모습을 보던 뮤리아는 어처구니없어하며 실소했다.

"엄청난데요?"

앨리언에게 작게 속삭이자 앨리언 역시 머리가 아프다는 듯 손으로 이마를 짚었다.

"왜 저러는지……"

뮤리아와 앨리언이 뭐라 하든, 엘비라와 베아트리체는 서로를 노려보느라 정신이 없었다.

*　　　　*　　　　*

2주면 충분할 거리를 3주 가까이 걸린 이유는 도중에 폭우를 만났기 때문이라고 한다. 예정이 겨우 2, 3일 달라질 정도였던 모양이지만.

"베아트리체 세시에르 니안 산 네라파가 제국의 황제 폐하를 뵙습니다."

어린아이답지 않다고 느껴질 정도로 절도있는 인사에 난 속으로 감탄했다.

"그래. 편히 쉬다 가거라."

"예, 폐하."

일단 먼 길을 왔으니 쉬라고 보내고 나서 난 옆에 있던 뮤리아를 보았다.

"영리한 아이 같아."

"예. 엘비라를 처음 만났을 때보다 훨씬 낫군요."

미묘한 어감에 내가 눈을 가늘게 뜨자 뮤리아는 웃었다.

"그냥 그렇다는 거예요. 저런 아이는 너무 어른스러워서 재미가 없는데……"

웃으면서 대답하고 난 뒤에 작게 중얼거리는 말에 난 허탈하게 웃었다.

재미라니. 대체 무슨 생각을 하고 있는 건지 원.

하여간 카난 공작도 그렇지만 뮤리아도 무슨 생각으로 사는 건지 알 수가 없다니까.

"참, 엘비라와도 만나게 해주어야겠지요?"

"그렇겠지."

나와 뮤리아는 뮤리아가 쓰는 궁의 정원으로 갔다.

베아트리체가 와 저녁때 연회가 열리니 그때 만나도 좋겠지만 미리 서로 인사를 하는 편이 좋을 것이다.

그리고 그런 간단한 인사를 하려면 이곳이 가장 좋다.

시녀들을 시켜 그 둘을 이리 오게 한 다음 문득 뮤리아가 눈을 묘하게 빛내고 있는 걸 보았다.

"왜 그러지?"

"아니에요. 다만 엘비라가 어떤 반응을 보일지 기대가 되어서요."

"뭐가 기대된단 말인가?"

내가 못마땅하다는 투로 묻자 뮤리아는 웃었다.

"동생에게 부모님을 빼앗긴 언니의 반응을 보일지, 그리고 그런 반응에 베아트리체는 어찌 행동할지… 기대하고 있는 거예요."

별소리를 다 한다 싶어서 무시하고 다른 쪽을 보았다.

먼저 온 것은 베아트리체였다.

그새 짐을 풀었는지, 여행을 위한 약식 드레스가 아닌 제대로 된 드레스를 입고 있었다.

"피곤할 텐데 불러내어 미안하구나."

"아닙니다, 폐하."

예의 바른 모습. 그리고 낯선 환경에도 겁먹거나 주춤거리는 일이 없었다.

어린나이답지 않은 당당한 모습이었다.

그리고 곧 엘비라가 왔다.

"어서 오너라."

뮤리아가 미소 지으며 인사를 했지만 엘비라는 평소처럼 웃으면서 뮤리아에게 가지 않고 빤히 베아트리체를 보고 있었다.

경계하고 있는 듯한 모습이었다.

그런 모습에 뮤리아는 좀 놀란 듯한 눈으로 엘비라를 보더니 이내 내 쪽으로 시선을 주었다.

베아트리체를 소개란 의미.

"이쪽은 네 사촌인 베아트리체. 한동안 머물 테니 잘 지내도록 해라."

격식을 무시하다시피 한 간단한 소개에 뮤리아는 날 살짝 노려보았지만 난 그 시선을 무시하고 둘을 보았다.

그런데 양쪽 다 반응이 이상했다.

서로를 빤히 보고 있을 뿐 말이 없었다.

잠시 후 먼저 표정을 풀고 인사를 건넨 건 베아트리체였다.

"처음 뵙겠습니다, 엘비라 황녀님. 베아트리체 세시에르 니안 산 네라파라고 합니다. 리체라고 불러주세요."

자신의 애칭을 알려주며 웃자 엘비라도 살짝 옷자락을 들며 인사를 건넸다.

"반갑습니다, 베.아.트.리.체. 양. 아린드의 제1황녀 엘비라 헤레니안 펠 아스힌드입니다. 이곳에 머물 동안 친하게 지냈으면 좋겠군요."

친하게 지냈으면 좋겠다는 말과는 다르게 노골적으로 '너, 싫어'라고 말하고 있는 듯한 태도를 보이고 있었다.

애칭으로 불러달라는 상대의 말을 무시하고 이름을 딱딱 끊어 말해 준 게 증거라고 할까.

하여간 마치 최대의 적을 눈앞에 두고 싸우려 하는 모습을 보이고 있는 엘비라였다.

그런 엘비라의 태도에 베아트리체는 놀랐는지 움찔하더니 이내 엘비라와 마찬가지로 전의를 활활 불태우기 시작했다.

그래 봤자 둘 다 아직 어린지라 귀여운 모습일 뿐이었지만… 당사자들은 심각한지 서로를 보며 꼼짝하지 않고 있었다.

"엄청난데요?"

뮤리아가 묘하게 감탄한 어조로 작게 속삭여 왔다.

두 아이는 서로를 노려보느라 우리가 무슨 말을 하는지 들리지도 않는 듯했다.

"왜 저러는지……."

내가 한숨 쉬듯이 말하자 뮤리아는 재미있다는 듯이 미소 지었다.

"둘 다 제 예상과는 전혀 다른 반응이네요."

"재미있나 보군."

"이런 건 흔히 볼 수 있는 게 아니니까요."

뮤리아는 재미있어하며 구경하고 있었지만 난 한숨만이 나올 뿐이었다.

대체 둘 다 왜 저러는 건지…

베아트리체가 온 다음날의 회의는 여느 때보다 소란스러웠다.

"엘비라 황녀님은 루이네 시르의 자식이 아닙니까. 유폐라도 하심이……."

"조카이신 베아트리체님은 영리하시니 충분히……."

이제 다른 후계자 후보도 나타났으니 다들 멋대로 말하고 있었다.

난 흥미없는 걸 구경하듯이 무심히 그들이 떠드는 걸 듣고 있었다.

한참을 각자 멋대로 떠들다가 내가 아무 말 없이 조용히 있다는 걸 눈치 챘는지 슬금슬금 내 눈치를 살피기 시작할 무렵 난 속으로 작게 한숨을 내쉬며 입을 열었다.

"다들 그런 쓸데없는 데까지 신경을 쓸 정도로 할 일들이 없나 보군."

"쓸데없는 데라니! 그런… 이건 아주 중요한 문제입니다!"

이름도 잘 기억나지 않는 누군가가 목에 핏대를 세워가며 소리쳤다.

분위기 파악도 못하고 말이다.

다른 이들은 그나마 내 심기가 불편함을 느꼈는지 조용히 있었지만 몇몇 사람은 그자에 동조해서 멋대로 말하기 시작했다.

"반역자의 딸이 황제가 될 수는 없는 게 아니겠습니까."

"조카이신 베아트리체님도 충분히 자격이 있으시니……."

시끄럽군.

"조용히. 다들 입을 다물었으면 하군."

미간을 찌푸리며 낮은 어조로 말하자 다들 입을 꾹 다물었다.

"엘비라는 나의 딸이며, 나의 후계자로서 자랄 것이다. 앞으로 이런 이야기가 들린다면 내 참지 않겠다."

내 생각을 알고 있던 자들을 제외한 모두가 웅성거렸다.

그런 반응을 무시하고 자리에서 일어났다.

계속 있어봤자 시간 낭비일 뿐이다.

"다들 무슨 생각들을 하는 건지."

난 내 집무실로 오자마자 짜증 섞인 말을 내뱉었다.

"아무 생각도 없을 겁니다. 권력자에게 잘 보여야 한다는 생각 외에는 말입니다."

내 말에 답을 한 건 카난 공작이었다.

비웃는 듯한 얇은 미소를 띤 카난 공작은 심드렁한 어조로 말을 계속 이었다.

"어떻게 해서든 잘 보여 지위를 높이려는 생각 외에는 아무것도 못하는 자들입니다. 아마 정원에서 꽃들을 괴롭히고 있는 벌레들 정도의 지능밖에 없을 테니 화낼 필요조차 없습니다."

"신랄한 말이로군."

예전처럼 순한 척하는 가면을 쓰고 있을 때라면 들을 수 없는 말이다.

"그렇습니까? 하지만 사실이라고 생각합니다만."

그건 그렇지만.

루이네의 일 이후에 카난 공작은 많이 변했다.

나에게는 변했다기보다 숨기고 있던 모습을 겉으로 드러낸 것에 지나지 않아 보이지만 다른 자들이 느끼기에는 변한 것이리라.

"무슨 일로 왔는가?"

내가 나오자마자 바로 따라오지 않았더라면 지금 이 자리에 있을 수가 없다.

그래서 어째서 급하게 날 쫓아왔는지 묻는 거다.

"예전에 시르 공작, 그러니까 루이네가 하던 일을 저에게 맡기셨으면 합니다."

"…속국들에 관한 일 말인가?"

루이네가 황제 행세를 하기 전까지 했던 일이다.

그리고 대대로 시르 공작가가 하고 있는 일이기도 하고.

내 말에 카난 공작은 천천히 고개를 끄덕였다.

"이유를 물어도 되겠는가?"

"대외적인 이유를 말씀드리자면 '반역을 한 가문에 중요한 일을 맡길 수 없다' 입니다."

확실히 그런 이유로 다른 가문에 맡겨야 한다는 말도 나왔긴 하지만…

현재는 달리 맡을 이가 없어 계속 시르 공작가가 맡고 있다.

"대외적인 이유라면 다른 이유도 있다는 거로군."

카난 공작은 미소 지었다.

"제가 일을 도와드린 대가로 받고 싶습니다."

이거, 거절하기 힘들게 만드는군.

"그것뿐인가."

"그 외에도 자잘한 이유는 많습니다만, 다 짐작하시리라 믿습니다."

뭐… 아마도 그런 일을 맡고 있으면 중앙에서 발언권도 더 강해지고, 그런 만큼 많은 걸 누릴 수 있으니 그걸 노리고 있다는 걸 모르진 않는다.

"뜻밖의 요구로군."

"그렇습니까."

카난 공작은 조금도 흔들림없이 대답하면서 웃고 있다.

내가 거절하지 않을 거라는 걸 잘 알고 있기 때문에 여유가 있는 거겠지.

"좋네. 내일 확실히 서류를 작성해 주도록 하지."

"감사합니다."

카난 공작은 깍듯이 인사를 하고 집무실을 나갔다.

난 한동안 카난 공작이 나간 집무실 문을 빤히 보고 있었다.

"카난 공작께서 좀 변하신 듯합니다."

"크게 변하진 않았어. 하지만 좀 의심스럽군."

제노시아의 말에 그렇게 대답한 나는 작게 한숨을 내쉬었다.

그리고 카난 공작의 요구를 들어주기 위해 레비스를 불렀다.

레비스에게 카난 공작의 요구를 말하면서 서류를 작성하라 했더니 레비스는 꺼림칙해하는 반응이었다.

"그렇습니까."

"어떻게 생각하면 당연한 요구인데."

"하지만 마치 이전의 시르 공작의 모습을 닮으려는 것 같아 불안합니다."

레비스의 말에 난 쓴웃음을 지었다.

역시 그런 느낌이 드는 걸까.

하지만 내 생각에는 루이네를 '닮으려는' 건 아니었다.

그저 이제 루이네가 없으니 자신을 드러내며 세력을 확보하려 드는 것일 뿐.

"이건 정당한 대가. 그러니 어쩔 수 없지."

레비스 역시 맞는 말이라 생각했는지 수긍하는 모습이었다.

"하지만 시르 공작가에서 얌전히 받아들일 리가 없습니다."

"그렇겠지. 하지만 어쩔 수 없을 거야."

루이네의 일을 들추면 그들은 어쩔 수 없다.

심하게 벌을 내리지 않는 대신 시르 공작의 말처럼 이제 중요한 건 맡길 수 없다고 말하면 될 일이니까.

"알겠습니다. 그럼 내일 준비해 두겠습니다."

레비스가 그렇게 말하고 집무실을 나가자 한숨을 푹 내쉬었다.

잘못하면 이제 루이네 대신 카난 공작에게 휘둘리게 될지도 모르는 일이었다.

하지만…

"양쪽 다 쓸데없는 일은 피하고 싶을 테니 괜찮겠지."

"예?"

"혼잣말이야, 제노시아."

지금 카난 공작과 내가 부딪치는 건 서로에게 마이너스다.

카난 공작은 제대로 된 자신의 세력이 없다. 지금까지는 시르 공작가와 함께 지내고 있어서 굳이 자신의 세력을 만들지 않았지만 지금부터는 그렇지 않을 거다. 때문에 한동안은 자신의 세력을 확실하게 만들어두는 데 힘을 기울여야 할 것이다.

아마 지금의 요구도 그걸 더 편하게 하기 위함일 테고.

그런 이유들로 만약에 레비스의 말대로라고 해도 아직은 움직이지 않을 거다.

그건 내 쪽도 마찬가지.

지금 내가 카난 공작을 몰아내려 한다면 앞으로 귀족들을 다루기가 더 어려워진다.

카난 공작을 공격한다면 좀 머리가 있는 녀석들은 어느 정도 이유를 알고 내 행동을 받아들이고 보고 있겠지만 머리가 비어 있는 대다수의 귀족들은 그렇지 않을 것이다. 자신을 도와 움직이더라도 자신의 기분에 따라 사람을 쳐낸다고 생각할 테니.

더 심할 경우에는 '오랜 친우였던 이에게 등을 돌리면서까지 충성을 다했는데 필요없어지니 버린다' 로 받아들여질 수도 있는 일이다.

지금도 각자의 이익을 더 중요시하는 녀석들인지라 '충성심' 을 기대하기 어려운 상황인데, 이런 것들 때문에 더 나빠지면 곤란하다.

뭐… 그전에 카난 공작이 정말 이전의 루이네 켈 시르와 같은 걸 노리고 있다는 전제 하에서 하는 말이지만.

"다 귀찮을 일들뿐이로군."

다시 혼잣말을 중얼거린 나의 눈에 들어온 건 조금 과장해서 산처럼 쌓였다, 라고 표현할 수 있을 정도로 많은 양의 서류 더미였다.

한동안 전혀 일을 하지 않다가 하니 더 힘든 것 같다니까.

"폐하."

"왜 그러지?"

"카난 공작을 그대로 내버려 두실 겁니까?"

그 말에 난 피식 웃었다.

정치라고는 조금도 모르는 제노시아까지 느낄 정도로 방금 전의 카난 공작이 수상했단 말인가.

하긴, 제노시아도 오래 내 옆에 있었으니 그 정도는 느낄 수 있겠지.

"그럴 수는 없지."

"그럼……."

"키나이에게 연락해서, 감시자를 붙여두라고 전해."

"알겠습니다."

하지만 카난 공작의 감시는 나중의 일.

지금의 나에게는 내 눈앞에 쌓인 서류 더미의 처리가 더 중요하다.

한동안 조용히 서류 처리에 매달려 있을 때였다.

밖에서 누군가가 노크를 했다.

"들어오라."

들어온 이는 미스트 백작이었다.

"폐하의 명을 마치고 돌아왔습니다."

루이네가 유배지로 가는 동안의 감시, 좋게 말해 호송을 맡았었는데…

"일찍 왔군."

거리로 보건대 한 달은 넘게 걸려야 정상인데 말이야.

내 말에 미스트 백작은 잠시 머뭇거리더니 조심스럽게 말한다.

"죄송합니다, 폐하. 폐하의 명을 완벽하게 완수하지 못했습니다."

무슨 말인지 알겠군.

"죽었나."

미스트 백작이 무겁게 고개를 끄덕였다.

역시 그런 건가.

"자살인가."

"예."

너무 당당하게 있다 했더니만 역시 그랬군.

"어떤 방법으로?"

내가 세세하게 묻자 미스트 백작은 이상하다는 표정을 지었지만 곧 아무 질문 없이 바로 대답했다.

"독을 마신 것 같았습니다. 그리고 시신은 불에 태웠습니다."

"알겠다."

"명을 제대로 수행하지 못해 죄송합니다. 어떤 벌이든 달게 받겠습니다."

"괜찮네, 예상했던 일이니. 이만 나가보게."

미스트 백작이 마치 죽을죄를 지은 것처럼 말하는 걸 웃으며 괜찮다 하고 내보냈다.

어차피 가는 도중에 어떤 방법으로든 자살하거나 도망칠 거라 생각하고 있었다.

순순히 유배지까지 갈 사람이 아니니까 말이다.

하지만 그 독은 대체 어디서 구한 걸까.

늘 지니고 다녔을 리는 없고. 루이네가 감옥에 들어가게 된 후 구했다고 봐야 맞는데… 대체 누가 건네준 거지?

'반역'이라는 이름으로 있었기 때문에 어느 누구도 만나지 못하고 바로 떠났을 텐데 말이야.

정말 능력도 좋군.

이런저런 생각을 하면서 서류 처리를 끝낸 난 바로 뮤리아가 있는 곳으로 갔다.

요새 뮤리아는 엘비라와 베아트리체의 다툼을 보는 데 재미를 붙여 자신의 궁에 있지 않고 그 둘을 따라다니고 있었다.

"오셨습니까."

뮤리아가 먼저 내가 왔음을 알고 인사를 하자 두 아이도 내가 온 걸 알고 내 쪽으로 고개를 돌렸다.

"평안하셨습니까, 폐하."

"오셨습니까."

두 아이에게 미소 지어주고는 난 뮤리아에게 시선을 주었다.

무슨 일 있냐는 뜻이었다.

하지만 뮤리아는 슬쩍 시선을 피할 뿐 대답하지 않았다.

"아버님, 오늘 저녁의 연회에 베아트리체가 참석하는 것이 사실인가요?"

"그래."

주인공이 빠질 리가 없지.

내 대답에 엘비라는 불만에 찬 눈으로 빤히 날 올려다본다.

그리고 낮게 중얼거렸다.

"그럼 저도 참석해도 괜찮지요?"

평소에는 나이가 어리다는 이유로 오지 못했었다.

물론 황족인 이상 어리더라도 참석할 수 있기는 하지만 그동안은 루이네가 실권을 잡고 있어서 일부러 오지 못하게 하고 있었다.

엘비라 역시 지금까지는 나이가 어려 안 된다는 말에 납득하고 받아들이고 있었는데, 왜 또 참석하려 드는 건지.

"왜 갑자기?"

"베아트리체는 참석하잖아요."

당연하다는 듯이 대답하는 엘비라.

어째서 이런 사소한 데 경쟁하려 드는 건지.

"괜찮겠지요, 폐하?"

뮤리아가 찬성해 주자 엘비라는 살짝 내 눈치를 살폈다.

으음. 어쩔 수 없나.

"좋을 대로 해라."

내 허락이 떨어지자 엘비라는 환하게 웃었다.

"감사합니다."

정말 이러다가 후에 엘비라의 집권 시기에는 네라파와 사이가 나빠지는 거 아닌가 걱정된다.

아무래도 베아트리체는 네라파의 왕위를 이을 듯하니까 말이다.

부디 커서는 괜찮아야 할 텐데.

늦은 저녁의 연회.

처음으로 연회에 참석하는 엘비라는 들뜬 모습이었지만, 베아트리체는 익숙한 듯 자연스럽게 행동하고 있었다.

"차이가 나는군."

"그렇네요."

연회장에서 자신들에게 몰려드는 귀족들을 상대하는 모습이 상당히 차이가 난다.

베아트리체는 아주 익숙한 모습으로, 어린아이답지 않게 작은 미소를 띠며 편하게 이야기를 나누고 있었다.

하지만 엘비라는 자신에게 사람들이 몰려 말을 거는 게 당황스러운 듯 주춤거리고 있었다. 얼굴에도 당황함이 다 드러나고 있었고.

"리체는 네라파에서 교육을 받은 모양이에요."

"그렇군… 그보다 리체?"

"아, 애칭으로 불러달라 하기에 그러기로 했어요."

그렇군.

난 작게 한숨을 내쉬었다.

"엘비라가 또 침울해했겠군."

"예. 그 모습이 상당히 귀여워요."

"적당히 해."

"알고 있어요."

그다지 믿음이 가는 대답은 아니로군.

난 다시 엘비라와 베아트리체가 있는 쪽으로 시선을 돌렸다.

막 내가 시선을 돌렸을 때 베아트리체가 엘비라 쪽을 보고 살짝 웃는 모습이 보였다.

그 모습에 엘비라가 화가 난 듯 볼을 부풀리는 것도.

하여간에… 저 둘, 어떻게든 친하게 만들어야 할 텐데.

"어째서 저리 사이가 나쁜 건지."

"어머나, 전 조금은 알겠던데요."

뮤리아는 내가 그것도 모를 줄은 몰랐다는 듯이 놀란 표정을 만들어냈다.

"안다니 다행이로군. 그럼 앞으로는 적당히 말리지 그러나."

"하지만……."

뮤리아는 아쉽다는 듯한 반응을 보였다.

난 그런 모습에 한숨을 푹 내쉬었다.

"혹시 엘비라가 황위를 계승하고 나서 네라파와의 사이가 악화될지도 모를 일이야."

"심한 정도까지는 안 가게끔은 해주고 있어요."

그 정도로는 부족해.

하지만 그나마 좀 말린다니 다행이로군.

내가 생각에 잠겨 있는데 뮤리아가 갑자기 자리에서 일어났다.

"들어갈 건가."

"그럴 리가요. 이제 눈에 거슬리는 것도 거의 없으니 연회를 즐겨야죠."

"그래?"

난 무심히 말하고 연회장 어딘가에 있을 엘비라를 눈으로 찾기 시작했다.

하지만 갑자기 뮤리아가 내 손을 잡아채는 바람에 엘비라를 찾는 걸 멈추고 뮤리아를 올려다보았다.

뮤리아는 생글생글 웃고 있었다.

"뭐지?"

"저희, 제가 여기에 왔던 때의 연회 이후로 한 번도 함께 춤을 춘 적이 없다는 걸 알고 있어요? 곧 새로운 곡이 시작돼요."

한마디로 다른 데 신경 쓰지 말고 함께 춤을 추자는 건가.

"좋아."

딱히 거절할 이유도 없고, 연회를 즐기지 않을 이유도 없다.

난 뮤리아의 손을 잡고 일어났다.

루이네의 사망 후 평이한 일상을 보내고 있는 어느 날.

미리 말도 없이 세레나가 날 찾아왔다.

"어쩐 일이냐?"

"그냥… 아무 이유 없어요."

표정을 보니 그런 게 아닌 거 같은데.

난 잡고 있던 서류를 내려놓고 앞쪽의 편한 의자에 앉았다.

"그래, 아무 이유 없다 생각하마."

내 말에 세레나가 작게 '눈치는 빨라……' 라고 중얼거리는 게 들렸지만 못 들은 척했다.

그리고 싱긋이 웃어주었다.

"그래. 적어도 할 말은 있어서 온 거겠지?"

"별로… 다만 좀 쉬고 싶었을 뿐이에요."

"쉰다… 라고?"

세레나는 한숨을 푹 내쉬었다.

"이번에, 노턴 대신관께서 절 상급 프리스트 시험을 볼 수 있게 배려해 주셨거든요. 그 이후로 여러 가지 일로 머리가 아파서……."

"일종의 승진인 셈이니 좋은 거 아닌가."

솔직히 난 신관들의 직책 같은 건 거의 모른다.

아무리 이 제국의 황족이 신에 대해 무심하다고 하나 난 좀 그 정도가 심한 편이다.

아는 것이라고는 어떻게 신관이 되는지, 그리고 교황이 누군지 하는 것 정도.

그래서 그저 '상급' 이라는 말로 대충 짐작해서 한 말.

내 말에 세레나는 눈을 모로하고 날 본다.

"진심이에요?"

"아닌가?"

"아무리 신전에 관심이 없다지만 동생이 신관이니 어느 정도는 알아두어야 하는 거잖아요."

세레나는 작게 투덜거리더니 설명을 해주었다.

"물론 상급 프리스트가 된다는 건 오라버니의 말씀대로 승진인 셈이에요. 하지만 그렇게 되려면 개인적인 시험도 있지만 반드시 교황청에 가서 직접 '승인'을 받아와야 돼요."

그거야 받아오면 되는 문제잖아.

뭐가 골치 아프다는 건지…

"그런데 문제는 시아난이, 시르 공작이 내가 여행하는 걸 반대하고 있어요."

"어째서?"

내가 되묻자 세레나는 이상하다는 표정을 지었다.

"핑계 대는 거야 위험하기 때문이라고 하지만 실제로는 정치적인 문제 같던데, 오라버니는 모르시는 건가요?"

정치적인 문제이니 내가 더 잘 알 거라는 말인가.

하지만 나로서는 짐작 가는 일이 없다.

"지금으로서는 그리 신경 쓸 만한 일은 없는데."

"그런가요?"

"그래."

"그럼 꼭 가야 한다고 강하게 밀어붙여 봐야겠군요."

세레나가 고개를 끄덕이면서 한 말에 난 쓴웃음을 지었다.

아마 세레나는 자신이 강하게 밀어붙이게 되면 혹시라도 내가 곤란해질까 봐 그냥 있었던 모양이다.

그리고 나에게 말해 보자는 생각으로 왔겠지.

"시르 공작과 성격이 맞지 않는 모양이구나."

내가 걱정하자 세레나는 웃으며 손을 흔들었다.

"근본적인 부분에서 좀 어긋나긴 하지만 서로 그리 신경 쓰고 있지 않아요."

그렇게 말하니 더 신경이 쓰이는군.

하지만 그렇다고 해서 뭐라 할 수는 없는 것.

그건 시르 공작과 세레나의 문제니까 말이야.

"미안하구나."

"뭐가요?"

세레나는 무슨 말인지 모르겠다는 듯이 반문하며 미소 지었다.

그리고 막 생각났다는 듯이 손뼉을 치더니,

"참, 오라버니. 저 한 번도 황녀의 얼굴을 보지 못했는데, 만나게 해주실 수 있으세요?"

라고 말했다.

아아, 그러고 보니 만난 적이 없었군.

내가 바쁘고, 또 그동안 세레나의 황궁 출입에도 제한적인 게 많아서 만난 적이 없었다.

"그래."

내가 허락의 말을 하자 세레나는 즐겁다는 듯이 웃었다.

"조카 되는 아이도 있다죠?"

"베아트리체 말인가."

"예. 오라버니의 후계자가 되기 위해 왔다는 말이 있던데, 사실인가요?"

"누구에게 들은 거지?"

신전에서 대부분의 시간을 보내는 세레나가 들을 수 있는 말이 아니다.

대체 누가 저런 말을 해주는 거지?

"시르 공작."

그 말에 난 순간 당황했다.

시르 공작이 세레나와 결혼했다는 걸 잊었던 건 아니지만, 그런 말을 시르 공작으로부터 전해 들을 거라는 생각은 전혀 못했던 것이다.

나도 참 멍청해졌군.

"아니다. 그 아이는 네라파로 돌아갈 거야."

"그럼 확실하게 말해 두는 게 좋지 않아요?"

"말했어."

분명히 회의에서 모두에게 확실히 말해 두었다.

엘비라는 나의 뒤를 이을 것이라고.

뭐… 엘비라가 죽어버린다면 얘기가 달라지겠지만.

베아트리체가 네라파에서 온 지 3년이 흘렀다.

처음에는 바로 돌려보낼 예정이었지만… 베아트리체와 니아이스가 이 핑계, 저 핑계를 대며 출발을 계속 미루다 보니 시간이 오래 지나 버린 것이다.

내 입장에서는 조카인 아이를 억지로 보내기가 좀… 그렇다. 아무리 보내는 게 좋다지만 지금처럼 별문제없이 잘 지내고 있는 아이를 돌아가라 명령해서 내쫓기 껄끄러운 게 당연하지 않은가.

그리고 그들로서는 이왕이면 여기서 지내면서 능력을 인정받아 다음 황제가 되길 바라니 계속 머무르려 하는 게 당연한 일이고.

그렇게 베아트리체가 계속 돌아가지 않자, 귀족들 중에서는 베아트리체를 지지하는 세력이 생기기 시작했다.

평소에 워낙 엘비라보다 더 '정치'라는 데 익숙한 모습을 보여서인지 엘비라를 지지하는 세력보다 훨씬 강했다.

그렇다고 해서 베아트리체가 계승 순위가 높아진 건 아니지만.

여전히 엘비라가 서열 1순위고, 베아트리체는 4순위일 뿐이다.

베아트리체가 오래 황궁에 머무는 걸 가장 기분 나빠하는 건 엘비라였다.

여전히 사이가 좋지 못한 베아트리체와 엘비라는 틈만 나면 서로에게 독설을 퍼붓고 있었다.

시간이 지나면서 나아지지는 않고 나이가 든 만큼 더 심해졌다.

게다가 둘 다 뮤리아의 옆에서 보내는 시간이 많아서인지, 아니면 타고났는지 말 하나는 나이에 맞지 않게 잘했다.

내 앞에서야 둘 다 얌전하게 굴고 있지만 뮤리아 앞에서까지는 숨기지 않는지 뮤리아가 재미있다며 다 말해 주었다.

"보고 있으면 상당히 재미있답니다. 나날이 발전하는 모습이 즐거워요."

…라고.

뮤리아의 그런 반응에 내가 어처구니없어하자 뮤리아는 샐쭉한 표정으로,

"그렇다고 해서 서로 못 만나게 할 수는 없는 일이잖아요?"

라고 말했다.

못 만나게 할 수 없다는 건 인정하지만 다른 방법이 없는 건 아닐 텐데.

그렇다고 어린아이들끼리 사이가 좋니 나쁘니 하는 일로 내가 나서서 뭐라고 하기에는 좀 그런지라 아직도 둘이서 싸우게 그저 내버려 두고 있었다.

게다가 둘 다 아직 어려 티격대는 거에 비해서 사이가 아주 나빠 보이지는 않는다. 나 혼자 이렇게 생각하는 걸지도 모르겠지만 말이다.

하지만… 가끔씩 정말 이렇게 계속 지내다가 후에 네라파와 크게 전쟁나는 거 아닐지 모르겠다는 생각이 들 때가 있다.

그리고 얼마 후.
정말 큰일이 생겼다.
"엘비라가?"
"예, 폐하."
내 앞의 기사는 더욱 고개를 떨구었다.
말도 안 되는 소리지만, 엘비라가 암살당할 뻔했다고 한다.
드물게도 베아트리체 없이 뮤리아와 함께 차를 마시고 있을 때 갑자기 피를 토하며 쓰러졌다고.
그리고 곧 누군가가 차에 독을 탔다는 걸 알게 되었다고 한다.
"그래… 그럼 황비는?"
"황후마마께서는 많이 드시지 않아 괜찮으십니다. 그리고 이미 해독제도 드셨습니다."
난 쓰게 웃으며 자리에서 일어났다.
일단은 뮤리아에게 가서 제대로 된 상황 설명을 듣는 게 낫겠다는 생각이 들었던 것이다.
"그대, 시레인 경이었던가."
"예, 폐하."
"그대는 이제 본임무에 충실하게."
"예, 폐하."
그자는 좀 의아한 기색이었지만 바로 대답을 하고 사라졌다.
원칙대로 하자면 엘비라를 보호하는 기사들의 단장인 저자에게 조사를 시켜야 하지만… 사실 저런 기사들이 제대로 조사한다고 볼 수가 없다.

"제노시아, 나중에 키나이에게 이 사실을 연락해 줘."

"알겠습니다."

키나이에게 시키는 게 훨씬 낫다.

뮤리아에게 가니 어떤 시녀가 뮤리아 역시 독을 먹었기에 잠시 쉬고 있다며 날 방으로 안내했다.

"오셨습니까."

어쩐지 기운이 없어 보이는 목소리로 날 맞이한 뮤리아의 얼굴색이 약간 창백했다.

하지만 제대로 앉아서 날 맞이하는 걸 보면 뮤리아는 그리 크게 아프진 않은 모양이었다.

"괜찮은 건가."

"예. 전 그 독이 들었다는 차를 조금밖에 마시지 않아 괜찮습니다. 그리고 이미 해독제도 먹었으니 별일없을 겁니다."

뮤리아는 그렇게 말하며 방에 있던 시녀들을 내보냈다.

"하실 말씀이 있어 오신 거지요?"

"순수하게 그대가 걱정되어 왔다고 생각하지 그랬나."

일부러 장난스럽게 말하자 뮤리아는 피식 웃었다.

"그럴 리가 없지 않습니까."

마치 내가 '할 말'이 없으면 찾지 않는다고 말하는 듯한 그 말이 어쩐지 슬픈 기색을 담고 있어서 조금 놀랐다.

평소에 내가 그렇게 뮤리아에게 무관심했나 하는 생각도 들고.

내 표정을 본 뮤리아가 미소 지었다.

"별 의미 아니에요. 무슨 일이십니까."

"아… 엘비라가 쓰러졌을 때의 일을 듣고 싶어서."

보통 뮤리아는 나나 엘비라와 이야기할 때 시녀들을 전부 물러나게 한다.

방해받고 싶지 않다는 이유에서다.

그러니 다른 이들에게 듣는 것보다 뮤리아에게 듣는 게 훨씬 정확할 터였다.

그런데… 아까부터 뭔가가 걸린다.

뭐가 걸리는 건지는 모르겠지만…

"별로 말할 것이 없습니다. 평소처럼 잔에 차를 따르고, 쿠키와 함께 차를 즐겼지요. 그리고 일상적인 이야기가 오가던 도중에 갑자기 엘비라가 이상한 표정을 짓더니 곧 피를 토하고는 바로 기절해 버렸습니다."

"그래?"

"예."

뮤리아는 더 말할 것이 없는 듯 의자의 등받이에 등을 기댔다.

"알았네."

"참, 폐하."

더 물을 것도 없고, 달리 할 말도 없기에 막 나가려는 순간 뮤리아가 날 불렀다.

"왜 그러지?"

"확실히 말씀드리지만, 베아트리체는 아니에요."

내가 오해할까 걱정되어 말한다면서 한 말에 난 쓴웃음을 지었다.

"…어떻게 장담하지?"

자신이 보고 있는 게 전부가 아닌 법이다.

특히 베아트리체 같은 경우는 더욱.

그 아이가 주도하지는 않았다 하더라도 그 세력이 한 일일 수도 있는 거다.

그런데 아니라고 확실히 말하다니.

"그 아이, 네라파로 돌아가고 싶어하고 있었어요."

"그래?"

그럼 적어도 본인은 아니라는 거로군.

하지만 그래도 그 아이의 세력이 했을 확률이 가장 높다.

난 굳이 내 생각을 말하지 않고 고개를 끄덕였다.

"참고해 두지."

뮤리아의 궁을 나온 다음 바로 엘비라에게 향했다.

사실 엘비라에게까지 갈 필요는 느끼지 못했지만 그래도 아이가 아프다 하는데 아버지라고 있는 자가 안 가볼 수는 없는 일.

"폐하."

내가 가자 시녀들이 깜짝 놀라며 허리를 굽혔다.

"어찌 된 거지?"

"저희도 잘 모르겠습니다."

내가 찾아왔다는 데 놀랐는지, 겁을 먹은 시녀들은 서로 눈치를 살피고 있었다.

난 그런 시녀들을 무시하고 엘비라의 방으로 들어갔다.

"황제 폐하를 뵙습니다."

엘비라를 치료하고 있던 자가 일어나 나에게 무릎을 꿇었다.

"상태는?"

"심각하지는 않습니다. 일주일만 지나면 평소의 모습으로 지내실 수 있을 겁니다."

일주일이나 누워 있어야 할 일이 '심각하지 않다' 라고?

난 속으로 한숨을 내쉬었다.

"무슨 독이던가."

"예. 시크라라고 불리는 독입니다. 이미 해독도 끝났으니 걱정하지 마십시오."

걱정?

아아. 그리고 보니 아까부터 뭔가 걸린다… 했더니 그거였나 보다.

지금 난 엘비라를 걱정하고 있는 게 아니었다.

아마 저자가 '걱정하지 마라'라는 말을 하기 전까지는 내가 너무 무감각하다는 것도 눈치 채지 못했을 거다.

엘비라와 뮤리아가 자칫했다면 죽을 수도 있었다는 걸 알고 있으면서도 말이다.

계속 뭔가 이상하다고는 느끼고 있었겠지만.

난 순간 내가 이렇게 차가운 사람이었나 하는 생각에 실소했다.

"폐하?"

내가 웃자 내 앞에 있던 자가 멍청한 표정으로 날 불렀다.

"왜 그러는가."

"아, 아닙니다. 저… 황녀님의 의식이 깨어나시려면……."

"됐다."

난 엘비라의 일을 설명하려는 걸 막고 돌아섰다.

"치료나 잘 하거라."

내가 말하지 않아도 엘비라가 잘못되면 자신이 죽을 거라는 건 잘 알고 있을 테니 잘하겠지만.

엘비라의 방에서 나온 다음 바로 내 집무실로 돌아갔다.

의자에 등을 기대고 피식 웃어버렸다.

뮤리아나 엘비라 둘 다 내 적도 아닐뿐더러, 싫어하는 사람들도 아니다.

오히려 좋아하고 있다.

그런데… 어째서 그 둘을 걱정하거나, 독에 당했다는 데 놀라지 않았던 걸까.

그래. 그러고 보니 스스로 생각해도 내 행동은 이상했다.

마치 이런 일이 일어날 줄 알고 있었던 것처럼 놀라지도 않았고.

또 그 둘을 전혀 걱정하지 않았다.

안 다칠 거라는 믿음이 있어 걱정하지 않았던 것도 아니었다. 처음부터 '걱정'이라는 것 자체가 없었다.

…그래. 마치 둘 다 죽어도 나와는 상관없다는 것처럼.

"확실히 그렇군."

확실히 이상해. 내가.

"폐하?"

난 제노시아가 날 부르는 소리에 고개를 돌려 빤히 그를 바라보았다.

만약 제노시아가 다쳤다면? 세레나가, 아리아가 이런 일을 당했어도 난 이런 반응이었을까?

순간 나 자신이 무서웠다.

어느 누구도 걱정하지 않고, 마치 인형처럼 감정이 없어지고 있는 것 같았다.

분명히 예전에는…

"폐하?"

내가 계속 빤히 보고 있자 제노시아가 걱정이 되는 듯 다시 날 불렀다.

그 목소리에 상념에서 깨어난 난 쓰게 웃었다.

"아무것도 아냐……."

황제라는 자리에는, 사람의 감정을 없애는 무언가가 있을지도 모른다.

난 처음으로 진심으로 황제라는 자리에서 벗어나고 싶어졌다.

엘비라의 암살 시도는 아주 간단하게 해결되었다.

그 차에 독을 탔던 시녀가 자신의 방에서 똑같은 독을 먹고 자살한 것이다.

아무래도 자살했다기보다 '자살로 꾸며진' 것 같았지만.

하여간 덕분에 그 배후에 누가 있었는지에 대해서는 아무것도 알아내지 못했다.

그리고 사족이지만, 그 시녀는 예전에 내가 연회에서 돌아오던 도중에 들은 이상한 대화를 나눈 사람 중 한 명이란다.

그래서 누가 시켰는지 알 수 있겠구나, 했었지만 그때로부터 시간이 너무 지나서 일어났던 일인지라 감시가 소홀했기 때문에 전혀 모르겠다고 한다.

한심할 일이야.

그리고 베아트리체는 이번 일 이후로 네라파로 돌아갔다.

귀족들이 '황녀님의 암살을 시도한 게 베아트리체님이 아니냐'라며 몰아붙인 결과 질려서 도망간 거라고 할까.

나로서는 더 귀찮을 일이 없으니 좋지만.

엘비라가 15세 되던 날.

축하 연회가 있기 직전에 난 엘비라를 처음으로 집무실로 불러들였다.

뮤리아도 함께.

이전부터 생각해 오던 걸 말하기 위해서였다.

"왔느냐."

"예, 아버님."

처음으로 집무실로 들어온 엘비라는 약간 흥분된 기색이었다.

하지만 뮤리아는 노골적으로 불만 어린 시선으로 날 보고 있었다.

내 말을 들은 일주일 전쯤부터 저런 반응이었다.

"앉거라."

"예."

무슨 말을 먼저 꺼내야 할까.

난 잠시 망설이다가 여전히 불만이 가득한 얼굴을 한 뮤리아를 보고 피식 웃었다.

"뮤리아, 그 정도만 해."

"하지만 폐하, 전 이해하지를 못하겠어요."

뭐, 무리도 아니지.

"아버님?"

우리 대화에 엘비라는 이상하다는 듯 고개를 갸웃거렸다.

아직 어린아이.

내가 황위에 올랐을 때보다 나이는 더 많지만… 그래도 그때의 나보다 더 어려 보이는 아이.

차갑게 남을 자를 줄도 모르고, 또 의심하지도 않지.

지금까지 그럴 필요가 전혀 없었으니까.

하지만 앞으로는 달라질 거다.

"15세가 되었지?"

"예."

엘비라는 내가 왜 이런 걸 묻는지 전혀 모르겠다는 듯한 표정이었다.

"내가 언제 황위에 올랐는지 알고 있느냐?"

"아버님께서 12세 되시던 해… 라고 알고 있어요."

"그래. 벌써 23년 정도 흘렀구나."

시간은 빨리 흐르는군.

사실 루이네가 없어진 지금, 황제의 자리를 더 붙들고 있어도 괜찮겠지만…

"네 친모와 약속했던 것이 있지."

지금은 내가 싫다.

"아버님?"

그러니 루이네와의 약속을 핑계로…

"네가 15세가 되면 황위를 물려주겠노라고."

이런 말을 하는 거다.

내 말에 엘비라는 눈을 커다랗게 떴다.

"아버님! 그런 자와의 약속을 지키실 이유가……."

"조용히 하거라, 엘비라."

나 대신 뮤리아가 엘비라에게 말했다.

그리고 한숨을 푹 내쉬며 어쩔 수 없다는 어조로 말을 이어갔다.

"말릴 수 있었더라면 내가 말렸을 것이다. 그러니 지금은 폐하의 말을 조용히 듣거라. 그리고 나서 네 생각을 말하렴."

뮤리아의 말이 끝나자 엘비라는 혼란스러운 눈으로 나에게 시선을 주었다.

난 피식 웃은 다음 말을 이어갔다.

"그 약속은 이유 중 하나일 뿐이다. 그러니 신경 쓸 것 없어. 그리고 이제 네 나이도 적당하니 물려주지 못할 이유도 없지."

"하지만 아버님……."

엘비라는 울 것 같은 눈으로 날 보고 있었다.

그런 모습에 난 자꾸 웃음이 나왔다.

내가 죽겠다고 하는 것도 아니고, 저렇게 날 보는 이유가 뭔지.

"연회에서, 모두에게 말할 것이다. 그전에 미리 너에게 말해 두는 것이야."

엘비라는 고개를 푹 숙이고 있었다.

무슨 표정을 하고 있을까.

무슨 생각을 하는 걸까.

"나가보거라."

엘비라가 조용히 나가고 나자 뮤리아는 노골적으로 불만을 늘어놓았다.

"이제 루이네도 없어 편할 텐데, 갑자기 물러나시겠다는 이유를 알 수가 없어요. 대체 무슨 생각을 하고 계신 거죠?"

"별로."

나름대로 심각하게 고민했다.

그리고 내린 결론이다.

오래 황위에 있고 싶지 않다는 것.

엘비라의 암살 시도가 있었을 때 확실히 느꼈다고 할까.

이 자리는 사람들의 무덤 위에 있는 자리. 이런 곳에 오래 올라앉아 있으면 사람으로서의 '감정'과 '생각'을 모두 잃어버릴 것만 같았다.

그게 두렵고, 싫었다.

그래서 물러나는 거다.

하지만 그것만으로 내린 결정은 아니다.

"폐하, 이유가 있으시다면 저도 알아야 할 게 아닙니까."

뮤리아가 답답하다는 듯이 말했다.

하긴, 뮤리아도 관계된 일이니 알아두는 게 좋겠지.

"못 느끼고 있나."

"예?"

"요새, 좀 불온한 공기가 돌고 있지."

마치 예전에 루이네가 날 압박하기 위해 움직이던 때와 같은 공기.

한 번 느꼈던 것이기에 더 예민하게 알 수 있었다.

내 말에 뮤리아는 심각한 표정이 되었다.

"무슨 일이 있을 거라는 말씀이세요?"

"아마도."

확신할 수는 없다.

하지만 탁한 공기가 돌고 있는 건 사실이다.

"하지만 그게 물러나실 이유는……."

"확실히 꼭 물러날 이유는 없지. 그들을 잡아들이면 되는 거니까."

"그런데요?"

이제 뮤리아는 무작정 불만을 늘어놓지 않고 조심히 질문했다.

"루이네 때처럼 할 능력이 부족하다."

그때는 루이네와 가장 가까운 측근이었던 카난 공작이 내 편에 섰기에 할 수 있었다.

그게 아니었더라면 포기했어야 할 일.

하지만 지금은 그렇지 않지.

"하지만 불가능한 건 아니잖아요."

물론 무리한다면 상대할 수 있긴 하다.

내가 아무 말 없이 미소 짓자 뮤리아는 알겠다는 듯이 한숨을 내쉬었다.

"지치신 겁니까?"

"비슷해."

같은 일이 반복된다.

이번에 다시 그자를 잡아들이고 처리한다고 해도 또 얼마 지나지 않아 같은 일이 있을 것이다.

그게 당연한 일이다.

이 자리를 노리고…

"계속 같은 일의 반복일 테지. 한 번 권위가 추락했으니 더 심할 테지."

리스튼 황제는 황제로서의 힘을 제대로 휘두르지 못했고, 난 얼마 전까지 루이네에게 눌려 방관하고만 있었다.

황제로서의 권위가 땅에 떨어졌던 셈이다.

그러니 다들 쉽게 생각하고 있을 게 뻔했다.

귀찮고, 힘든 일은 사양이었다.

"단호하시군요."

그럴 리가.

나 역시 엘비라에게 양위를 결심하면서 망설임이 없지는 않았다.

그리고 사실은 지금도 망설이고 있다.

어렵게 오른 자리이고, 또 어렵게 지킨 자리다.

그러니 어떻게 미련이 없을 수가 있을까.

망설임을 끊기 위해 엘비라와 뮤리아에게 양위를 한다는 말을 한 거다.

"뮤리아, 그대의 권한은 엘비라의 아이가 생길 때까지는 변함없어."

'어머니'로서의 권한은 사라지지 않는다.

나의 힘은 양위 후에 급속도로 없어지겠지만.

"그건 상관없어요. 전 폐하께서 물러나시면 스라트로 돌아갈 생각이었으니."

"그래?"

그건 처음 듣는 소리로군.

"예. 아무래도 황궁에 계속 남아 있으면 위험한 일이 많잖아요. 그나마 스라트에서는 황실의 눈치를 보느라 바쁘니 위험한 일이 적을 게 아닙니까."

잘 생각했군.

확실히 양위 후에도 황궁에 머무는 건 위험하다.

황제나 황후의 자리에 있을 때는 위험하더라도 기사들이 확실히 지키니 괜찮지만, 양위 후에는 지켜주는 이가 거의 없다.

"폐하께서는 황궁에 계실 거지요?"

"그래."

가고 싶은 곳도, 갈 수 있는 곳도 없다.

여기서 나고 여기서 자라, 이곳밖에 모르는 내가 어떻게 다른 곳으로 갈 수 있을까.

물론 로이안처럼 변방의 성에 갈 수도 있긴 하지만…

"엘비라가 황제로서 입지를 굳힐 때까지는 움직일 수 없지."

엘비라의 입장에서 보면 갑자기 결정난 거나 다름없는 일일 거다.

그러니 황제로서 제대로 설 때까지는 옆에 있어줄 생각이다.

연회가 시작하자마자 난 내 결정을 모두에게 알렸다.

다들 상당히 동요하는 듯했지만 이내 엘비라에게 가서 꼬리를 흔드느라 정신이 없는 모습들이었다.

그런 모습을 보고 있던 나에게 하네인 후작이 다가왔다.

"상당히 일찍 물러나시는군요."

"아아. 귀찮아서 말이지."

내 말에 하네인 후작은 쓰게 웃었다.

"하지만 폐하, 너무 갑작스러운 결정이었습니다."

"생각은 오래전부터 있었네."

"하지만……."

"하네인 후작."

난 하네인 후작이 뭐라 말하려는 걸 막았다.

이미 결정했으니 이제 더 말하지 말라는 의미로.

그걸 알아챈 하네인 후작은 아무 말도 하지 않았다. 다만 뭔가 말하고 싶은 듯한 눈으로 날 보고 있었을 뿐이다.

"하네인 후작, 내가 물러난 뒤 좀 조심하는 게 좋을 거야."

"예?"

"뭔가… 수상한 움직임이 있으니."

내 말의 뜻을 눈치 챈 하네인 후작은 흠칫 놀라며 입을 다물었다.

그때 카난 공작과 레비스가 다가왔다.

"폐하."

"아아, 왜 그러지?"

레비스의 눈에는 걱정이 가득했다.

정말이지, 레비스는 신기하다니까. 오랫동안 이런 곳에 있으면서도 저렇게 인간적으로 살기 어려운데 말이야.

레비스와는 정반대로 카난 공작의 눈은 차갑게 빛나고 있었다.

얼굴은 웃고 있었지만.

"둘 다, 상당히 놀란 모양이로군."

"당연하지 않습니까."

바로 대답하는 모습에 난 웃었다.

"받아들여 주게. 3년쯤 전부터 생각하던 일이니."

"알고 있습니다. 폐하께서 경솔한 생각으로 이런 일을 결정하셨을 리가 없다는 걸 말입니다."

카난 공작의 말에 날 말리려는 기색을 보이던 레비스는 아무 말도 하지 못했다.

지금 내게 '다시 생각해 달라'는 말을 하면 마치 자신은 날 믿지 못하고 있다는 말이나 다름없게 되기 때문이겠지.

이런 내 말을 바로 받아들인 건 카난 공작뿐이군.

카난 공작이 정말 자신의 말처럼 내 생각을 믿어서인지, 아니면 달리 생각이 있어서 받아들이는 건지는 알 수 없지만.

엘비라에게 양위를 한 후 난 작은 궁으로 자리를 옮겨 지내고 있었다.

아직 어린 엘비라는 거의 매일 나에게 와서 이야기를 나눈다.

때로는 조언을 구하고, 때로는 스라트로 가버린 뮤리아를 그리워하는 말을 하기도 하면서.

"폐하, 키나이가 왔습니다."

제노시아의 말에 난 피식 웃어버렸다.

키나이는 고집스럽게 아직도 엘비라를 황제로 인정하지 않고 있었다.

그 이유는 단순했다.

자신에 대해 조금도 알아내지 못했다는 것.

예전의 나처럼 키나이에 대해 스스로 알아내야 하는 거다.

"무슨 일인가."

"좀 수상한 움직임을 느꼈습니다."

"그런 건 엘비라에게 말해야 하는 거 아닌가?"

엘비라도 '그림자' 의 존재는 알고 있다. 다만 어떻게 해야 자신을 따르게 할 수 있는지 모르고 있을 뿐.

느긋한 내 태도와 달리 키나이는 약간 긴장한 눈치였다.

"확실하진 않지만, 얼마 전부터 귀족들 중 누군가가 '하시오니안' 의 재료를 구하고 있습니다."

그 말에 난 웃음기를 싹 거뒀다.

"유명한 독이로군."

'하시오니안'은 역사에도 여러 번 나타났고, 또 나도 써본 적이 있는
독이다.

마시면 시간을 두고 일정 시간 뒤에야 효과를 나타내기 때문에 해독이
어렵다는 독.

"예. 누군가가 움직일 것입니다."

"그래… 누가, 누구를 노리고 있는지는 아직 모르나 보군."

"예."

이건 심각한 문제다.

"그 약의 제조에 시간이 오래 걸리나?"

"아닙니다. 재료만 갖추어지면 2, 3시간 안에 만들 수 있습니다. 그리
고 그들은 이미 재료를 다 모은 듯합니다."

그럼 벌써 제조했겠군.

누구를 노리는 걸까.

가장 가능성이 높은 건 엘비라겠지만 그 아이의 식탁에 올라가는 건
전부 마법적인 처리를 하기 때문에 독살당할 가능성은 낮다.

그러면 혹시…

"키나이."

"예."

"나와 비슷한 체구를 지닌 시체가 필요할지도 모르겠다."

내 말에 키나이는 눈을 크게 떴다.

"그 말씀은……"

"아마 내가 표적일 가능성이 있어."

내 말에 키나이는 깊이 고개를 숙이고 알겠노라며 가버렸다.

난 갈증이 나서 앞에 두었던 와인을 마셨다.

대체 누가…

"폐하, 정말 그렇게 생각하십니까?"

제노시아의 말에 난 무겁게 고개를 끄덕였다.

"그래. 엘비라를 노린다면 독이 아닌 암살자를 고용하는 게 더 낫지. 독은 불확실하니까."

그러니 내가 가장 가능성이 높다.

하지만…

"이건 어디까지나 추측이야."

확실하지 않다.

어느 귀족 가문의 집안싸움일 수도 있는 일이고.

난 다시 와인을 한 잔 더 마셨다.

"확실하진 않아."

난 아직 죽고 싶지 않다.

황위를 내어준 이유 중 하나가 바로 그것이었다.

그러니 아직까지는 살 것이다.

그날 밤.

난 이상하게 가슴이 답답해져 옴을 느꼈다.

"크윽……."

순간 머리 속에 낮에 키나이와의 대화가 스쳐 지나갔다.

"귀족들 중 누군가가 '하시오니안'의 재료를……."

"재료만 모이면 2, 3시간 내에……."

"이미 재료를 다 모은 듯……."

"설마……."

난 거칠게 숨을 몰아쉬었다.

가슴에 느껴지는 통증 때문에 왼손으로 가슴을 세게 움켜잡았다.

그리고 억지로 몸을 일으켰다.

"제… 노… 시아……."

간신히 입을 열어 제노시아를 불렀지만 너무 작은 목소리만 나올 뿐이었다.

"큭."

가슴이 조여오고 있었다.

아아. 예전에 시에라도 똑같은 고통을 느꼈겠지, 하는 생각이 들자 고통스러운 와중에도 살짝 웃음이 나왔다.

그때였다.

"폐하?"

낮에 내가 부탁했던 일의 보고 때문인지, 평소처럼 키나이가 갑자기 내 방에 나타났다.

아아, 처음으로 키나이의 저런 버릇이 마음이 드는군 그래.

내 의식이 점점 멀어지는 걸 느꼈다.

*   *   *

황궁은 조용했다.

갑작스러운 선황의 죽음으로 황제인 엘비라는 침울해 있었다.

황궁은 그날부터 지금까지 죽음 같은 고요에 싸여 있었다.

오늘은 선황, 앨리언의 장례가 있는 날이었다.

"아버님의 죽음은 이상해요."

엘비라는 죽은 앨리언이 신임하던 두 사람, 리튼 공작과 하네인 후작을 불러다가 사실을 털어놓았다.

"그저 암살자가 움직였다기에는 너무 이상해요. 시신이 알아볼 수 없을 정도로 훼손되어 있었어요."

"예?"

"그런……."

암살자가 움직였다 해도 그건 이상했다.

하네인 후작과 리튼 공작은 처음부터 앨리언의 죽음이 자연사가 아니라는 것 정도는 짐작하고 있었다.

아직 40세도 안 된 선황이었다. 그러니 자연사일 리가 없었다.

하지만 그걸 알고 있었다고 해도 엘비라의 입에서 나온 말은 두 사람을 놀라게 하기에 충분했다.

"훼손이라니… 그런……."

하네인 후작은 입을 막았다.

암살자가 굳이 시신을 훼손시킬 이유가 없었다.

"뭔가 있어요. 그것 때문에 전 두 분을 불렀습니다."

엘비라는 언젠가 앨리언이 해준 말을 떠올렸다.

"아버님께서는, 무슨 일을 의논하려면 두 분과 하라 했습니다. 카난 공작은 안 된다 하셨지요."

이상하게도 앨리언은 늘 엘비라가 카난 공작을 믿는다는 듯한 말을 하면 카난 공작을 믿지 말라는 말을 했다.

"그럼 폐하께서는 카난 공작을 의심하시는 겁니까?"

리튼 공작이 조심스럽게 묻자 엘비라는 고개를 저었다.

"그건 아니에요. 다만 아버님의 말씀대로 조금 주의하고 있을 뿐입니다."

"폐하, 우선 한동안은 카난 공작에게 기대는 척을 하세요."

하네인 후작의 말에 엘비라는 눈을 가늘게 떴다.

무슨 뜻으로 하는 말인지 알 수가 없었다.

"그렇게 한다면 만약 카난 공작이 선황 폐하의 죽음과 관련이 있다면, 폐하께서 알아채실 수 있을 겁니다. 아마 폐하를 조종하려 들 테니까요."

그 말이 맞다고 생각한 엘비라는 고개를 끄덕였다.

"그렇게 하지요."

엘비라는 장례가 시작되기 전, 카난 공작을 만나야겠다고 생각했다.

하지만 엘비라는 여전히 카난 공작을 굳게 믿고 있었다.

장례가 시작되기 얼마 전, 엘비라의 부름에 집무실을 찾은 카난 공작은 울 것 같은 표정을 한 엘비라를 볼 수 있었다.

카난 공작은 엘비라가 그런 모습을 보이는 게 당연하다고 생각했다.

자신이 황제가 되고, 은거하신 뒤에도 계속 도와주던 아버지가 갑자기 돌아가셨으니.

앨리언의 장례식이 거행되기 직전에 엘비라는 자신이 믿고 있는 카난 공작을 붙들고 하소연하기 시작했다.

"어떡하지요, 카난 공작?"

말하다 보니 엘비라는 눈물이 나올 것만 같았다.

지금의 엘비라에게는 앨리언이 죽었다는 소식보다 앞으로 홀로 서야 한다는 게 더 충격이었고, 두려웠다.

하네인 후작의 말대로 연극을 할 생각이었는데, 그뿐이었는데.

하네인 후작과 리튼 공작을 불러 이야기를 할 때보다 훨씬 두렵고, 울고 싶었다.

마치 이제야 정말로 앨리언이 죽었다는 것이 실감이 나는 듯이.

"너무 걱정 마십시오. 선황께서는 폐하보다 훨씬 어리실 때부터 황제의 자리에 앉으셨습니다. 그리고 제가 도와드리고 있지 않습니까."

카난 공작의 말에 엘비라는 조금 안심이 되었다.

카난 공작은 자신의 아버지인 앨리언을 계속 도와온 인물이었고, 자신에게 역시 상당히 힘이 되어주었던 사람이다.

믿을 수 있는 사람이다.

그렇게 생각한 엘비라는 마음을 놓았다.

"고마워요."

"아닙니다. 당연한 일입니다."

엘비라를 안심시킨 카난 공작은 살짝 미소 지었다.

그렇게 마음을 진정시킨 엘비라는 당당한 태도로 홀로 나갈 수 있었다.

그리고 장례식이 시작되자, 카난 공작은 당당한 모습으로 장례를 진행하고 있는 엘비라는 보며 차게 미소 지었다.

'루이네 언니, 이번엔 내가 이겼어요. 같은 걸 원할 때마다 거의 다 제가 졌지만, 이번만은 제가 이 나라를 손에 넣었는걸요. 이번만은, 제 방법이 더 좋았던 듯하군요.'

속으로 이미 죽은 시르 공작에게 승리를 선언하며 앞에서 연설하고 있는 자신의 예쁜 인형을 바라보았다.

모든 것이 만족스러웠다.

하지만 카난 공작은 마음 한구석이 석연치 않았다.

'어째서 시체의 목이 없었던 걸까. 설마 앨리언 황제가 아직 살아 있는 건 아니겠지?'

분명히 독을 썼는데, 엘비라의 말에 의하면 자객에게 당한 듯하다고 했다. 시신이 온전치 못해 살아생전의 아버지 같지가 않다고.

'설마… 살아 있을 리가 없어.'

카난 공작은 애써 마음을 진정시키며 앞을 보았다.

하지만 카난 공작은 모르고 있었다.
아직은 자신이 이긴 게 아니라는 것을.
예전에 루이네와 앨리언이 대치하던 모습이, 지금은 엘비라와 카난 공작으로 바뀌어 똑같이 되풀이되려 하고 있었다.
엘비라는 앨리언처럼 불완전하지 않게 끝을 낼 수 있을지…

에필로그

그날, 어느 고급 여관의 식당에서 세 사람이 누군가를 기다리고 있었다.

한 사람이 계속 피식거리며 웃자 그 사람과 같은 청은발을 지닌 여자가 핀잔을 주었다.

"뭐가 그렇게 우스워?"

"아아, 살아서 내 장례를 경험하고 있잖니."

그 말에 다른 한 사람은 난처해 보이는 미소를 띠었다.

"즐거워하실 일은 아닌 것 같습니다만."

"하지만 재미있는 일인 건 사실이지."

"그나저나 늦네, 아리아."

"많이 놀랐겠지. 죽었다고 발표되어 있는 사람에게서 편지가 왔으니."

당연하다며 고개를 끄덕이는 모습에 여자는 입을 삐죽이 내밀었다.

"나도 엄청 놀랐었어. 내가 오빠 죽었다는 말에 얼마나 울었었는지 알아?"

"미안해."

전혀 미안하지 않다는 듯이 태연하게 하는 말에 여자는 기운이 빠진다는 듯 축 늘어졌다.

"아리아는 어차피 같이 여행 갈 수는 없는데. 그냥 편지만 보내고 말걸 그랬나?"

"그래도 그럴 수는 없잖아. 한 번 정도는 만나고 가야지. 게다가 여행이라고 해도 네가 교황에게 승인을 받을 때까지일 뿐이야. 이후로는 조용한 곳에 정착해야지."

그들이 이런저런 이야기를 나누고 있을 때 식당의 입구에서 적갈색의 긴 머리를 지닌 여인이 들어왔다. 급하게 뛰어왔는지 숨을 가쁘게 몰아쉬고 있었다.

그 모습을 발견한 청은발의 남자는 웃으며 손을 들어 위치를 알렸다.

"아리아."

남자가 부르자 아리아라 불린 여자는 활짝 웃었다.

"앨리언님!!"

외전

핏빛의 사랑

어머니와 같이 풀숲에서 놀던 소녀는 꺄르르 웃었다.
그리고 고운 노래를 불렀다.

열리는 밤을 비추며 푸른 달빛이 내려앉는 지금
내 앞에 있는 그대의 사랑을 받아서
월하(月下)의 꽃처럼 피어납니다.

언젠가는 믿을 수 없는 진실을 알게 되겠죠.
언젠가는 차갑게 날 잡는 그대의 손을 느끼겠죠.

곧 붉게 만들어질 미래는 지금 내 손에 있는데…
곧 붉게 만들어질 미래엔 그대의 손이 있는데…….

그저 빛이 좋아, 빛이 좋아서
붉은빛 속에 뛰어들어요.

막 어머니에게 배운 노래를 즐겁게 부르며 웃고 있었다.

"유니, 그 노래는 조심해서 불러야 해."

어머니의 걱정스런 목소리에 유니라고 불린 소녀의 볼이 부풀었다.

"하지만 예쁜 노래인걸요."

"그렇게 느껴지니? 하지만 좋은 노래가 아니란다."

어머니는 유니의 머리를 쓰다듬어 주며 걱정 어린 말을 했다.

"이 노래와 얼마 전에 가르쳐 주었던 노래는 함부로 부르면 안 된단다. 피를 부르게 돼."

떠돌이 가희(歌姬)로서 몸을 팔아 낳게 된 아이였지만 그녀는 유니를 사랑했다.

그랬기에 자신의 운명을 물려주고 싶지 않아 지금까지 노래를 가르치지 않았는데 이번에 몸담고 있는 곳의 단장이 노래를 가르치지 않을 것이면 그냥 버리고 가라는 말에 유니와 헤어지고 싶지 않아 가르치게 되었던 것이다.

그런데 이상하게 딸은 가르쳐 준 노래 중에서 유독 두 가지를 마음에 들어했는데 그 노래가 둘 다 피를 노래한 것이라 걱정이 이만저만이 아니었다.

"약속해 주렴, 되도록 부르지 않겠다고."

유니는 아무것도 이해하지 못했다.

왜 예쁜 노래를 부르지 말라는 건지 이해하지는 못했지만 너무나 슬퍼 보이는 어머니의 눈에 그냥 고개를 끄덕여 약속했다.

"싫어요. 이 아이를 보내지 않겠어요."

이제 병이 든 어머니가 유니를 붙들고 있었다.

유니는 겉으로는 걱정하는 듯이 잡혀 있지만 보이지 않게 얼굴을 찌푸리고 있었다.

"이봐, 안 좋은 곳에 보내는 것이 아니잖아. 그것도 하찮은 곳에 보내는 게 아니라 황성의 가희(歌姬)가 되는 거라고."

어제 미리 단장의 말을 들었던 유니는 이런 좋은 기회를 버리라고 하는 어머니가 싫었다.

'이런 곳에 계속 있어봐야 창녀(娼女)밖에 더 될까. 그런데 왜 못 가게 하는 거야? 왜?'

이곳의 가희는 유니뿐이 아니었다. 그리고 궁에서 원하는 15세 이하의 어린 가희들 중에 자신보다 실력도 좋고 예쁜 아이도 있었다. 어머니가 계속 반대한다면 이 좋은 기회는 다른 아이에게 돌아가게 될 것이다.

지금은 단장이 아픈 어머니를 잘 보살피는 모습을 보고 좋은 데로 가서 행복해질 권리가 충분하다며 유니에게 먼저 제의하고 있지만 마음을 바꿀지도 모른다.

거기까지 생각이 미친 유니는 잠시 단장에게 양해를 구했다.

"잠깐만요, 단장님. 제가 설득할게요. 제가 내일 아침까지 어머니를 설득시킬게요. 그러니까 제가 가게 해주세요."

자신의 팔을 잡고 애원하는 유니의 말에 단장은 잠시 생각하더니 고개를 끄덕였다.

"그래, 하지만 저녁까지 대답해. 안 그러면 리리를 보내겠다."

단장은 일부러 떠보듯 라이벌인 '리리'를 언급했다.

리리는 어머니 없는 고아에 다른 가희들에게 노래보다 악기를 배워 가희들의 노래에 반주를 넣어주는 아이이지만 노래도 제법 불렀다.

그 말에 유니는 더욱 다급해졌다.

'망할 놈의 할멈이 왜 내 앞길을 막는 거야?'

단장이 나간 후 유니는 어머니를 무섭게 노려보았다.

"왜 못 가게 하는 거야?"

"유니야, 하지만 엄마는……."

다른 사람이 없으면 바로 달라지는 유니를 조금은 무서워하는 어머니는 떨면서 입을 열었다. 하지만 유니는 들어주지 않았다.

"조용히 해. 황제의 옆에 있게 되는 거라고. 내가 여기서 '당신'처럼 썩어서 비참하게 죽기를 바라는 거야?"

잔인하게도, 잔인하게도 유니는 자신의 어머니를 '당신'이라고 불렀다.

그 말에 다시 어머니의 눈에는 슬픔이 비쳤다.

"지긋지긋해. 댁 병시중도, 죽을 듯하며 죽지 않는 당신도, 끝없이 이어지는 이런 하찮은 방랑도, 그리고 당신의 엄청난 집착도 싫어!"

유니는 마구 소리치며 물건을 집어 던졌다.

"유니야……."

어머니의 겁에 질린 소리도 귀에 들어오지 않고 지쳐서 숨을 몰아쉬고 있는데 갑자기 문이 열린다.

깜짝 놀란 유니가 뒤를 돌아보자 리리가 보인다.

자신의 편한 친구이자 라이벌인 리리는 편안한 인상을 가진 갈색 머리칼에 푸른 눈을 지닌 예쁘다기보다 귀여운 느낌이 드는 소녀였다.

라이벌이긴 해도 자신과 성격이 가장 비슷하고 서로 속내를 털어놓는 좋은 친구였다.

"뭐야? 너구나?"

안심한 유니가 편한 표정을 지었다.

리리는 엉망이 된 방을 둘러보며 예쁘게 웃었다.

"뭐야가 아냐. 다른 사람이 들어왔으면 어떻게 설명하려고 이런 짓을 했니?"

"저 여자가 히스테리 부렸다고 하지."

어머니의 이야기를 하면 갑자기 차가워지는 유니였다.

"단장이 너 좋은 데 보내주겠다고 했지?"

"어떻게 알았어?"

유니는 깜짝 놀랐다. 비밀인 줄 알았는데.

"그렇게 경계할 필요없어. 난 다른 데 가게 됐거든."

리리가 상큼하게 웃자 유니는 안심했다.

아까 단장이 했던 말에 자신의 자리를 뺏길까 봐 걱정되었던 것이다. 그런데 아니라니.

"다행이야."

"다행이지. 나랑 경쟁했으면 넌 당연히 떨어졌을 테니까."

"잘난 척은."

리리가 일부러 머리를 쓸어 넘기며 오만하게 말하자 유니는 한심하다 는 반응을 보였고 둘은 서로를 마주 보고 깔깔거리며 웃었다.

유니가 뭔가 초조해할 때면 리리는 일부러 천한 갑부 부인들의 오만한 태도를 흉내 내거나 하며 웃었기 때문에 자연스럽게 웃으며 기분이 좋아 졌다.

즐겁게 웃은 뒤에 주변을 정리하며 서로 제시받은 곳에 대한 이야기를 했다.

"난 어떤 귀족 집이야."

"그래? 난 아린드 국 수도."

둘은 서로의 다음 말을 기다렸다.

하지만 라이벌인지라 더 좋은 곳으로 가게 되었을까 봐 둘 다 다음 말을 아꼈다.

그러다가 자신이 더 나은 곳이라는 자신이 있던 유니가 먼저 입을 열었다.

"그 제국 황제의 성에서 가희가 되는 거야."

말하면서 자신이 약간 흥분해 버린 걸 느낀 유니는 얼굴이 붉어지면서 멋쩍은 웃음을 흘렸다.

"헤헤헤······."

그 모습에 리리는 웃으면서 바닥에 떨어진 꽃병을 다시 테이블에 바로 놓고 꽃을 꽂았다.

"좋겠구나."

리리는 더 이상 자신에 대한 이야기를 하지 않았다.

그저 속으로 유니를 비웃을 뿐이었다.

'겨우 가희로 가는 거면서 그렇게 좋아하다니, 가희의 운명은 거기서나 여기서나 다를 것이 없다는 걸 모르니?'

뒤에 서 있어 리리의 표정을 알 수 없는 유니는 자신이 이겼다는 생각에 자신만만한 웃음을 띠고 있었다.

돌아서서 꽃을 예쁘게 장식하던 리리는 꽃을 다 꽂고 빙글 뒤돌아서 유니를 마주 보았다.

"너희 어머니가 허락하셨어?"

"아니."

즐겁게 웃던 유니의 표정이 바로 일그러진다.

리리는 귀엽게 웃었다.

그 모습에 유니는 즐거워졌다. 리리는 저런 표정을 지을 때마다 자신에게 좋은 방법들을 일러주었기 때문이다.

"꼭 허락받을 필요있니? 단장님께는 허락받았다고 말하면 되잖아."

"하지만 저 여자에게도 물어볼 텐데."

"바보 같애, 너. 단장님이 네 말을 잘 믿잖아. 그리고 요새 네 어머니 가끔 좀 이상하니까 괜찮을 거야."

리리의 말에 정신이 번쩍 들었다.

"고마워."

유니는 바로 고맙다는 인사를 하고 단장에게 달려갔다.

혼자 남은 리리는 방금 전과는 전혀 다른 싸늘한 눈동자를 하고 유니의 어머니에게 다가갔다.

"쿡쿡… 댁의 딸이 최악의 길로 가네요, 어머니."

리리는 누워 있는 여인의 머리칼을 다정스럽게 쓸었다.

"막아. 막아줘."

"싫어요. 제가 왜 그래야 하죠?"

리리는 잘 알고 있었다.

떠돌아다닐 때와는 달리 귀족들이 가득한 그런 성에 들어가면 가희라는 존재는 노예보다 못한 존재라는 것을.

그리고 운이 좋아 측실이 된다 해도 절대 평탄하지 않을 것이라는 것을.

사소한 질투라는 건 알고 있지만, 자신이 말릴 수 있다는 것도 알고 있지만… 혼자만 어머니의 사랑을 받고 있다는 데에 대한 질투 때문에 말릴 마음이 들지 않는 것이다.

"너, 너……."

"화내지 말아요, 어머니. 나의 어머니……."

리리의 눈에 슬픔이 어렸다.

"같이 태어났는데… 나도 당신의 아이인데 왜 전 버리고 저 아이만 거두신 거죠? 전 알 수가 없어요. 유니보다 내가 무엇이 못해서……."

리리는 슬프게 중얼거렸다.

"닥쳐! 넌 내 아이가 아냐!"

"거짓말……. 당신이 낳았잖아요."

"넌 악마의 아이야."

어머니는 힘들어하는 와중에도 한 자 한 자 또박또박 잔인하게 말했다.

리리는 웃었다.

'어쩌면 유니의 잔인한 면은 당신에게 물려받았는지도 모르겠네요' 라고 속으로 중얼거리는데 물방울 하나가 볼을 타고 흘러내렸다.

"유니를 사랑한 반만이라도 절 사랑해 주시길 바랐었는데, 10살 무렵 처음 서로에 대해 말하게 되었는데 유니는 저에 대해 전혀 모르더군요."

"너, 유니에게……."

"동생에게 해를 가할 생각은 없어요. 전부 자신이 선택한 거잖아요?"

지금까지 리리는 유니를 동생이라 여기며 아껴주고 있었다. 이번 선택은 자신이 말리지 못하는 일이라는 걸 잘 알기에 그냥 내버려 둔 것뿐이었다.

"저를 보는 것도 이번이 마지막이에요, 어머니. 한 번만이라도 안아주길 바랐는데."

아쉬워하는 리리에게 어머니는 독설을 내뱉었다.

"사창가에 팔린 모양이군."

창녀나 되지 그러니?

이런 말에 상처받기는 너무 자주 들은 말이라 생각하면서 리리는 슬며시 웃었다.

"어라? 아까 못 들으셨나요? 귀족가에 가게 되었어요. 가희로 가는 게 아니라 절 마음에 들어하신 어느 자작 부부에게 입양됐지요."

리리의 얼굴에서 계속 물방울이 떨어졌다.

"뭐?"

"전 가희가 아니니까요. 그저 13살 난 아이인데다가 고아… 니까요."

그러면서 리리는 눈을 닦았다.

오늘 저녁에 새로운 어머니와 아버지가 자신을 데리러 올 것이다.

그래서 그전에 어머니에게 다정하게 안겨보고 싶었다. 이제 모든 끈이 끊어지니까 마지막으로 어머니를 불러보러 왔는데 어머니는 역시 자신을 거부했다.

"안녕히… 어머니. 이제 정말 남이 되겠군요."

곱게 인사하고 방문을 닫은 리리의 고개 숙인 얼굴에서 다시 물이 떨어졌다.

"흑… 흑……."

참지 못하고 흐느끼는데 옆에서 포근히 안아주는 손길이 느껴졌다.

자신이 우는 걸 들킨 데 당황해 고개를 드니 자신의 어머니가 되고 싶다고 했던 여인이 남편과 함께 슬픈 표정으로 서 있었다.

"아……."

"울지 말거라, 내 딸아……."

그러면서 포근히 품에 안아주는 그 어머니의 손길이 너무 따뜻해서 리리는 그만 그녀의 품에서 목놓아 울어버렸다.

"어머니……."

"그래……."

그 둘을 부드러운 눈길로 보던 남자는 리리가 적당히 울음을 그치자 리리의 어깨에 살짝 자신의 옷을 걸쳐 주었다.

"내 딸은 울보구나."

"…너무해요……."

남자는 미소 지었다. 그리고 리리도 작게 웃었다.

리리는 그 두 사람에게 둘러싸여 아래로 내려갔다.

2층의 단장이 머무는 방에서 유니는 귀엽게 웃으며 입을 열었다.

"가도 좋대요."

"그래? 다행이구나."

"네."

즐겁게 웃던 유니는 갑자기 리리가 생각났다.

분명 리리도 이번에 이 유랑 악단을 떠난다고 했었다.

"아참. 단장님, 이번에 리리도 간다면서요?"

"응? 그 말을 들었니?"

"예, 아까 리리가 어머니와 제가 있는 방에 왔거든요."

"그래, 너희 둘은 사이가 좋지."

단장은 한시름 놓았다는 듯 한숨을 내쉬었다.

"다행이지 뭐냐, 혼자 남지 않게 되어서. 게다가 둘 다 괜찮은 곳으로 가게 되었으니……."

그 말에 유니는 웃었다.

리리를 이겼다는 생각에 기분이 더 좋았다.

"참, 어머니 상태는 어떠니?"

"예? 아, 늘 그렇지요."

용건을 빨리 끝내고 빠져나가고 싶었지만 꼼짝없이 붙들린 유니는 단장의 말에 이러니저러니 맞춰주면서 딴생각을 하고 있었다.

'가서 잘하면 황제의 아내가 될 수도 있을 거야. 그렇게만 하면 이런 지긋지긋한 생활은 끝이다. 아니지. 꼭 그렇게까지 되지 않더라도 거기 머무는 것만으로도 충분해.'

단장도 자신만의 세계에 빠져 열심히 혼자 이야기하고, 유니도 자신의 미래를 멋대로 꿈꾸며 공상에 빠져 있는데 밖에서 작은 노크 소리가 들렸다.

똑똑.

"들어와!"

이야기를 방해받은 단장이 짜증을 섞어 소리쳤다.

문이 열리고 들어온 사람은 귀족처럼 고운 옷감의 옷을 입고 단아한 외모를 가진 남녀와 낡은 자신의 옷 위에 고급 외투를 걸친 리리였다.

"어?"

당황한 유니가 사람들을 차례차례 훑어보았다.

아무리 봐도 시녀나 악사로 쓸 아이를 데리러 온 분위기가 아니었던 것이다.

약간 눈이 빨개져 있는 리리를 여자가 뒤에서 감싸고 있었고 남자는 한 손은 여자의 어깨에, 한 손은 리리의 어깨에 둘러서 다정하게 감싸고 있었다.

"앗, 나으리 아니십니까?"

단장은 유니가 놀라든 말든 신경 쓸 여유가 없었다.

벌떡 일어나 비굴하게 인사했다.

"내일이 아니라 지금 데려가고 싶은데."

남자는 거두절미하고 용건을 꺼냈다.

"예? 소르엔 자작님, 그게 무슨 말씀이십니까?"

단장은 일단 자리를 권했다.

소르엔 자작 부부는 자리에 앉았고 자작은 자신의 무릎에 리리를 앉혔다. 처음에 리리는 부끄러워하며 싫어했지만 일단 앉히자 얼굴을 붉히며 아버지에게 하듯 매달렸다.

그 모습에 부부는 잠시 미소 짓다가 다시 단장에게 눈을 돌렸다.

"오늘 어차피 자식이 될 것이니 이야기나 좀 하려고 왔어요. 그런데 이곳에 이 아이를 더 두기가 싫군요."

소르엔 자작 부인이 차갑게 말하자 리리가 살짝 움찔했다.

부인은 그런 리리를 다정하게 안아주며 덧붙였다.

"그러니 내 딸을 데려가겠다는 거예요. 뭐 잘못된 게 있나요?"

리리에게는 다정하기 그지없었다.

'딸'이라는 그 말에 충격을 받은 유니는 멍하니 있다가 정신이 들었다.

"딸?"

그때야 유니의 존재를 알아차린 자작 부부는 의아한 표정을 지었다.

"누구죠?"

자작 부인의 말에 단장이 소개했다.

"아, 유니라는 아이입니다. 이번에 궁에 가희로 보내게 되었는데……."

"됐다."

단장이 뭐라 더 설명하려는 것을 들을 필요도 없다는 듯 잘라 버린 소르엔 자작은 리리의 머리를 쓰다듬었다.

"겨우 가희 계집애에 대해 알 필요는 없지."

아까 우연히 리리, 유니의 어머니와 리리의 대화를 듣게 되었던 소르엔 부부는 '유니'라는 이름에서 모든 걸 짐작하고 일부러 리리의 앞에서 유니를 깎아내렸다. 그러자 그 마음을 어렴풋이 눈치 챈 리리는 자신도 모르게 작게 웃었다.

그런 모습에 소르엔 부인은 안심했다.

"단장."

"예?"

"데려가도 되겠지?"

"물론입니다."

단장이 비굴하게 구는 모습을 유니는 멍하니 보고 있었다.

"과거를 버린다는 뜻에서 이름을 새로 짓는 게 좋겠구나. 괜찮겠니?"

자작의 부드러운 질문에 리리는 작게 대답했다.

"전 상관없어요. 부를 이름이 없어서 마음대로 끼워 맞춘 이름이거든 요."

"그럼 이번에 신전에 축복을 받으러 가서 이름을 받자꾸나."

소르엔 부인이 희색이 만면하여 말했고, 자작은 자신의 무릎에서 리리 를 내려놓고 자신도 일어났다.

그 부부가 리리를 데리고 가는 모습을 멍하니 보고 있던 유니는 정신 을 차리고 단장을 잡았다.

"단장님, 뭐예요?"

"응? 뭐가?"

"어째서, 어째서 리리가……."

이런 일에 혼란스러워하는 유니가 이상하다는 듯 단장은 웃었다. 그리 고 설명해 주었다.

"이번 공연에서 리리가 하프 연주하는 걸 보게 된 소르엔 자작 부부가 입양하고 싶다고 했지. 리리는 어머니가 버렸으니 아무 문제가 없어서 리리가 원한다면 그러자고 했더니 나도 모르는 사이에 서로 만나서 이야 기했나 보군."

단순한 설명에 유니는 머리를 맞은 듯한 충격에 휩싸였다.

분명히 오늘 아침까지는 자신이 우위에 있었다.

이 극단에서 가희와 악사라는 차이도 그렇고 리리에게는 어머니가 없다는 사실도 그랬다. 그런데 갑자기 뒤집어졌다.

"유니, 어머니에게 가봐야 하는 거 아냐?"

단장의 말에 유니는 유령처럼 멍청히 걸어서 어머니가 있는 방으로 돌아갔다.

"유니 왔니?"

힘없는 어머니의 목소리가 싫었다.

그리고 순간 화가 치밀어 소리쳤다.

"당신 때문이야! 당신이 있어서 내가 양녀로 가지 못했어. 귀족이 될 수 있었는데 당신 탓이야! 당신만 없었으면, 당신만 없었으면……."

어머니라는 존재 탓에 자신이 입양되지 못한 것 같은 기분에 마구 소리쳤다.

난동을 부린 후에야 기분이 나아져서 그만두고 의자에 앉았다.

그런 유니를 보며 어머니는 그저 눈을 감고 소리없이 흐느낄 뿐이었다.

"상관없어, 상관없어. 궁에 가면… 더 나아질 수 있어. 아닐 거야. 말만 입양이라는 거겠지. 그리고 정말, 정말로 입양한 거라도 얼마 못 가 버림받을걸? 네 주제에 귀족이 될 수 있을 리가 없지. 두고 봐."

기필코 리리보다 나은 신분이 되리라 결심하면서 눈을 빛내는 유니였다.

다음날 유니는 궁정 음악사라는 자의 손에 이끌려 떠났다.

그리고 그 모습을 보며 유니의 어머니는 손목을 그었다.

유니는 궁에 들어간 지 5년이 지났을 무렵 자신의 현실을 뼈아프게 느꼈다.

황제의 여인은 자신보다 아름다웠고 일개 악사들의 목소리도 자신보다 훨씬 예뻤다.

절망을 느낄 무렵에 큰 파티가 있었다.

수확을 감사하는 축제였고 유니는 5년 만에 간신히 홀에서 노래를 부를 수 있게 되었다. 물론 주역인 가희는 따로 있었지만 유니에게는 최대의 기회인 셈이었다.

수확제는 신관들과 황제가 신에게 수확에 감사하는 말을 전하고 나면 가희들이 노래를 부르고, 그러고 나면 파티가 시작된다.

수확제는 모두가 즐길 수 있는 축제.

평민들도 홀 안에 들어오지는 못하지만 정원까지는 들어와서 분수에 채워진 와인을 즐기며 신나게 논다. 물론 홀 안을 비롯해서 성 안에는 초대받은 자만이 들어올 수 있다.

가희들은 원래 성안에서 생활하니 이 축제를 정말 마음껏 즐길 수 있다. 게다가 수확제에서 노래를 부르는 데 뽑히면 노래를 부른 뒤 귀족들과 궁 안의 시녀들만이 있는 홀에서 축제를 즐길 수 있다.

이곳에 오기 전 떠돌이 시절에 어떤 여자에게 들은 이야기로는 그때에 눈에 든 가희나 무희들이 귀족들의 첩이 되는 경우가 많다고 했다.

'귀족들의 눈에라도 들면……..'

유니는 나름대로 필사적이었다.

그래서 머리도 더 정성스럽게 치장하고 옷도 예쁘게 입었다.

홀에서 노래를 부른 뒤에는 자유롭게 축제를 즐길 수 있다. 홀 안에서 귀족들과 같이 즐길 수 있는 것이다.

"유니, 지금 뭐 하고 있는 거냐?"

거울을 보며 옷을 다듬고 있는데 선배의 호통이 울렸다.

유니는 귀엽게 웃었다.

"오늘 노래하잖아요. 그래서……."

"빨리 나가서 일이나 도와."

선배가 화를 내자 유니는 명랑하게 대답하며 시녀들의 일을 돕기 위해 나갔다.

그러면서 속으로 욕을 퍼부었다.

'쳇, 자기가 이번에 안 뽑혔다고 괜히 신경질은. 저렇게 못생겼으니 날 뽑은 게 당연한 거잖아. 왜 날 가지고 그래?'

일을 도우러 가니 정원과 연결된 곳의 기둥을 닦으라 하기에 옷을 갈아입을 시간이 없어 오늘 연회 때 노래 부르기 위해 입은 의상 위에 덧옷을 걸치고 일을 시작했다.

그런데 정원 쪽에서 산책하는 낯익은 여자가 보였다.

그 여자와 눈이 마주치는 순간 상대가 좀 놀라는 표정을 짓더니 이쪽으로 다가오고 있었다.

'이상하다?'

유니는 한동안 아는 사람인가 생각하다가 별일 아니려니 생각하고 계속 일을 하려는데 뒤에서 부드러운 목소리가 들렸다.

"유니?"

"응?"

깜짝 놀라 돌아보니 그 낯익은 여자는 리리였다.

시녀 한 명을 데리고 정원에 산책 나온 참이었는지 옆에 있는 비슷한 또래의 여자는 한 발짝 물러서서 리리를 보고 있었다.

"리… 리리?"

이제 완전히 레이디가 된 리리는 살풋 웃었다. 그에 따라 귀에 달린

귀고리가 살짝 흔들렸다.

"이제 리아나야, 리아나 프 소르엔."

"리아나… 프 소르엔?"

유니는 깜짝 놀랐다.

프 소르엔. 성 앞에 붙은 '프'라는 건 귀족들이나 쓰는 건데……. 그럼 귀족이라는?

"리아나 아가씨, 이런 여자 아이에게 함부로 말을 거시는 건……."

"아, 괜찮아. 걱정하지 마요."

리아나는 자신을 걱정하는 시녀를 안심시키며 부드럽게 웃어 보였다.

이제 리리가 아닌 리아나는 정말 아름다웠다.

유니가 본 리아나는 실크로 만들어진 아름다운 드레스에 귀고리, 목걸이로 장식한, 자신이 늘 꿈꾸던 모습이었다.

"어떻게……."

"소르엔 가에 입양될 때 너도 봤잖니?"

유니는 겨우 기억해 냈다.

자신이 이곳으로 올 때 입양되어 간 리리.

"그, 그래."

유니가 멍하니 대꾸하는데 한쪽에서 남자의 목소리가 들렸다.

"리아나, 여기서 뭐 하니?"

"아, 오빠!"

리아나가 환하게 웃으며 남자를 반기고 소개했다.

"이쪽은 내 오라버니셔. 이번에 기사단장이 된단다."

리아나의 목소리에는 가족에 대한 자랑과 행복이 듬뿍 담겨 있었다.

하지만 소개받은 상대는 별로 기분이 좋지 않은 모양이다.

"리아나, 이런 천한 아이들과 어울리는 게 아냐. 그리고 어머니가 찾으셔."

"엄마가?"

"그래, 네 약혼자와 만났거든."

그 말에 리아나는 즐겁고 행복한 웃음을 지으며 유니에게 인사했다.

"유니, 가봐야겠어. 다음에 보면 이야기하자."

그렇게 말하고 오빠라는 사람과 횅하니 가버렸다.

유니는 정신이 하나도 없었다.

언제나 자신보다 못했던 리리가 귀족의 딸이 되어서, 귀족이 되어서 자신을 내려다보고 있다니.

유니는 머리를 흔들어 다른 생각을 털어버리고 청소했다.

그리고 청소가 거의 끝나갈 무렵 선배들이 준비해야 하노라고 해서 같이 연습하는 와중에 어머니가 가르쳐 주셨던 노래들이 생각났다.

정말 지금까지 떠올려 본 적 없는데 갑자기 생각난 것이다.

"언니들, 이 노래 알아요?"

가사없이 가볍게 콧소리만으로 한 소절만 흥얼거렸음에도 선배들은 단번에 눈치 챘다.

"어디서 배웠니?"

선배들의 표정이 굳어진 걸 보고 움찔한 유니는 작은 소리로 중얼거리 듯 말했다.

"예전에 어머니께서 가르쳐 주셨어요."

그 말에 선배들은 조금 안심하면서 신중한 표정으로 목소리를 낮춰 설명해 주었다.

"그 노래는 둘 다 피를 부르는 노래야. 하나는 저주의 노래이고 하나는… 글쎄, 어떻게 설명해야 할지 모르겠지만 피를 머금은 노래야. 함부로 불러서는 안 돼."

"네, 알겠어요."

유니는 겉으로는 순순히 대답했지만 속으로는 어이가 없었다.

노래 하나가 뭐 어때서 그런 말을 하는 거지? 그저 노래일 뿐이잖아. 피를 부르네 뭐네 이상한 소리만 늘어놓고.

내색할 수 없어서 겉으로는 심각한 척하고 있지만 비웃음이 나오는 건 어쩔 수 없었다.

"그러고 보니 너 아까 리아나 아가씨와 이야기하던데."

리아나 아가씨. 리리를 말하는 거다.

"예?"

"어떻게 알게 된 거야?"

그 말에는 '겨우 가희 따위인 네가 귀족가의 레이디를 어떻게 알게 되었냐'는 뜻이 묻어 있었다.

같은 가희이더라도 떠돌이 극단에서 온 유니는 가희들 사이에서 놀림을 받고 있었다. 다른 이들은 거의 이곳 황궁에서 태어났으니까 같은 신분이더라도 출신이 다르다고 생각하는 것이다.

그런 속뜻을 파악한 유니는 지그시 입술을 깨물었다. 분해서 화가 났지만 대답을 하지 않을 수가 없어 억지로 입을 열었다.

"예전에 떠돌이 극단에 있을 때 악사였던 아이예요. 귀족가에 입양되어서 헤어졌죠."

"거짓말."

유니의 말에 바로 반응이 왔다.

말도 안 된다는 듯 모두 유니가 거짓말을 한다며 비웃었다.

"헛소리 마. 누가 그런 거짓말을 믿겠어?"

"맞아, 레이디 리아나는 기품있고 상냥한 숙녀로 유명해. 너 같은 것과 같은 출신일 리 없어."

"어쩌다 레이디의 도움을 받아서 알게 되었겠지. 하지만 너, 조심해. 조금 있으면 결혼할 아가씨야. 나쁜 소문 나면 어쩌려고 그래?"

다른 가희들이 한마디씩 하자 유니는 화가 났다.

자신의 말을 믿지 못하는 것에 대해서보다, '너 같은 것'이라는 말보다, 리리, 아니, 리아나가 기품있는 숙녀라는 소리를 듣고 있다는 데 화가 났다.

"정말이란 말이에요. 그 계집애, 원래 이름은 리리였고 내가 여기 오는 날 입양됐단 말이에요."

유니가 화가 나서 소리쳤지만 가희들은 얼굴을 찌푸릴 뿐이었다.

"알았어. 알았으니까 입 다물어."

유니의 말을 믿어서 하는 대답이 아니라 귀찮다는 게 역력하게 느껴지는 대답이었다.

아무도 믿지 않는다는 데 더 화가 난 유니는 다시 소리쳤다.

"그럼 나중에 물어보면 되잖아요!"

이제 아무도 유니를 상대하지 않았다.

유니는 처음 이곳에 왔을 때 거짓말을 자주 했었다. 그 때문에 지금 유니가 한 말은 거의 믿지 않는 것이다.

저 혼자 화가 잔뜩 나서 씩씩거리던 유니는 나중에 사람들 앞에서 리아나에게 확실히 대답을 들으면 될 거라는 생각으로 자신을 달래며 연습에 열중했다.

하지만 머리에는 다른 생각들이 맴도니 잘될 리가 없었다.

"안 되겠다. 유니는 다음에 하고 다른 애 시키자."

최고참 선배의 말에 유니는 하늘이 무너지는 것 같았다.

'겨우 잡은 기회였는데…….'

"선배, 저 잘할 수 있어요."

다급하게 말했지만 다른 가희들이 가만있을 리 없었다.

다들 기회를 노리고 있었으니까 말이다.

"언니, 절 대신 시켜주세요."

"전 유니가 부를 부분을 다 외우고 있어요."

"너만 외우니?"

바로 반응한다.

화가 난 유니는 그대로 뛰어나가 버렸다.

"저런 성격 하고는."

모두 그런 유니를 비웃을 뿐 잡으려 하지 않았다.

어차피 할 사람은 많으니까.

유니는 모두에게 눈물을 보이고 싶지 않아서 계속 뛰었다.

성격이 강한 유니는 남에게 자신의 약한 모습을 보이고 싶어하지 않았다. 그래서 계속 뛰다가 정원 한쪽에 멈춰 서서 숨을 골랐다.

"헉, 헉."

눈물이 계속 나왔다.

멍청이같이 이렇게 좋은 기회를, 언제 다시 오게 될지 모를 기회를 한순간에 놓쳐 버린 자신이 너무 원망스럽고 또 조금 실수했다고 다른 애들에게 기회를 넘긴 선배가 너무 미웠다.

정원에 서서 그저 아무 소리 없이 눈물만 흘리고 있는데 누군가가 다가오는 소리가 들렸다.

깜짝 놀란 유니가 몸을 숨긴 뒤 보니 나타난 사람은 리아나와 어떤 남자였다.

"할 말이라는 게 뭐지요, 리아나?"

아무래도 저 남자는 리아나의 약혼자인 모양이다.

"고백할 게 있어서 그래요."

"고백?"

남자는 의아한 표정이었다.

"네, 많이 생각했지만 고백하는 게 더 좋을 거라는 생각이 들었어요."

망설이는 듯한 어조의 리아나의 말에 유니는 대충 눈치를 챘다.

그리고 조소를 머금었다.

리아나는 지금 바보같이 자신이 떠돌이 악단 출신이라는 걸 밝히려고 하는 것이다. 그냥 모르는 척하고 있으면 더 편할 텐데, 저 상대가 그걸 알고도 받아준다는 보장은 어디에도 없는데.

"제가 소르엔 가에 입양된 아이라는 걸 알고 계시죠?"

"그렇습니다. 거기에 대한 이야기인가 보군요."

남자는 약간 긴장한 눈치였다.

"전 그전에는 유랑 극단에 있었어요. 주로 가희들이 노래할 때 악기를 연주하곤 했죠. 그렇게 지내다가 13살 때 우연히 지금의 부모님께 입양되었어요."

과거를 회상하며 씁쓸한 표정이 된 리아나와는 달리 남자는 오히려 안심하는 표정이었다.

"다행이군요. 혹시 다른 자를 사랑하는 건가 싶어서 깜짝 놀랐어요."

황당한 남자의 대답. 리아나의 얼굴에도 놀라움과 황당함이 스쳤지만 이내 웃어버렸다.

"당신은 지금 레이디예요, 나의 레이디. 3년의 짝사랑 끝에 이제야 결혼하게 되었는데 결혼식을 겨우 한 달 앞두고 차이는 건 아닌가 하는 생각에 많이 놀랐어요."

"그래요?"

리아나는 키득거리며 웃더니 편하게 말을 이었다.

"그랬지, 3년간 날 귀찮게 따라다니던 스토커가 겨우 이런 일에 날 버릴 리 없는데.”

“스토커라니…….”

남자가 중얼댔지만 리아나는 아주 예쁘게 웃을 뿐이었다.

그 모습을 보던 유니로서는 화가 났다.

어째서 자신은 이렇게 일이 잘 안 되고 있는데 저 애는 행복하게 웃는 걸까.

화도 나고 속이 상해서 리아나와 그녀의 연인이 안 보일 정도로 멀어지자 목놓아 울어댔다.

“흐어엉… 엉엉…….”

한참을 우는데 뒤에서 바스락거리는 소리가 들려서 순간 치민 화를 주체하지 못하고 소리난 쪽을 향해 돌을 던졌다.

“누구얏?!”

다행히 유니가 던진 돌에 맞지는 않았는지 비교적 멀쩡하게 생긴 평범한 중년 남성이 걸어나왔다.

“아니, 나는 그냥…….”

“뭐가 그냥이야? 함부로 엿보는 게 어디 있어? 보상해!”

말도 안 되는 소리였다.

그렇지만 자신이 울고 있는 걸, 그렇게 크게 울고 있는 걸 들킨 것에 민망하고 쑥스러워 빽 소리쳤다. 그런데 그 남자는 어리숙하게도 정말 심각하게 고민하는 거다.

“어, 어떻게 보상해야 되는 건데?”

정말 진지하게 묻는 모습에 허망해진 유니는 맥이 풀려 그 자리에 주저앉았다.

“바보 같애.”

“뭐?”

"내가 바보 같다고."

그렇게 말하고 다시 훌쩍이자 남자는 당황하기 시작했다.

옆에서 어쩔 줄 몰라 하며 계속 말을 걸었다.

"왜 그래? 어디 아파?"

속으로는 바보 아닌가 생각하면서도 유니는 고개를 저었다.

이제 울 힘도 없었다.

"배고파."

"응?"

"배고프다고. 귀가 먹었어?"

괜한 신경질에 당황한 남자는 잠시 생각하더니 조심스럽게 입을 열었다.

"저기… 그럼 따라올래?"

"뭐? 너, 변태니?"

"아니, 그게……."

"앞장서."

놀리다 보면 끝이 없겠다는 생각에 피식 웃으며 일어났다.

당황하던 남자는 그제야 몸을 일으키며 앞장섰다.

유니는 걸어가면서 남자에게 이것저것을 물었다.

"아저씨는 몇 살이야?"

"어? 서른다섯……."

"엑, 나이 더 들어 보이는데?"

"그, 그런가……?"

정원을 벗어나자 남자를 기다리고 있었던 것처럼 보이는 시종이 따라왔다.

하지만 유니는 그저 귀족이라 시종을 데리고 다니나 보구나 하고 넘겨 버리며 계속 말을 걸었다.

"아저씨는 뭐 하는 사람이야?"

"응? 그냥 이것저것……. 실은 나도 잘 몰라."

"바보 아냐?"

유니는 황당해했지만 그를 따르던 시종들은 경악 어린 눈으로 유니를 보고 있었다.

그 시선을 눈치 채지 못한 유니는 계속 종알거리면서 남자를 따라 한 방으로 들어갔다.

"우와, 방 좋다!"

마냥 철없는 아이 같은 유니를 보던 남자는 피식 웃으며 의자에 앉았다.

그리고 시종에게 차와 간단한 간식을 가져오게 시켰다.

"이름이 뭐니?"

"유니. 아저씨는?"

"나? 난 리스튼이라고 한다."

"헤에? 이상한 이름이야."

"그런가?"

유니는 시종이 가져온 과자를 집어 먹으며 투덜거렸다.

선배들에 관해서, 그리고 자신에 관해서.

"정말 이번이 기회였는데 겨우 한 번의 실수로 바꾸다니 말도 안 돼. 그렇게 생각하지?"

입 안에는 쿠키를 가득 넣고 차를 마시면서 끊임없이 투덜거리는 모습에 리스튼이라는 남자는 묘한 눈초리를 보냈다.

마치 이런 사람은 처음 본다는 신기하다는 눈빛.

"응?"

열심히 먹다가 겨우 그런 눈빛을 알아챈 유니가 고개를 들자 리스튼은 슬쩍 고개를 돌려 눈길을 피했다.

"쳇."

한참 동안 노려봤지만 계속 피하자 지겨워진 유니는 다시 투덜거리며 의자에 앉았다.

그리고 턱을 괴고는 심각하게 고민했다.

"아아, 난 그런 행운 없으려나?"

"행운?"

"신분 상승이 내 목표라고. 그런데 내가 신분 상승할 수 있는 방법이야 뻔하잖아."

"뭔데?"

유니는 순간 이 남자 정말 바보가 아닌가 심각하게 고민했다.

그런 단순한 걸 물어봐야 아는 걸까?

"바보 아냐? 그것도 몰라? 높으신 분의 첩이라도 되어야지 별수있어?"

"어, 그런가? 하지만 첩이 된다고 해도……."

"그럼 귀족 분들이 잘도 날 정실로 맞이하겠다."

유니가 빈정거렸지만 리스튼은 난처한 표정을 지을 뿐이었다.

그리고 잠시 생각하더니,

"아아. 너, 우리 나라 출신이 아니지?"

리스튼은 그제야 이해가 간다는 듯 고개를 끄덕이고 차근차근 설명해 주었다.

"우리 나라에는 꽤 오래전에 일부일처제가 자리 잡은 나라야. 그 이유는 원래 우리 나라가 여성들의 지위가 높았기 때문이지. 그래서 지금도 부인을 그렇게 거느리거나 첩을 맞이하는 자는 없어."

그러면서 이해하겠냐는 듯 유니를 한 번 쳐다보고 계속 설명했다.

"또 귀족 작위를 가지고 있는 여성이 남성보다 훨씬 많아. 아니, 남자가 최근에 부모의 작위를 물려받기 시작했다고 해야 말이 되려나? 어쨌든 우리 나라는 한 150년쯤 전부터 남자들에게도 귀족 작위가 주어지게 되었으니까."

"그래?"

유니는 이제 겨우 자신이 첩이라도 되어서 나가고 싶다는 말에 선배들이 웃어댔는지 알 수 있을 것 같았다.

이해함과 동시에 얼굴이 달아올랐다.

지금까지 정말 말도 안 되는 소리를 하고 다닌 거다. 그러니 비웃음당해도 어쩔 수 없지.

"그, 그래도 황제는 부인이 셋이나 있다고 하던걸?"

유니는 반격을 시도했지만 리스튼은 부드럽게 웃었다.

"황제의 결혼이라는 건 뻔하지. 정치적인 목적의 결혼이야. 두 사람은 속국에서 끌려온 인질이나 다름없는 불쌍한 공주들이고, 한 명은 다른 나라 사람들의 피가 섞인 황자나 황녀를 황제로 세울 수 없다는 이 나라에 희생된 인물이지."

자조 어린 미소를 머금은 리스튼을 보며 곰곰이 생각하던 유니는 결론을 내렸다.

자신은 아마 계속 이렇게 지내야 할 거라고.

그리고 앞의 남자가 어쩌면…….

"뭐, 그래도 그 황제라는 사람은 바닥에서 사는 것 보담 낫게 지내겠지. 난 13살 때까지 힘들었는걸. 내 친구들은 더했고."

"그런가?"

"그런 일로 불평하는 건 나빠. 더 힘든 사람이 얼마나 많은데."

유니는 투덜거리며 찻잔을 입으로 가져갔다.

그리고 윙크하며 말을 덧붙였다.

"혹시 알아? 정말 황제를 좋아하는 사람이 생길지."

리스튼은 작게 웃었다.

하지만 다시 쓸쓸하게 입을 열었다.

"아마 그런 사람이 나타난다고 해도 힘들 거야. 이미 늦었거든."

"뭐가?"

"그런 게 있어."

리스튼은 더 이상 말하지 않고 입을 닫았다.

그런 분위기에 눌린 유니는 별말 못하고 과자만 야금야금 먹을 뿐이었다.

물론 속으로야 왜 저렇게 분위기를 잡냐라든가 소화가 되니 안 되니 하며 투덜거리고 있지만 유니의 대단한 점은 그런 게 전혀 얼굴에 드러나지 않는다는 것이었다.

"가희 중에서 너와 같은 이름인 애는 없지?"

"응? 그건 그렇지만 왜?"

갑작스런 질문에 당황하는 유니를 진지하게 보던 리스튼은 잠시 고민했다.

나름대로 심각한 문제를 생각하는 건지 다시 한참 말이 없었다.

이미 눈앞에 있던 케이크 같은 간식거리를 다 먹어버린 유니는 따분해져서 어린애마냥 숟가락으로 장난을 치고 있었다.

"너, 내 신부가 되지 않을래?"

챙그랑!

리스튼의 말에 유니는 가지고 놀던 숟가락을 놓쳐 버렸다.

한동안 멍하니 있던 유니가 다시 입을 열었다.

"뭐… 라고?"

"청혼하는 거야."

어쩐지 즐거워하고 있는 리스튼.

하지만 속으로 유니는 절규했다.

'그렇게 멋없는 청혼이 어디 있어?!'

유니는 아직 18살이다.

꿈 많은 나이의 소녀에게 중년의 아저씨가─아무리 자신의 꿈인 신분 상
승을 이루어줄 사람이라도─청혼하는 게 좋을 리 없는데, 게다가 저렇게
멋없는 청혼이라니.

유니는 속으로 눈물을 쏟으며 투덜거렸다.

이번에는 감정을 다 감추지 못했는지 표정이 변했다.

"너와 있으면 즐거울 것 같애."

말도 안 되는 이유에 말도 안 되는 청혼이었다.

"좋아요."

그런데 그런 청혼을 덜컥 받아들인 유니는 뭔지.

그러면서 리스튼은 약속했다.

"네 잘못이 없다면 황성 내의 암투에서 네가 절대 다치지 않게 해줄게."

유니는 별로 믿을 만한 약속은 아니라고 생각했다.

                    *   *   *

유니는 자신의 청은발을 그대로 물려받은 소년이 돌아다니는 걸 지켜
보고 있었다.

이제 겨울인데 춥지도 않은지 잘도 뛰어다니고 있다.

"휴, 힘들구나."

이제는 더 이상 소녀라고 부를 수 있는 나이가 아니었고 현실을 냉정
하게 관찰할 줄도 알았다.

그렇게 보게 된 현실은 정말 힘들었다.

지금 겪고 있는 일 역시 너무 힘들었다.

자신은 가장 세력이 없는 후궁이다.

그런데 덜컥 아이를 낳아버렸으니 다른 여자들이 좋게 보고 있지 않았다. 게다가 요사이 불온한 공기가 가득히 퍼져 있어서 불안하기 그지없었다.

"어머니."

환하게 웃으며 아이가 달려왔다.

이제 아이는 3살이었지만 영리하다는 말을 들을 수 있을 정도로 눈치가 빨랐다.

"왜 그러니, 앨리언?"

최대한 상냥하게 미소 지었다.

나의 생명줄이다, 저 아이는.

그나마 그런 후궁들 사이에서 황제의 아이를 낳았기에 암투 속에서도 목숨을 건질 정도의 호위도 있고 대접도 있는 것이다.

아마 저 아이가 없었다면 예전에 쫓겨났을 것이다.

그리고 이제 뱃속의 아이까지 태어나면 확실히 입지를 굳히게 된다.

입가에 미미한 미소를 머금었다.

"어머니, 노래 불러줘요."

"노래?"

"네."

가끔씩 앨리언에게 노래를 불러줬다.

후궁으로 들어온 후 절대 노래를 부르지 않으리라 생각했었는데 이상하게 앨리언이 주위 사물을 구분하게 될 무렵, 그러니까 작년 무렵부터 가끔씩 앨리언을 앉혀놓고 내 어머니가 그랬듯이 가희들이 부르는 노래를 흥얼거렸다.

마치 계속 노래를 물려주듯이 말이다.

그런 생각이 들어 섬뜩할 때도 있지만 이상하게 노래를 불러달라는 말을 들으면 그냥 입을 열어 노래를 부르고 있는 거다.

차가운 채로 나를 붙드는 너의 손목, 믿을 수 없는 진실,
언젠가는 나를 용서한 채 이 노래가 너의 마음에 닿기를,
곧 열리는 밤을 비추며,
푸른 달을 끌어안으며 새로운 문을 열어…….

입을 열어 노래를 부르다가 도중에 멈추고 일어났다.

앨리언은 아직 눈치 채지 못한 것 같았지만 황비 '님' 이 이곳을 향해 오고 있기 때문이었다.

"황후마마를 뵙습니다. 그런데 이 구석진 후궁 뜰까지 어쩐 일이신지요?"

후궁이 되면서 배웠던 예절을 대충 끼워 맞추며 인사하자 황비는 오만한 표정으로 자리에 앉아서 차를 가져오라고 시켰다.

"친구들과 담소를 즐기다 돌아가는 도중 괴이한 목소리가 들려 천박한 가희가 멋대로 후궁에 들어온 것 같아 내쫓으려고 와보았을 뿐입니다."

입가에 한껏 비웃음을 담아서 하는 말에 순간 화가 났지만 함부로 대꾸할 수도 없는 노릇이었다.

어찌 되었든지 저 여자는 황비이고 난 말 그대로 천한 가희 출신의 한낱 후궁에 불과하니까.

"그렇습니까?"

별로 대꾸할 말도 없지만 대꾸하지 않으면 안 되니 대충 대답해 줄 뿐이다.

시녀들도 자신을 비웃고 있는 건 잘 알고 있는 일.

하, 여기서 내 편은 저 아무것도 모르는 꼬마인가?

앨리언은 편하게 우유를 마시고 쿠키를 먹고 있었다.

"이름이 앨리언이죠?"

"네, 황후마마."

황비는 앨리언이 안 돌아가는 혀를 움직여 발음하는 모습이 정말 귀엽다는 듯 머리를 쓰다듬어 주었다. 진심인지는 모르겠지만.

"후훗, 귀엽군요. 도저히 황제 폐하의 자식이라고 믿겨지지 않을 만큼."

결국 하는 소리가 저건가?

내가 다른 남자의 아이를 낳은 게 아니냐는 정말 쓸데없는 트집.

흥! 확실히 앨리언은 그 리스튼 아저씨의 자식답지 않게 귀여운 미소년형이긴 하지.

하지만 그거야 내 미모를 물려받아서 그런 거 아니겠어? 댁 같은 추녀의 피를 이은 자식과 다른 게 당연하잖아? 정말 당신의 아이인 시에라가 불쌍해.

"그야 저의 아이이기도 하니까 그런 것이 아니겠습니까?"

의미를 함축시킨 말에 황비의 미간이 일그러지는 걸 즐겁게 보고 있는데 옆에서 황비의 유모라는 자가 나선다.

"조금 무례하시군요. 일국의 황비께 후궁 따위가 그런 말을 하다니요."

웃기는군. 나도 여기서 오래 있었다 이거야.

이제 사소한 일에 당황하진 않는다고.

"당신이야말로 무례하군요. 아무리 황비이신 샤이나님의 유모라 해도 황비께서는 아무 말도 않으시는데 감히 나서다니 말입니다."

"읍."

결국 입을 다문다.

흥, 웃기지 마. 겨우 그런 말에 내가 겁먹을 거라고 여겼나?

이제 사소한 데 겁먹기는 너무 시간이 지났거든?

처음에는 날 벌레 보듯 하며 무시하던 그 유모라는 자도 원래는 내 앞에서 고개 숙여야 하는 신분이라는 걸 알아. 황비가 아무리 날 싫어해도 황제의 아이까지 낳은 날 그대로 죽이거나 내몰 수 없다는 것도 알아.

내가 아직까지 아무것도 모르리라고 생각하는 걸까?

이제는 무턱대고 돌진하는 꼬마가 아니니까. 제대로 알고 있다고.

난 어린 시절처럼 철없고 귀여운 미소를 지어 보였다.

마치 그들을 비웃듯이 말이다.

황비가 짜증스러워한다는 느낌이 드는 순간 그녀는 곧 일어나 버렸다.

"어? 황후마마, 가시는 거예요?"

황비가 짜증스럽다는 듯 홱 돌아봤지만 목소리의 주인공은 내가 아니다.

이 순간만큼은 정말 사랑스러운 걸 넘어서서 깜찍하고 예쁘기 그지없는 나의 앨리언이 아무것도 모르고 그냥 한 말이었다.

웃음이 나오려는 걸 간신히 참고 앨리언을 살짝 안아주었다.

"황후마마는 할 일이 많으셔서 이만 가셔야 해요."

라고 작게―라고 해도 황비에게 들릴 정도이다―말해 주었더니 어린 앨리언은 나름대로 이해했는지 귀엽게 고개를 끄덕였지만 황비는 거친 걸음으로 가버린 뒤였다.

그 뒷모습을 보며 통쾌하게 웃었다.

물론 속으로만.

앨리언이 무척 즐거워하고 있는 날 이상하다는 듯 봤지만 상관없을 정도로 너무 기분이 좋았다.

이제 뱃속에 있는 아이가 태어나면 계속 이렇게 지낼 수 있겠지.

가끔 이런 일도 있겠지만 나름대로 평범하게.

이제 많이 바뀐 내 소망이 평범해져 버렸다.

하지만 그만큼 절박하기도 했다.

난 희미하게 웃으며 앨리언의 손을 잡았다.

"어머니?"

"들어가자꾸나."

아이의 손을 잡고 방으로 들어가는 이 시간이 왜 이렇게 행복하게 느껴지는지 모르겠다.

내가 어린 시절 늘 저녁 무렵에 노래를 가르쳐 주시고 같이 다른 단원들이 기다리는 곳으로 돌아가곤 하던 일상에서 내 어머니가 이렇게 느꼈을까? 이랬을까?

앨리언의 아버지인 리스튼 아저씨—입에 익어서 잘 고쳐지지 않는다—를 사랑하지는 않지만, 좋아하는 건 더 더욱 아니지만 앨리언을 볼 때마다 가슴이 따뜻해지며 내가 이 세상에서 가장 행복한 것 같은 착각에 빠지곤 한다.

앨리언의 손을 잡고 방으로 들어가니 따뜻함이 느껴진다.

역시 밖이 추웠어.

앨리언은 일단 유모가 데려가게 하고 눈이 오려는지 어두워진 하늘을 보며 잠시 계획을 세웠다.

내 남편이자 현재 황제인 리스튼이라는 사람, 황제이기는 해도 좀 바보 같은 사람인지라 제대로 정치를 하고 있지는 못한 것 같았다.

역대 황제 중에 가장 바보 같다는 말을 듣는 사람이니까.

그런 그자가 날 약속대로 제대로 비호해 주기는 틀린 것 같으니 나도 살 방향을 모색해야 하는데 난 후원자가 없으니 걱정이다.

요새 부쩍 불온한 공기가 커졌다. 누군가가 뭔가를 꾸미고 있는 모양이지만 후원자가 없는 난 말려들면 그대로 죽을지도 모른다.

일단 살아야 될 텐데.

아니, 아이를 낳았으니 죽이지는 않겠지?

황제의 여자들을 일단 정리하자면 내가 후궁에 들어온 후 본래 황비 자리에 있던 신이라는 여인이 죽고 샤이나가 황비가 되었다.

지금 황비인 샤이나보다는 작년에 들어온 린느라는 여인이 더 총애를 받고 있다. 정말 리스튼 녀석은 어린앨 좋아한단 말야. 겨우 13살인 아이를 비로 데리고 있다니.

분명히 로리타 콤플렉스일 거야. 나에게도 그렇게 어릴 때 청혼한 걸 보면 분명해.

그리고 티나라는 아이가 있다. 그녀는 나와 비슷한 또래인데 불쌍하게도 아이를 낳은 적이 없다. 깔깔깔깔깔. 한마디로 하자면 귀족 출신이긴 하지만 후궁에서의 서열은 나보다 아래라고 할까?

티나는 샤이나에게 붙어 지내는 걸 봐서 사이가 좋은 모양이긴 했지만 나에게는 별로 좋은 일이 아니다.

요새 티나가 있는 곳의 분위기가 이상한 걸로 봐서 티나가 뭔가 꾸미고 있다고 봐야 하는데 무슨 일인지 알아야 대비를 할 게 아닌가?

정말 걱정되는 일들뿐이다.

'내 둘째 아이가 무사히 태어나야 할 텐데……'

하필이면 이런 혼란스러운 와중에 임신을 해서 이렇게 머리 아프게 되는 건지.

내일은 더 나아질 거라는 희망을 갖는 수밖에 없나?

하아~ 싫다, 정말.

분명 어제는 희망이 있을지도 모른다는 생각을 하며 잠들었는데.

이게 무슨 일인지…….

"린느님이 독살당한 것과 제가 무슨 상관이 있습니까?"

"시끄럽다. 나머지는 가서 말하도록 해."

샤이나가 병사들에게 날 끌고 가게 시켰다.

어젯밤 황제의 사랑을 한 몸에 받던 린느가 독살당했다고 한다. 나도 어제 잠들기 전에 그 소식을 접하고 무척 놀랐었다.

그런데 오늘 아침에 갑자기 막 자고 일어난 날 끌어내더니 범인으로 지목한 것이다.

"어머니?"

아침 인사하러 왔던 앨리언이 끌려가는 나에게 매달린다.

병사들이 차마 황자인 앨리언에게 함부로 할 수는 없어 난처해하자 샤이나의 유모라고 설치는 여인이 신경질적으로 소리쳤고 그 날카로운 소리에 앨리언의 유모가 아이를 안아 들었다.

"어머니!"

아이가 다시 울먹이며 날 불렀지만 난 돌아볼 수도 없었다.

"이게 무슨 짓이냐? 황자를 낳은 여인에게 이렇게 무례하게 굴다니."

병사들에게 거칠게 끌려가며 항의했지만 그대로 묵살되었다.

결국 내가 포기하고 내 발로 갈 터이니 놔달라고 했지만 그것 역시 묵살되고 끌려서 재판받는 곳에 도착했다.

황족들이 '티란 법'인가 뭔가를 어길 때 심판하기 위한 곳이라고 하는 작은 홀 같은 방이었다.

날 가운데 앉히고 나서 병사들은 가버렸고 겨우 정신을 가다듬고 주위를 둘러보니 다른 이들은 내가 앉은 곳과 좀 거리를 두고 있는 의자에 빙 둘러 있었다. 그리고 바로 앞에는 가증스런 샤이나와 리스튼이 앉아 있었다.

"무슨 일로 불려왔는지는 알고 계시지요?"

샤이나의 옆에 앉은 티나의 말에 어처구니가 없었다. 아마 여기 모인 모두가 알고 있으리라.

린느를 죽인 건 내가 아니라 샤이나, 그녀가 아니라면 티나일 거라는 것을.

아니, 리스튼은 모르려나?

난 속으로 이를 갈며 대꾸했다.

"무슨 일인지 모르겠습니다. 여기까지, 게다가 이런 식으로 불려올 정도의 잘못을 한 적은 절대 없나이다."

"어머, 저렇게 뻔뻔할 수가."

"폐하, 어서 벌을 내리시지요."

가증스런 두 여자가 쨍알대는 소리가 머리를 아프게 했다.

내가 뭘 잘못했다는 거지?

지금 난 임신 중이니 고문하지는 않을 거라는 게 유일하게 다행스러운 일인가?

대충 인정하고 넘어가는 게 더 좋을지도 모른다는 생각이 들었다.

억울했지만 원하는 대답을 하는 게 편할 거라는 걸 잘 알기 때문에 그냥 입을 열려고 했지만 그럴 수는 없었다.

"내가 뭘 어쨌다고 이러시는 겁니까?"

난 당당하게 말했다.

샤이나가 바라는 것처럼 비굴해지고 싶지는 않다.

내가 계속 숙여준다면 결국엔 죽게 될지도 모른다. 그리고 내 아들 역시 저 여자의 손에 휘둘리겠지. 그럴 수는 없다. 절대로.

내 마지막 자존심이다.

그리고 혹시 모를 미래를 위해서이기도 하지.

날카롭게 샤이나를 노려보자 잠시 멈칫하던 그 여자는 이내 마구 소리지르기 시작한다.

"저런 건방진 계집을 봤나. 폐하, 어서 벌을 내리시옵소서."

"무슨 벌을……."

아직도 멍청한 황제는 어리벙벙하게 대꾸할 뿐이다.

홍! 샤이나도 고생하겠군. 저런 남자를 뜻대로 움직이려면 말야.

"폐하, 저 계집이 린느를 살해한 건 이미 밝혀진 사실입니다. 린느의 죽음에 대한 책임을 지게 해야지요."

샤이나의 옆에 있는 타나가 살그머니 헛소리를 한다.

난 그저 입술을 씹으며 분해할 뿐이다.

여기 무릎 꿇고 있지 않아서 저 여자를 패줄 수도 없고 더욱이 함부로 말하면 지금 상황만 더 불리하게 될 뿐일 테니.

"하지만."

황제가 아직 망설이고 있다는 데 희망을 걸 수밖에 없는 자신을 한심스러워하고 있는데 갑자기 어떤 남자가 나섰다.

"폐하, 제가 린느님의 죽음에 유니님이 관여했다는 것을 밝힐 증인을 데리고 왔습니다. 일단 말을 들어보시고 벌을 내리심이 어떻겠습니까?"

전부 계획되어 있는 거였나?

작은 저항의 몸부림도 할 수 없게 얽매어져 있던 거였나?

내가 멍하니 있는 사이에 증인으로 내 밑에 있던 시녀가 나왔고 내가 린느를 불러 독약 넣은 차를 그녀에게 먹였노라고 말했다.

그러자 황제는 멍한 표정을 싹 바꾸어 노기를 띠었다.

당신, 정말 바보예요?

밖과 전혀 접촉할 수 없는 내가 독약을 가지고 있을 리 없잖아!

그게 아니더라도 난 린느를 만난 적도 없는데, 이름만 들은 사이였는데 그 한밤중의 내 초대에 린느가 선뜻 날 만나러 왔을까만 생각해도 되잖아!

정말 바보라니까.

눈물이 날 것만 같았다.

혹시 내가 저 멍청이 황제를 사랑했었나?

아니, 그건 아냐. 절대 아냐.

그저 분한 것뿐이야.

이런 술수에 휘말려서 분한 것뿐이야.

눈물이 흐르는 걸 간신히 참고 있는데 선고가 내려졌다.

"죽여라! 가장 고통스럽게!"

그런 황제의 말에 샤이나가 비릿하게 웃는 것이 흐리게 보였다.

절대 네년의 뜻대로는 안 된다.

절대 그렇게 되게 하지 않겠어, 비록 지금 나에게 힘이 없기는 하지만.

샤이나 앞에서 눈물을 보인다는 게 죽기보다 더 싫어서 억지로 눈물을 삼키는데 한쪽에서 사람이 일어났다.

"진정하십시오, 폐하."

"무슨 소리야! 어서 끌고 나가라니까!"

일어선 남자는 아예 황제 앞으로 뛰어나와 무릎을 꿇었다.

"폐하, 그녀는, 유니님은 현재 폐하의 아이를 임신 중에 있습니다. 그런 여인을 사형에 처하라 하는 것은 뱃속에 있는 폐하의 피를 이은 아이역시 죽이라는 것입니다. 그러니 명을 거두시지요."

"그게 무슨 상관인가! 내가 하라고 하면 하는 것이지!"

역시 멍청하다는 소리밖에 못 들을 황제였다.

난 속으로 앞으로 나와준 리아나의 남편에게 고마워했다.

황제는 혼자서 씩씩거렸고 내가 임신 중임을 알게 된 장로들은 난처해하며 뭔가를 토론 중이었다.

아마도 내 처리 문제를 이야기하는 것이겠지.

"그만두시오, 황제."

결국 결론이 났는지 어떤 장로가 앞으로 나서며 황제를 말렸다.

리스튼은 뭔가 불만스러워 보였지만 장로에게 뭐라 할 수가 없어 입을 다물었고 그 장로는 그 자리에서 한 발 더 앞으로 나서며 나를 내려다보았다.

"유니, 당신은 오늘 이후로 서쪽 탑 테리언 궁에서 머무시오."

유폐시키겠다는 소리로군. 이 정도로 끝나 다행인 건가?

난 내심 안심했다.

그런데…….

"그리고 당신의 아이인 앨리언 황자와 곧 낳을 아이도 계속 그곳에서 지내야 할 겁니다."

라고 말했다.

"그게 무슨……?"

"그렇게 아십시오."

그러고는 내 말을 듣지도 않고 가버렸다.

어째서 앨리언까지 유폐시키는 건지 이해할 수가 없었다.

내가 억지 누명을 쓴 것이기는 하지만 당신들이 말하는 그 죄를 지은 건 나인데 어째서 앨리언까지 유폐시키는 거지?

내가 그런 항의를 할 틈도 없이 장로들은 가버렸고 난 끌려 나가게 되었다.

난 그렇게 억울하다는 말 한마디 제대로 못하고 테리언 궁, 그 유폐의 탑이라 부르는 곳에서 지내게 되었다.

날 이곳으로 던진 장로보다, 그런 음모를 꾸민 티나나 샤이나보다 리스튼 당신이 더 원망스러워.

처음 청혼할 때 날 지켜주겠다고 했잖아.
그렇게 약속했잖아.
나쁜 자식.

저를 기억하고 계신가요?
당신이 저를 기억하신다면 꽃과 환한 미소를 주세요.
당신이 저를 이제 기억하지 않는다면
혈화(血花)와 같은 미소를 드리겠습니다.

은색의 반짝임 속에 갇혀 버린 나는
그 영원한 구속을 받아들이게 되겠지만
그대는 핏빛 어린 하늘 속에
나를 보고 즐기겠지요.

하지만 알게 될 것입니다,
당신이 아끼는 은색의 인형은 이제 깨어진다는 것을요.
잃고 싶지 않으시면 이곳으로 오세요.
어둠과 허무가 모인 곳이랍니다.

걱정 말아요.
어둠은 평안함입니다. 마치 어머니처럼요.
허무는 조용함입니다. 마치 저 하늘처럼요.

그대에게 저 높은 하늘의 푸르름보다
아름다운 혈화(血花)를 드리겠습니다.

내 눈에 깃들 어둠을 대가로 말이에요.

그대에게 혈화(血花)와 같은 미소를 드리겠습니다.

당신이 이 세상에서 가장 비참하게 죽기를 빌겠어.

그리고 샤이나, 언젠가는 내 아이가 당신의 아이를 밀어내고 당신이 그토록 당신의 아이가 되길 바랐던 황제가 되게 빌겠어.

신이시여, 전 아직 죽고 싶지 않습니다.

리스튼의 마지막을 본 뒤에, 아니, 적어도 들은 뒤에 죽게 해주십시오.

*   *   *

작은 방에서 부부가 차를 들면서 이야기 중이었다.

"레비스, 혁명을 일으킬 거라고요?"

레비스는 솔직히 놀랐다.

아무 언질도 없이 갑자기 티타임에 한 말인데도 아내인 리아나는 전혀 당황하는 기색은 물론이고 오히려 예상한 듯이 느긋했기 때문이다.

"그래, 리아나. 이미 지금의 황제를 따르는 자는 없어. 그래서 장로들이 제멋대로 정치에 끼어들고 있어. 더 늦기 전에 해야 돼. 안 그러면 나라 자체가 흔들리게 될지도 모르니까."

"그럼 당신이 황제가 될 거예요?"

리아나의 눈이 묘한 빛을 띠었다.

"그럴 리가. 현 황제의 혈족이 아니라면 엄청난 혼란이 올 거야. 그건 피하고 싶어."

레비스의 대답에 리아나는 미소 지었다.

'모든 것이 예상대로.'

"그럼 앨리언을 황제로 하면 어때요?"

"앨리언?"

"그래요, 내 동생 유니의 아이. 유폐의 탑에 있는 제2황자 앨리언 세레시아 펠 아스힌드."

리아나는 꿈을 꾸는 듯한 눈동자를 하고 말했다.

"하지만 그 황자는 너무 어릴 때부터 유폐되어 있었어. 황제의 재목일지 어떨지는……."

"유니의 아이예요. 황제로서의 자질은 충분하다고 생각해요. 그리고 그런 곳에서도 이것저것 하고 있는 모양이던걸요."

확고한 아내의 말에 레비스는 고개를 끄덕였다.

현명한 아내의 말이니 한 번쯤 만나보아도 손해 갈 일은 아닐 거라 생각했던 것이다.

"일단 만나보지."

남편의 말에 아내는 조용히 차를 마시며 중얼거렸다.

"만나면 알게 될 거예요, 그 아이는 황제라는걸."

*   *   *

난 유폐된 그곳에서 여자 아이를 낳았고 조금 시간이 흐른 뒤부터는 틈만 나면 오래전에 어머니가 가르쳐 주셨던 '저주의 노래'를 흥얼거렸다.

그저 앉아 있기에는 너무 분해서, 모든 걸 포기하고 아이들과 지내기에는 너무 억울해서.

누군가가 내 노래를 들어주기를 바라며 계속 노래를 불렀다.

정말 이 노래가 내 바람을 들어줄 것이라고 믿는 건 아니지만 이 정도도 하지 않는다면 정말 미쳐 버릴 것 같았기에.

증오 속에 정말 미쳐 버리지 않게 날 지탱해 줄 것이 필요했을 뿐이다.

처음 생각과는 다르게 요즘은 앨리언도 같이 이곳으로 오게 된 게 어쩌면 다행이라고 여기고 있다.

어린 앨리언 혼자 있으면 암투 속에서 죽었을 테니. 그리고 딸아이—현재로서는 이름이 없다—는 몰라도 앨리언은 내가 죽으면 여기서 나갈 수 있을 테니.

그렇게 시간이 흐르고 앨리언이 내가 멍하니 누워 있는 방에 오랜만에 들어왔다.

앨리언이 왔다는 걸 알고 있지만 일부러 나는 아무것도 응시하지 않고 누워 있을 뿐이었다.

"어머니, 저 왔어요."

그리고 잠시 침묵.

"여전하시군요. 절 보지 않으실 건가요, 마지막일지도 모르는데?"

"……."

마지막이라는 말에 반응할 뻔했다.

안 돼. 더 조심해야지.

내가 그런 노래를 부르는 이상 미쳤다는 소문이 나야 해. 그게 아니면 내 아들 앨리언은 어떻게 될지 모르니까.

그래서 이 노래를 부르면서부터는 앨리언에게 노래도 불러주지 못하고, 저 예쁜 나의 아이를 쓰다듬어 주지도 못했는데 이제 와서 실수하면 안 돼.

괜히 눈물이 나오려는 걸 꾹 참았다.

"전 이제 이곳에서 나갑니다. 어머니가 바라시는 대로요."

어릴 때 버릇 그대로 내 긴 머리카락의 끝을 만지작거리며 말했다.

"며칠 전에 레비스가 왔더군요. 황제가 되어달라고."

레비스라면… 레비스 프 리튼을 말하는 건가?

리아나 언니의 남편인… 그 남자?

다행이구나.

좀 무모했을지도 모르지만 언니에게 도움을 요청한 보람이 있었어.

내 아들, 정말 다행이야.

"리스튼 황제를 몰아내고 황제가 되는 거죠. 어머니가 반대하실지 찬성하실지 모르겠네요."

앨리언은 한숨처럼 말하고 방을 나갔다.

반대할 리가 있겠니, 나의 아들아.

언니에게 편지 보내길 잘했어.

난 앨리언의 마지막 말이 귓가에 남았다.

'황제가 된다, 황제가…….'

기뻤고 또 그만큼 슬펐다.

이제 앨리언을 못 보겠구나 싶어서 슬프기는 했지만 샤이나가 분해할 걸 생각하니 통쾌했다.

내 아이가 황제라는 자리에 잘 적응해야 할 텐데.

 〈완결〉

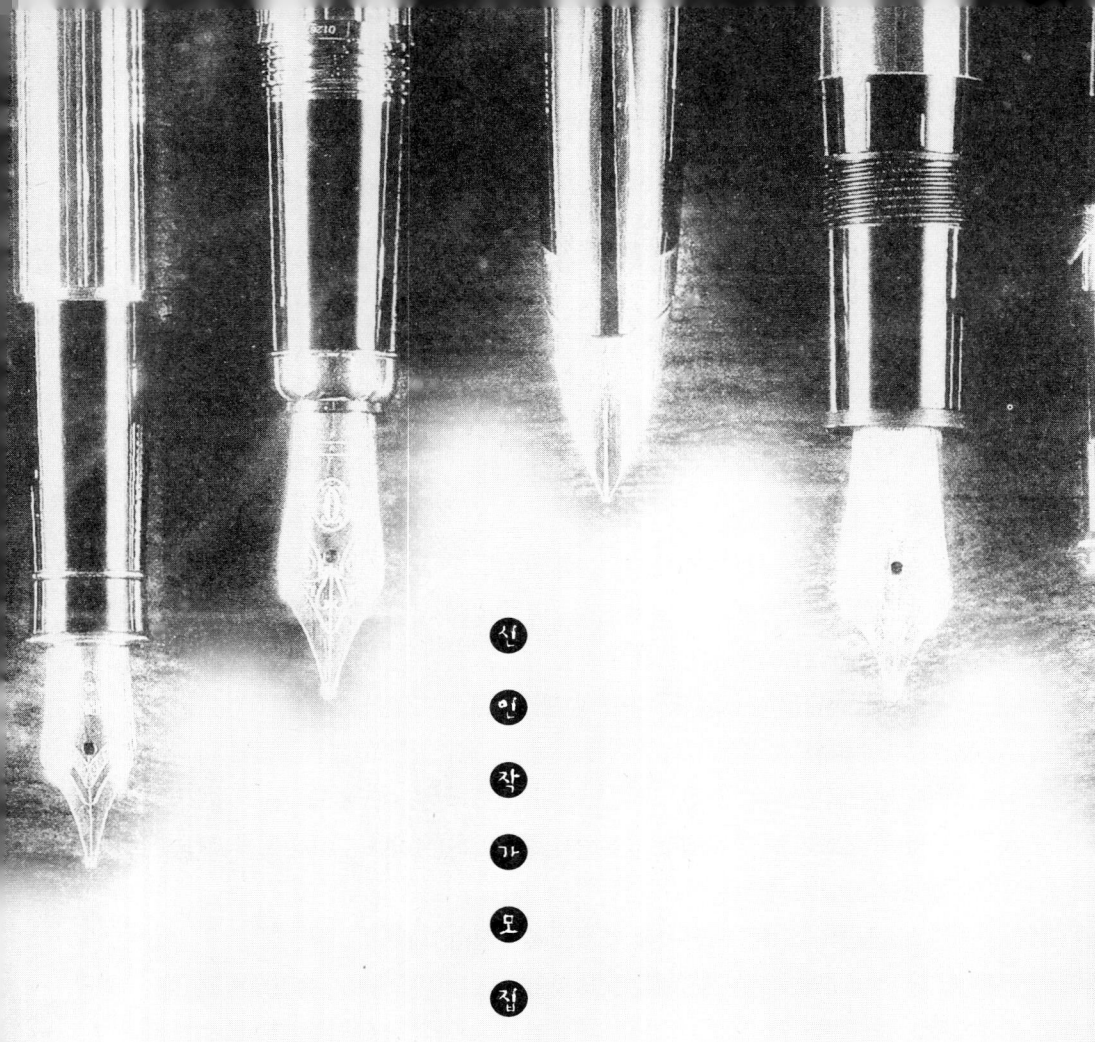

신
인
작
가
모
집

시작이 반이라고 했습니다.
작가의 길에 대한 보이지 않는 벽을 과감히 깨뜨리십시오!
청어람은 작가 지망생 여러분들의
멋진 방향타가 되어드리겠습니다.

저희 도서출판 청어람에서는
소설 신인 작가분들을 모집합니다.
판타지와 무협을 사랑하시는 분들의 많은 참여를 바랍니다.
소정의 원고(A4용지 150매)를 메일이나 우편으로 보내주시면
검토 후 출판 여부를 알려드리겠습니다.

주소:경기도 부천시 원미구 심곡1동 350-1 남성B/D 3F 우편번호420-011
TEL:032-656-4452 · **FAX**:032-656-4453
http://www.chungeoram.com
e-mail:chungeoram@chungeoram.com